ANNA SIGMUND | Leichenroulette

Anna Sigmund im Gespräch

Frau Sigmund, bislang haben Sie ausschließlich Sachbücher geschrieben. Was hat Sie dazu bewogen, einen Roman zu verfassen?
Die Frage muss eher umgekehrt lauten: Warum habe ich bislang ausschließlich Sachbücher geschrieben? Es war eine interessante Arbeit, aber natürlich eine, bei der ich meine Phantasie zugunsten harter Fakten und penibler Recherchen zügeln musste. Bis ich schließlich dazu überging, abends zur Entspannung kurze Geschichten und heitere Alltagsepisoden niederzuschreiben.

Wie und wann kam Ihnen die Idee zu Hermine, ihrer mordenden Heldin?
Es war mein betagter Schwiegervater, der den Anstoß gegeben hat. Nach der Lektüre eines Buches über historische Kriminalfälle meinte er nämlich: »Soll ich dir sagen, wie man einen perfekten Mord begeht? Du musst mir aber versprechen, dass du unsere Familie nicht ausrottest.« Gleich danach ging ich ans Werk. Meine Familie ist übrigens noch am Leben.

War es am Ende schwer, sich von den Figuren zu verabschieden?
Der Abschied von Hermine war tatsächlich sehr schwer. Für seine Schöpfung trägt man schließlich eine gewisse Verantwortung. »Wie geht es jetzt mit ihr weiter?«, habe ich mich bange gefragt. »Wird sie auf den Pfad der Tugend zurückfinden und in Zukunft ein anständiges Leben führen?« Ich wage dies zu bezweifeln und fürchte sehr, dass sie ihren unheilvollen Weg fortsetzt. Wohin? Wir wissen es nicht!

Über die Autorin

Anna Sigmund studierte Geschichte und Kunstgeschichte an der Wiener Universität. Sie arbeitete als freie Wissenschaftsjournalistin sowie Historikerin und feierte als Sachbuchautorin mit ihrer Reihe *Die Frauen der Nazis* internationale Erfolge. *Leichenroulette* ist ihr erster Roman. Anna Sigmund lebt mit ihrem Mann und ihrem Sohn in Wien.

ANNA SIGMUND

Leichenroulette

Kriminalroman

Diana Verlag

MIX
Papier aus verantwortungsvollen Quellen
FSC® C014496

Verlagsgruppe Random House FSC-DEU-0100
Das für dieses Buch verwendete
FSC®-zertifizierte Papier *Holmen Book Cream*
liefert Holmen Paper, Hallstavik, Schweden.

Originalausgabe 09/2011

Redaktion | Uta Rupprecht
Herstellung | Helga Schörnig
Umschlaggestaltung | © t.mutzenbach design, München
Satz | Leingärtner, Nabburg
Druck und Bindung | GGP Media GmbH, Pößneck
Printed in Germany 2011
978-3-453-35575-0

www.diana-verlag.de

1

Dick, dick, zu dick – das waren die Worte, die sich wie ein roter Faden durch meine Kindheit zogen. »Frau Meier, Ihre Hermine wird immer runder. Diese vielen Süßigkeiten! Man sieht sie aber auch dauernd naschen.« Gerne machten freundliche Nachbarinnen aus der Schlossergasse meine Mutter beim morgendlichen Einkaufstratsch darauf aufmerksam, dass ihre einzige Tochter fast einer kleinen Tonne glich.

Schon im Kindergarten habe ich gern gegessen. Selbst die in der Nachkriegszeit bei der sogenannten »Ausspeisung« verabreichte dicke Erbsensuppe mundete mir vortrefflich. Voll Gier musste ich jedes Mal schlucken, wenn man unser Mittagsmahl in einer großen Milchkanne aus Aluminium herbeitrug, der Deckel sich klappernd öffnete, mir ein köstlicher – von anderen Kindern als ekelhaft empfundener – Geruch in die Nase stieg, der gusseiserne Schöpflöffel in den zähen Brei tauchte.

Zu Hause hingegen war für mich immer Ostern, da meine selbst schlanke und ranke Mutter dazu überging, ihre Lebensmittel vor meinen gierigen Händen zu verstecken. Doch ich suchte beharrlich und fand – Rosinen, die Kochschokolade, die Eierbiskotten. Die Strafe folgte auf dem Fuß. Sehr anpassungsfähig, änderte ich blitzschnell meine Taktik und half emsig in der Küche, wobei immer das eine oder andere Häppchen für mich abfiel. Ganz nebenbei lernte ich ausgezeichnet kochen.

Abgesehen von meinen Figurproblemen, die mich getreulich weiterbegleiten sollten, gestaltete sich meine Kindheit gar nicht so schlecht. Ob ich allerdings, wie die Schauspielerin Lilli Palmer in ihrer Autobiografie »Dicke Lilli, gutes Kind« über sich selbst schrieb, auch ein gutes Kind war, könnte man bezweifeln.

Ich stamme aus einer kleinen Stadt in einer wildromantischen, aber ärmlichen Region im Norden Österreichs an der böhmisch-mährischen Grenze. Mit Eltern und Großmutter lebte ich in einer etwas düsteren, zur Gasse hin gelegenen Wohnung eines Mietshauses, im Schatten der imposanten barocken Stadtpfarrkirche. Das ehemalige bäuerliche Anwesen war sehr alt; es bestand aus einem kleinen Haupthaus, einer durch ein schweres Tor geschützten Einfahrt, einem für wilde Spiele bestens geeigneten Innenhof und einem winzigen »Ausnahmstüberl«. Auf engstem Raum vereinte sich ein wahrer Mikrokosmos menschlicher Existenzen. Das Zusammenleben der sogenannten »Parteien« verlief zu keinem Zeitpunkt konfliktfrei und bot den

Kindern der Mieter – meiner besten Freundin Mizzi und mir sowie den zwei Buben Raini und Günther – stets Unterhaltung.

Es war eine schöne, spannende und abwechslungsreiche Zeit voll Geborgenheit und Sicherheit, aber mit festen Regeln und Normen. Bereits in der Volksschule scharte ich eine kleine Gruppe von gleichaltrigen Buben und Mizzi als einzigem Mädchen um mich. Sie waren meine »Vasallen« – das Wort hatte ich bei Erwachsenen gehört und übernommen –, denen unter meiner Leitung auch ganz ohne Gameboys und Computerspiele nie langweilig war. Mit Raini, Günther, Otti, Waldi, Seppi und Mizzi erforschte ich die tiefen und geheimnisvollen Keller, die sich wie ein Spinnennetz unter der Stadt hinzogen. Nach dem Vorbild von Abenteuerromanen, die wir aus der städtischen Leihbücherei bezogen, klopften wir die Wände auf der Suche nach eingemauerten Schätzen ab.

Der Unterricht endete um 12 Uhr, und einer eisernen Regel zufolge erledigten wir die Hausaufgaben sofort nach dem Mittagessen. Kaum war eine hübsche, kunstvolle »Zierleiste« säuberlich unter die Rechnungen und Übungssätze gemalt und die Schultasche für den nächsten Tag gepackt, veranstalteten wir auch schon auf dem Katzenkopfpflaster vor dem Haus polternd Rennen mit jenen kleinen Leiterwagen, die man damals allgemein zum Transport sperriger Sachen benutzte – sehr zum Missvergnügen der älteren Anrainer, die meist gerade dann ihr kleines Schläfchen hielten. Zum Gaudium meiner Vasallen setzte ich meine schönste Puppe – ein sinnreiches Geschenk einer Tante zur Förderung meiner weiblichen Eigenschaften – in das klapprige Gefährt. Flugs ging es die steile Gasse hinunter. Bald versanken die großen, tiefblauen, von dichten schwarzen Wimpern gesäumten Augen der zarten Porzellanfigur in ihrem lieblichen Blondkopf, was ihr ein sinister-dämonisches Aussehen verlieh. Wir bogen uns vor Lachen.

Einige Mütter sahen uns kopfschüttelnd zu. Naserümpfend stellten sie meine Mutter zur Rede: »Frau Meier, warum lassn's denn die Hermi mit solchen Gassenbuben herumrennen?« Ihren behüteten Töchtern untersagten sie den Umgang mit mir und meiner Bande. Das kam mir gelegen, denn ich verabscheute das kindische Getue der niedlichen Mädchen, wenn sie artig im Garten saßen, Kleidchen für ihre Püppchen nähten, mit ihnen sogar sprachen, sie badeten, spazieren führten und schlafen legten.

Ich als »Old Shatterhand« zog Buben und »Räuber-und-Gendarm«-Spiele bei einfallender Dunkelheit vor. Noch Jahre später vermeinte ich jenen prickelnden Schauer zu verspüren, der mir, versteckt hinter einem Hausvorsprung, über den Rücken jagte, wenn sich der »Gendarm«, nachdem er bis dreißig gezählt hatte, mit dem Ruf »Ich komme!« auf die Suche nach uns »Räubern« machte.

Häufige, kostenlose »Reality-Shows« ersetzten in der Schlossergasse 14 das Fernsehen, denn es wurde fast täglich gestritten. Zu verschieden waren die unter einem Dach vereinten Charaktere. Die Schwestern Fröhlich im ersten Stock distanzierten sich gerne von ihren als vulgär empfundenen Nachbarn. Altjüngferlich und pedantisch, litten die stets in Weiß gekleideten zwei Damen vor allem darunter, dass sie ihre Toilette mit dem in ihren Augen rohen und derben Ehepaar Prosch, dessen frechen Söhnen Raini und Günther, aber auch deren wechselnden »Bettgehern« teilen mussten.

In besonderer Erinnerung blieben zwei Monteure eines Wiener Elektrokonzerns, die bei uns in der tiefen Provinz Wartungs- und Reparaturarbeiten durchführten. Herr Prosch, ein bei den städtischen Wasserwerken beschäftigter und daher von allen nur »Wassermann« genannter hagerer und griesgrämiger Mann, gewährte ihnen Unterkunft. Er war froh über den kleinen Zusatzverdienst. Und da die jungen Männer im Schichtdienst arbeiteten, schien es ihm ganz logisch, ihnen die Bettbank in der Küche zur gemeinsamen, abwechslungsweisen Nutzung zu vermieten. Besuchte ich meine Spielgefährten, fand ich immer einen der Burschen tief schlafend vor. Er ließ sich weder durch die Kochgeräusche der Frau Prosch noch durch den Lärm, den wir verursachten, stören. Im Wachzustand prahlten die feschen Monteure mit ihrer Männlichkeit. Stolz erzählten sie, dass sie, wenn sich die Gelegenheit bot, bei der Arbeit hübsche und willige Ehefrauen, die sie allein antrafen, »vernaschten«. Wir spitzten unsere Ohren. Auch Herr Prosch amüsierte sich königlich, während er von einer der Einfachheit halber an einem Nagel im Türrahmen aufgehängten Speckseite, einem Geschenk seiner bäuerlichen Verwandten, kleine Stücke abschnitt und verzehrte.

Das Lachen verging ihm, als er wegen der mangelnden Hygiene der flotten »Bettgeher« vor dem Bezirksgericht landete. Dieser betrübliche Fall trat ein, nachdem der biedere »Wassermann« in höchster Erregung einem der Fräulein Fröhlich, das sich mit näselnder Stimme über die verschmutzte Toilette beschwerte, einen heftigen Schlag versetzte. Das vom Bezirksrichter verhängte Schmerzensgeld händigte er seinen triumphierenden Gegnerinnen in monatlichen Raten aus.

Seine privaten Querelen minderten den Status des »Wassermanns« nicht. Im Gegenteil, er galt als Held. Mit Argusaugen wachte er auch weiterhin über die »Bassena«, die einzige Wasserstelle zur Versorgung der Schlossergasse 14 mit dem unentbehrlichen Nass. Als ehrenamtlicher Experte entschied er Fragen, welche die Parteien des Hauses zutiefst bewegten: »Wer verbraucht viel, wer wenig Wasser? Wie sollen die Kosten gerecht verteilt werden?« Die Hausgemeinschaft, die sich – im besten Fall – einmal wöchentlich in das städtische »Tröpferlbad« begab und sich ansonsten mit oberflächlicher Säuberung in einer Waschschüssel, dem »Lavur«, begnügte, beobachtete missbilligend, welche Verschwendung meine auf höchste Sauberkeit bedachte Mutter betrieb. Nicht nur, dass sie unnötig oft die Holzfußböden unserer Wohnung schrubbte, auf ihr Geheiß hin zogen wir auch – damals eher unüblich – täglich frische Kleidungsstücke an.

Daraus resultierte, dass meine Großmutter einmal wöchentlich die Gemeinschaftswaschküche in Beschlag nahm. Ein beeindruckendes Schauspiel nahm seinen Lauf. Es dampfte und brodelte in den Kesseln über der Feuerstelle, die voll waren mit zuvor eingeweichten und dann mit Schichtseife auf der »Rumpel« geschrubbten Textilien aus Baumwolle oder Leinen. Es grenzte an Zauberei, wie die geschäftig hantierende Wäscherin zeitweise in den dichten Nebelschwaden vollkommen verschwand. Ich traute mich nie zu fragen, bei welcher Gelegenheit wir uns, nämlich mein Vater als Beamter in seinem Amt, meine Mutter zu Hause und ich in der Schule, jemals derart beschmutzten, um diese komplizierte Prozedur zu rechtfertigen. »Nur gekochte Wäsche ist wirklich hygienisch sauber«, belehrte uns meine Mutter, die nur mit Mühe davon abgehalten werden konnte, auch unsere Schuhe zu waschen. Auf jeden Fall verrechnete man meiner Familie das Doppelte der pro Person anfallenden Wassergebühren.

Im Hintertrakt unseres Hauses, neben der Waschküche, logierte eine meist stark geschminkte, nicht mehr ganz junge Dame, bei der »Mauner«, nämlich

Männer – alt und jung –, nächtens verkehrten. Den Mitbewohnern blieb das unmoralische Treiben selbstverständlich nicht verborgen. Sie ergötzten sich daran im Geheimen, sparten jedoch nicht mit verächtlichen Blicken und zynischen Anspielungen. Vermutlich aus Rache rief mich die von allen gemiedene Frau manchmal zu sich in ihr mit allerlei Kitsch gefülltes Heim. Ich saß dann unter Heiligenbildern zwischen bunten Kissen auf ihrem Schlafsofa, sie erzählte mir aus ihrem Leben, und ich erntete gleichsam die Früchte ihrer Unzucht, indem ich köstliche Pralinen aus den von nächtlichen Besuchern hinterlassenen billigen Bonbonnieren verzehrte.

Für uns Kinder war das alte, verwinkelte, heruntergekommene Gebäude ein wahres Eldorado. So benutzten wir die aufgrund der Hanglage der Liegenschaft teilweise ebenerdige Wohnung des – wie es uns vorkam – uralten Ehepaars Smutny, das im hinteren Trakt, gleich neben Mizzis Eltern, Küche und Zimmer bewohnte, als praktische Abkürzung zum Kirchplatz. Ungeniert liefen wir die Treppenstiege im Hof hinauf und kletterten durch ein Fenster hinaus, wenn wir auf dem Weg zu verwegenen Bandenspielen beim Pfarrhof neben der Kirche waren.

Herr Smutny trank exzessiv. Die ordinären Flüche, die er im Zustand der Volltrunkenheit ausstieß, bereicherten unseren geheimen Wortschatz ganz ungemein. Im Sommer barg die Sucht des Herrn Smutny keinerlei Gefahren. Im Winter jedoch kam er auf dem Heimweg von seinem Wirtshaus manchmal von der Straße ab und landete in einem Rinnsal, wo ihn von seiner Frau alarmierte männliche Mitbewohner der Schlossergasse 14 dann aufspürten. Ihr Mitleid bewahrte ihn in eisigen Nächten vor dem Erfrieren. Sie trugen ihn nach Hause, wo er seinen Rausch ausschlief.

Der kleine Innenhof des Hauses mit einem verkrüppelten Fliederbaum und der »Bassena« als Wasserstelle war Allgemeingut. Dort lebte eine von allen geduldete, von mir jedoch geliebte und gefütterte Katzenfamilie. Dort hielten manche in kleinen Ställchen Kaninchen, so wie ich meinen »Hansi«, dort legte Frau Zottl, eine im »Ausnahmstüberl« einquartierte über 90-jährige, stets keifende alte Frau, ein kleines Gärtchen an, das sie gegen uns ballspielende Kinder vehement verteidigte, genauso wie den räudigen Fliederbusch neben dem Plumpsklo.

In der von sämtlichen Bewohnern – mit Ausnahme der Schwestern Fröhlich und der Familie des »Wassermanns« – benutzten und sommers wie winters nur über den Hof zu erreichenden Toilette hörten Mizzi und ich, auf einem Holzbrett sitzend, tief unten oft die Ratten kratzen. Das verschwiegene Örtchen bildete einen Zankapfel. War es, wie es manchmal geschah, verstopft, verbreitete sich bald ein penetranter Gestank. Zuallererst appellierte man an die Hausbesitzerin, eine liebenswerte alte Dame, die, wie sie deutlich zu verstehen gab, mit den Bewohnern ihrer Liegenschaft und auch mit ihrem Besitz selbst nichts zu tun haben wollte. Das lag, wie uns die Erwachsenen erklärten, an den in der Inflationszeit nach dem Ersten Weltkrieg eingefrorenen und seitdem nicht mehr erhöhten Mieten. Man zahlte den sogenannten »Friedenszins«.

Nachdem es keine finanziellen Rücklagen gab, Appelle an die Hausbesitzerin ungehört verhallten und die Suche nach den Übeltätern stets im Sand verlief, traten die von den Frauen verköstigten, gelobten und angefeuerten Männer der Wohngemeinschaft mit Hacken und Spaten in Aktion. Unter derben Flüchen gruben sie den Hof bis auf die Gasse hinaus auf, legten den Kanal frei und säuberten ihn. Wir Kinder liebten die große Aufregung und erschauderten vor den Ratten, die manchmal unverhofft ans Tageslicht kamen.

Nur ein Wehrmutstropfen trübte mein junges Leben, und zwar in Gestalt eines großen, dicken, hartgesottenen Buben mit bösartigem Gesicht. Der Hahn Peter, wie er genannt wurde, war in unserer Kleinstadt berüchtigt. Er schlug kleinere Kinder und nahm ihnen, wenn er sie im Sommer genüsslich schleckend auf der Straße antraf, die Eistüten weg. Er entwendete Spielzeug, verscherbelte es und hatte so immer Geld. Ich hasste den Sohn einer alleinstehenden Gemüsehändlerin, die ihn maßlos verwöhnte, nicht nur deshalb, weil er sich ein Vergnügen daraus machte, Tiere zu quälen. Ich fürchtete ihn vor allem als Chef einer rivalisierenden Bande, mit der er den Kirchenplatz beherrschte und mich mitsamt meinen »Vasallen« oftmals vertrieb und terrorisierte.

Im Schutze meiner Anhänger drohte mir keine Gefahr, ja, da ließ ich mich sogar zu Schmährufen hinreißen. »Hei, blöder Schwabbler!«, schrie ich forsch, wenn ich Peter von Weitem kommen sah. »Trau di her, feiger Fettwanst!« Als ich jedoch eines Tages mit Mizzi allein unterwegs war, verstellte er mir den Weg. Wortlos gab er mir, bevor er weiterschlenderte, ein paar Ohrfeigen, die mir auf den Wangen brannten. Und dies vor den Augen meiner ungläubig starrenden Freundin! Welche Schande! Welcher Gesichtsverlust! Ich merkte sofort, wie ich in ihrer Achtung sank. Und sollte bald auch merken, dass sie den Vorfall weitererzählte.

Am Ende dieses beschämenden Tages weinte ich mich voll ohnmächtigem Zorn in den Schlaf, und auch an den folgenden Abenden fand ich vor Gram keine Ruhe. In der irrigen Annahme, dass man mich, wie es oft geschah, wegen meiner Molligkeit gehänselt hatte, las mir meine besorgte Mutter Hans Christian Andersens Märchen »Das hässliche Entlein« vor. »Es war einmal«, begann sie ihre Gutenachtgeschichte mit sanfter, beruhigender Stimme. Ich kuschelte mich unter die weiche Bettdecke und hörte zu. Es gefiel mir, wie das von allen verspottete hässliche Küken zum wunderschönen Schwan heranwuchs. Eine Lösung meiner eigenen Probleme fand ich in der sentimentalen Erzählung nicht.

Wenige Tage später bedachte mich meine Mutter, als ich aus der Schule kam, nicht mit dem üblichen forschenden Blick, sondern schaute mich mitleidig an. Was hatte das zu bedeuten? Leicht verunsichert verstaute ich meine Sachen, wusch mir die Hände und setzte mich an den Küchentisch. Als ich, was sonst nur an Sonn- und Feiertagen geschah, ein Wiener Schnitzel vorgesetzt bekam, befiel mich eine düstere Ahnung. Ich stopfte mir einen großen Löffel mit Kartoffelsalat in den Mund und blieb gegen jede Gewohnheit ungerügt. Im Gegenteil, meine Mutter lächelte mild, strich ihre weiße Schürze glatt und setzte sich zu mir. »Sei nicht traurig«, meinte sie. »Aber dein Hansi ist verschwunden. Heute früh war sein Ställchen leer. Und das Türl offen.« Mir wurde vor Schreck ganz kalt. Hansi, mein geliebtes schwarz-weißes Kaninchen mit den langen Ohren, dessen weiches Fell ich so gern streichelte, den ich mit Karotten und Löwenzahn verwöhnte, ja förmlich mästete! »Wo, glaubst du, kann er denn sein?«, fragte ich weinerlich. »Werd ich ihn wiederkriegen?«

Bis in die Abendstunden suchte ich die Nachbarschaft nach meinem Lieblingstier ab. Ich fragte alle, die mir begegneten, erhielt jedoch nur negative Auskünfte. Schließlich verfasste ich noch eine Suchanzeige, ging zum Rathaus und klebte sie neben den Schaukasten mit den Verlautbarungen der Gemeinde. Tags darauf schaute ich nach, begleitet von meiner Runde, die ich sofort eingeweiht hatte. Schon von Weitem leuchtete uns die auf einen Zettel geschmierte, Rechtschreibfehlern eindeutige Botschaft in roten Großbuchstaben entgegen: KRIGST NIMER!!!!! Wir erstarrten vor Entsetzen.

Der infame Schreiber sollte Recht behalten – Hansi tauchte nie wieder auf. Noch lange rätselte ich, welch trauriges Schicksal ihn ereilt haben könnte. Zwei Wochen verstrichen. Dann verbreitete sich das Gerücht, dass der Fleischer eines kleinen Dorfes unweit der Stadt Kaninchenfleisch – es soll sehr fett gewesen sein – zum Verkauf angeboten hätte. »Ob vielleicht der Hahn Peter?«, formulierte Mizzi ungeschickt ihren dunklen Verdacht. Ich teilte diesen voll und ganz, schwieg jedoch. In meinem Innersten hatte ich schon längst einen Entschluss gefasst. Es fehlte nur noch die passende Gelegenheit. Und die kam.

Schon ab Mitte Juni gingen die Kinder unserer Stadt, wenn das Wetter es nur halbwegs erlaubte, jeden Nachmittag die kurze Strecke aus der Stadt hinaus und durch ein kleines Wäldchen hinunter bis zum Ufer des träge, braun und mit Laub bedeckt dahinströmenden Flusses. Dort, in der Nähe eines rauschenden Wehrs, hatten fürsorgliche Stadtväter vergangener Epochen, als Turnen und Sport groß in Mode kamen, ein Strandbad errichtet. Wir lösten im Kiosk am Eingang Badekarten, bekamen kleine Schlüssel ausgehändigt und verstauten unsere Kleider in einem der Kästchen des weitläufigen grünen Umkleidepavillons, dem kunstvolles Schnitzwerk ein luftiges Aussehen verlieh. In dessen offenen Gängen konnten wir, obwohl dies die Badeordnung ausdrücklich untersagte, hervorragend Fangen spielen. Sie boten auch Schutz, wenn Unwetter aufzog. Wir saßen dann auf den Balustraden und schauten in den strömenden Regen hinaus, während die von der Sonne aufgeheizte Holzkonstruktion behagliche Wärme abgab. Bis zum Einbruch der Dunkelheit verbrachten wir unbeschwerte Stunden. Erwachsene begleiteten uns nur zum Wochenende, ansonsten genossen wir unsere Freiheit. Meiner Erinnerung nach ist auch – abgesehen von einer einzigen tragischen Ausnahme – niemals etwas passiert.

Die Kleinen planschten in einem umzäunten, von der Fließstrecke abgetrennten Becken, auf dem Drei-Meter-Brett wippten mutige Jugendliche, bevor sie ihre Sprungkünste vorführten, auf den Holzpritschen in der Liegewiese strickten und plauderten Frauen in bunten Badeanzügen aus dünner Wolle. Ein strenger »Badewaschl« mit Trillerpfeife wachte über Zucht und Ordnung: »Schwimm net so weit hinaus! Fredl, gib a Ruh! Kum aussa, du bist ja schon ganz blau!«, lauteten seine Befehle, denen wir sofort gehorchten. Während sich meine Freunde noch mit ihren voluminösen Schwimmreifen abquälten – zweckentfremdeten Schläuchen alter Autoreifen, die ihnen der freundliche Herr Waiss, seines Zeichens Händler von Kraftfahrzeugen, kostenlos überlassen hatte –, konnte ich bereits schwimmen. Mit kräftigen Stößen durchquerte ich hocherhobenen Hauptes, im Nacken die neidischen Blicke der Gleichaltrigen, mühelos den Fluss. Am gegenüberliegenden Ufer zog ich mich an Land, schüttelte mich und drehte mich selbstbewusst um. Von Hahn Peter und seinem widerlichen rotznäsigen Gefolge, die mir feixend zuschauten, war natürlich kein Beifall zu erwarten. Allerdings auch keine Aggressionen, denn auf dem neutralen Territorium des Strandbades ruhte der Kampf. Abgesehen von gezischten Schimpfwörtern, Anspucken oder »Haxlstellen« im Vorbeigehen, wenn der muskulöse »Badewaschl« wegsah, blieb es friedlich. So konnte auch Hahn Peter ungestört seinen schwarzen Reifen zu Wasser bringen, sich mit seinem massigen Körper darauf niederlassen und sich in dem kühlen Nass – der Fluss wurde niemals richtig warm – hinaustreiben lassen, wobei ihm die Hände als Paddel dienten. Lange betrachtete ich ihn mit gesenkten Augen, dann wurde mir blitzschnell klar: »Das ist die Gelegenheit, auf die du gewartet hast! Die darfst du nicht verpassen.«

Nichts ist, wie sich bald herausstellte, süßer als Rache! Als er, ganz allein, langsam auf die Mitte des Flusses zutrieb, glitt ich in die Fluten und folgte ihm. Die Sonne schien, die Wellen kräuselten sich, die Bäume am Ufer zeichneten auf der Wasseroberfläche flüchtige, sich rasch wandelnde Schattengebilde. Als ich näher kam, hob Peter den Kopf: »Bleib weg, du blöde Kuh. Weißt ja, dass ich no net schwimmen kann! Tu mir ja nix, sonst erlebst was!« – »Was machst dann da heraußen? G'hörst ins Planschbecken«, lautete meine prompte Antwort. »Fürchtst di gar? Wasserschluckn ist g'sund!« Unter lautem Lachen rüttelte ich spielerisch an seinem Reifen, in dem er hingegossen wie eine feiste Qualle lag. In seiner Angst sah er die grüne Glasscherbe in meiner linken Hand nicht, mit der ich hurtig die Flicken auf dem oftmals geklebten Schwimmbehelf löste. Und da niemand aus dem Bad unseren Kindereien Beachtung schenkte, machte ich noch rasch ein paar kleine Schnitte unter der Wasseroberfläche. Dann ließ ich von meinem Opfer ab. Als kleine Bläschen, Vorboten kommenden Unheils, aus dem durchlöcherten Gummi aufstiegen, entfernte ich mich schnell, zufrieden über die kleine Lektion, die ich dem bösen Buben erteilt hatte. Aus sicherer Entfernung beobachtete ich, wie er sich an den Rettungsanker klammerte, aus dem langsam die Luft entwich, zuerst seinen Freunden winkte, dann um Hilfe schrie, wie wild um sich schlug, unterging, auftauchte, unterging und schließlich versank. Schließlich stürzte sich der alarmierte »Badewaschl«, der anfangs an ein dummes Bravourstück des als Angeber bekannten Wildlings gedacht hatte, in die Fluten, um den offensichtlich Ertrinkenden zu retten. Mehrmals tauchte er unter, bis es ihm gelang, den Buben, dessen Bein sich, wie wir später erfuhren, in Schlingpflanzen verfangen hatte, an die Oberfläche zu ziehen. Im Kreis neugieriger Badegäste erkämpfte ich mir einen Platz in der ersten Reihe und erlebte aus nächster Nähe, wie der rasch herbeigerufene Gemeindearzt an dem regungslos auf der Wiese liegenden Buben energische Wiederbelebungsversuche durchführte. »Er war lang unter Wasser. Wenn es nur nicht zu spät ist«, meinte er pessimistisch. Zuerst legte er ihn auf die rechte Seite, dann drückte er mit festen, rhythmischen Bewegungen gegen seinen Brustkorb, bis Wasser aus seinem Mund quoll. Mir wurde fast übel. Peter war doch nicht etwa tot? Ich hatte ihn doch nur schrecken wollen. Obwohl mir allmählich dämmerte, dass er furchtbare Rache nehmen würde, war ich doch froh, dass er nach ein paar Minuten erste Lebenszeichen von sich gab, zuckte und zu atmen begann. Er blieb jedoch ohne Bewusstsein und hielt die Augen geschlossen, bis ihn ein Rettungswagen mit eingeschaltetem Blaulicht in rasender Fahrt ins Krankenhaus fuhr. Die Ärzte dort würden ihm schon helfen! Ich schob die momentanen Skrupel und aufkeimende Gewissensbisse zur Seite. Bald gewannen andere Gefühle die Oberhand: Was für ein aufregender Tag! Und welch interessantes Erlebnis! Spannend wie ein Abenteuerfilm.

Die Weise, in der die Bewohner unserer kleinen Stadt Anteil am Schicksal des Scheusals nahmen, überraschte mich. Sie schien mir stark übertrieben, grenzte fast an Hysterie. Man überbot sich in Mitleidsbekundungen, als die Folgen des – vermeintlichen – Unfalls feststanden und man erfuhr, dass der »Sonnenschein«, wie Frau Hahn ihren missratenen Sprössling zu rufen pflegte, zwar mit dem Leben davonkommen würde, aufgrund des erlittenen Sauerstoffmangels aber schwere körperliche und geistige Schäden davongetragen hatte. Angesteckt von der allgemeinen Stimmung, suchte ich mich vor mir selbst zu rechtfertigen: Warum ist der Blöde auch ins tiefe Wasser, wenn er net schwimmen kann? Hab ich g'wusst, dass es so ausgeht?

Beinahe hätte ich meinen Eltern alles gestanden, doch eingedenk ihrer häufigen Ermahnung: »Reden ist Silber, Schweigen ist Gold!« hielt ich den Mund. Wenn Frau Hahn meinen Ex-Rivalen voll resignierter Traurigkeit im Rollstuhl durch die Straßen schob und sein Kopf mit leerem Blick lallend zur Seite sank, grüßte ich besonders freundlich und höflich. Nicht der Schatten eines Verdachts fiel auf mich, und so wurde mein wiederholtes Angebot, den armen Peter spazieren zu fahren, gerne angenommen. Für diese gute Tat erntete ich viel Lob. Manchmal suchten wir den abschüssigen und einsamen Teil der Stadtpromenade auf. Mit »Und jetzt ein kleines Spiel« löste ich, wenn wir allein waren, die Bremsen seines Wägelchens. Langsam rollte es an, beschleunigte rasch, gewann an Fahrt und schoss auf den Stadtgraben zu. Knapp vor dem Abgrund brachte ich das Gefährt zum Stehen. Trotz seiner Behinderung spürte Peter die Gefahr, er wurde unruhig, wimmerte und gab Schreckenslaute von sich. Es war zum Lachen!

Die meisten Eltern zogen aus dem schrecklichen Vorfall Konsequenzen. Sie vernichteten die gefährlichen porösen Autoschläuche, in denen sie die Ursache des Unglücks wähnten. Bald sah man im Strandbad viele stolze Besitzer neuer, bunter Schwimmreifen. Das hatten sie nur mir zu verdanken!

Immer wenn sich das Schuljahr dem Ende näherte, wurden alle Mädchen und Buben der Volksschule – in unserer Stadt lebten nur Katholiken – in gebührender Weise auf die Beichte eingestimmt. Sollten wir doch, gereinigt von allen lässlichen und schweren Sünden, beim feierlichen Schlussgottesdienst in Anwesenheit der gesamten Gemeinde die heilige Kommunion empfangen. Meist fiel uns bei der Vorbereitung dieses großen Ereignisses nichts ein außer »Ich habe gelogen« und »Ich habe Vater und Mutter nicht geehrt«, wobei wir unter Letzterem »Ich bin frech gewesen« verstanden. Dankbar nahmen wir daher die Instruktionen des Herrn Religionslehrers entgegen. Mit seiner Hilfe setzten wir vor dem Gang in die Pfarrkirche auch das uns vollkommen mysteriöse »Ich habe unkeusch gedacht« auf unsere Merkzettel.

Mir selbst war in diesem Jahr nur allzu bewusst, dass ich die Sache mit Hahn Peter erwähnen oder zumindest hätte andeuten müssen. Mir standen jedoch die in unserer Klasse hängenden farbigen Schautafeln biblischer Szenen aus dem Alten Testament als Warnung vor Augen. Wie grausam wurden damals Sünder bestraft! Wie war das mit Sodom und Gomorrha? Lots Weib erstarrte zur Salzsäule, nur weil sie sich verbotenerweise umdrehte und zurückschaute. Und Kain? Trug der nicht ein Mal? Besser, sich nicht der unberechenbaren Gnade der katholischen Kirche auszuliefern. Außerdem, welches der Zehn Gebote hatte ich denn überhaupt verletzt? Ich glaubte an Einen Gott, begehrte nicht des Nächsten Frau, legte nicht Zeugnis ab gegen meinen Nächsten und heiligte mit Freude den Tag des Herrn, an dem es keine Hausaufgaben zu erledigen gab!

Wenig später wurden wir geschlossen in das Gotteshaus geführt. Als die Reihe an mich kam, kniete ich im halbdunklen Beichtstuhl vor dem Priester nieder. Nach der eingelernten Formel: »Ich bekenne vor Gott, dass ich folgende Sünden begangen habe«, gestand ich alle meine kleinen Verfehlungen. Der vom Ansturm beichtender Schüler und ihren stereotyp heruntergeleierten Bekenntnissen schon etwas ermüdete alte Pfarrer hörte mir zerstreut zu, dann erteilte er mir diskret murmelnd die Absolution. Als Buße hat er mir drei Vaterunser und fünf Ave Maria auferlegt. Ich betete inbrünstig vor dem Altar, während Christus vom Kreuz auf mich herabblickte. Nichts geschah! Anscheinend hatte mir der Allmächtige verziehen. Zeit, auch mir selbst zu verzeihen. Erleichtert verließ ich mit gemessenen Schritten die heilige Stätte.

Der dramatische Abgang des gefürchteten Hahn Peter brachte mancherlei Vorteile mit sich. Ungehindert streunten wir nun über den großen Hauptplatz, um die wenigen dort geparkten Autos zu bestaunen. Vor allem ein zweifarbiger »Borgward Isabella« in Rosa und Hellblau hatte es uns angetan. Wir besichtigten ihn von allen Seiten, gingen um ihn herum, bewunderten jedes Detail. Ich weiß nicht, was mich überkam, aber ich zückte mein kleines Messerchen und kratzte damit ein paar Mal durch den glänzenden Lack. Meine Freundesrunde johlte, Mizzi kicherte vor sich hin.

Den Wunsch, vielleicht selbst einmal ein derartiges Luxusgefährt zu besitzen, äußerten wir nicht. Er kam gar nicht auf, denn er schien uns zu vermessen.

Weihnachten erlebte ich als eine geradezu magische Zeit. Am Nachmittag des Heiligabend, der sich in Erwartung des Christkinds endlos lang hinzog, nisteten Mizzi und ich uns immer bei der Familie Prosch ein, wo wir ohne Anmeldung oder Einladung stets willkommen waren. Man klopfte einfach an die Wohnungstür, fragte ob Raini oder Günther zu Hause seien, wurde eingelassen und gehörte dazu. Im einzigen größeren Zimmer zeichneten wir auf dem Ess- und Arbeitstisch mit Aquarellfarben hingebungsvoll goldene Engel auf Schablonen, widmeten uns aber auch, wenn man uns allein ließ, ganz anderen und viel spannenderen Dingen. Herr Prosch besaß aus Militärbeständen ungeklärter Herkunft noch mehrere Revolver samt Munition aus der Zeit des Zweiten Weltkriegs, die er uns schon öfter mit Stolz vorgeführt hatte. Die holten wir in seiner Abwesenheit aus dem unversperrten Kasten hervor, gingen damit in den Keller, luden sie, wie Herr Prosch es uns gezeigt hatte, mit scharfer Munition und schossen zum Zeitvertreib an wenig einsichtigen Stellen auf Ziele in den meterdicken Hauswänden. Ich entpuppte mich als gute Schützin.

Etwa um fünf Uhr, wenn die Spannung bereits unerträglich geworden war, hörten wir ein Glöcklein läuten. »Das Christkind war da!« Ich verabschiedete mich schnell von meinen Freunden, stürzte die Stiege hinunter und hinein in das Schlafzimmer meiner Eltern, wo mich die Pracht eines Lichterbaums überwältigte. Und erst die darunter ausgebreiteten Geschenke! Und der überirdische Duft von Kerzen. Alles war wunderbar.

Den Rest des Abends probierte ich die neue praktische Kleidung und ärgerte mich ein wenig, dass ich anstelle der gewünschten roten Schuhe wieder nur braune bekommen hatte. Dann packten wir das DKT – Das kaufmännische Talent – aus und spielten, gewannen und verloren Häuser, Hotels, Straßen, ja, ganze Städte. Viel später als üblich, umweht von dem köstlichen Duft der gelöschten Kerzen des Christbaums, kroch ich unter die warme Daunendecke meines Betts und schlief zufrieden ein. Gab es noch Schöneres?

2

Mit dem Eintritt in das Realgymnasium, wohin mein bildungsgläubiger Vater mich als gute Schülerin nach eingehender Beratung mit meiner Lehrerin schickte, erfuhr mein Leben eine dramatische Wende. Und zwar zum Schlechteren. Eine harte Zeit brach für mich an. Zuerst verließ mich Mizzi, die heitere Gefährtin vieler lustiger Stunden. Ihre Eltern hatten noch den Abschluss der Volksschule abgewartet, dann übersiedelten sie samt Tochter nach Wien, wo sie sich bessere Verdienstmöglichkeiten erhofften. Der Rest der Bande war aufgrund mangelnden Bildungshungers und dementsprechend schlechter schulischer Leistungen für die Hauptschule und anschließend für eine handwerkliche Lehre vorgesehen. Raini und Günther sollten nach dem Vorbild ihres Vaters den Installateursberuf erlernen, Otti einmal die elterliche Bäckerei übernehmen, Waldi in die Fleischerei seines Onkels eintreten, und der etwas begriffsstutzige Seppi sah einer Zukunft als Maurer entgegen. Erstaunlich rasch entglitten sie meiner strengen Führung, schlossen Freundschaft mit anderen Buben – wir entfremdeten uns zusehends. Bald wurde klar: Die schönen Tage wilder Streiche gehörten für immer der Vergangenheit an, die Kindheit näherte sich rapide ihrem Ende. Der Ernst des Lebens begann. Oft sah ich meine einstigen »Vasallen« vor ihren Häusern beim fachkundigen Zerlegen und Reparieren ihrer Fahrräder, hörte, wie sie über ordinäre Witze lachten. Unter meinem Regime wäre dies nicht möglich gewesen! Traf ich sie zufällig auf der Straße, mieden sie mich. In ihren Augen war ich als Gymnasiastin »etwas Besseres«.

Damit saß ich zwischen zwei Stühlen, gleichsam im Niemandsland. Zwischen mir und meinen alten Freunden hatte sich eine tiefe Kluft aufgetan. Eine ebensolche trennte mich von meinen neuen Klassenkameradinnen, die meisten von ihnen Fahrschülerinnen aus der näheren und weiteren Umgebung unserer Bezirkshauptstadt. Im Unterschied zu mir stammten sie aus »besseren« Kreisen, hatten Ärzte, Rechtsanwälte oder gut situierte Geschäftsleute als Eltern. Die »höheren Töchter« trugen modisch schwingende, teure Kleider samt steifer Unterröcke. Unter toupierten Frisuren blickten sie voll Hochmut auf mich herab – ich war für mein Alter eher klein. Einige waren, was eine zunehmend wichtige Rolle spielen sollte und von mir nicht geleugnet wurde, hübsch, viel hübscher als ich selbst. Auf jeden Fall schlanker.

Zum ersten Mal kamen mir auch Standesunterschiede zu Bewusstsein. Geld, bis dahin eine Nebensächlichkeit, gewann plötzlich an Bedeutung. Über das Gehalt, das mein Vater pünktlich jeden Ersten vom

Staat erhielt, wurde nie mit mir gesprochen. Sein Beamtenstatus mit Pensionsberechtigung entsprach dem Wunsch meiner Eltern nach finanzieller Sicherheit. Beide hatten vor und nach dem Zweiten Weltkrieg schwere, entbehrungsreiche Zeiten erlebt, nun waren sie mit ihrer Existenz vollkommen zufrieden. Der Tradition entsprechend, verfuhren sie mit der väterlichen »Besoldung«, wie es damals noch hieß, nach einer einfachen Regel – zwei Drittel gaben sie für das tägliche Leben aus, ein Drittel legten sie als Notgroschen auf ein Sparbuch.

Ich selbst verwaltete mein Taschengeld, wie mir schien, meisterlich, sparte einen Teil und verprasste den Rest beim Konditor. Es war eine große Freude, in das kleine Geschäft von Herrn Maxer einzutreten und mich beraten zu lassen. »Bitte, was krieg ich für einen Schilling?« Der Zuckerbäcker liebte Kinder. Geduldig und wohlwollend machte er Vorschläge. »Zehn Stollwerck oder eine kleine Tafel Bensdorp-Schokolade, fünf Deka Seidenzuckerl – oder möchtest du lieber ein Eis?« Mir fehlte nichts, bis mir die neue Umgebung die Ärmlichkeit unseres Lebens vor Augen führte. Ich schämte mich.

Mit den reichen Mädchen aus meiner Klasse konnte ich nicht konkurrieren. Sie zu beeindrucken, ja, sie zu dominieren war ein Ding der Unmöglichkeit.

Einsam, unglücklich und ausgeschlossen, tröstete ich mich an langen, eintönigen Nachmittagen mit Essen und noch mehr Essen. Meine plumpe Erscheinung trug nichts zur Verbesserung meiner Situation bei. In »Leibesübungen« wurde ich zum allgemeinen Gespött, da es mir einfach unmöglich war, das Reck zu erklimmen. Bei Wettläufen keuchte ich stets als Letzte ins Ziel. Zu Partys, von denen sich die anderen Mädchen in einem Winkel des Klassenzimmers geheimnisvoll wispernd erzählten, lud man mich nicht ein.

Mein freches Selbstbewusstsein schwand dahin, ich wurde verklemmt und schüchtern. Schweißgebadet schreckte ich des Nachts aus fürchterlichen Albträumen hoch, in denen ich zitternd vor Angst bei Mathematik-Schularbeiten saß und keine einzige Aufgabe lösen konnte. Vom Lateinlehrer zur Tafel gerufen, wusste ich keine Vokabeln. Manchmal stand ich auch an einem offenen Fenster, kletterte auf das Gesims, breitete die Arme wie Flügel weit aus und flog mit raschen Schlägen davon. Kühle Luft umfächelte meinen durchgestreckten Körper, mein Nachthemd bauschte sich im Abendwind. Ich zog Kreise, schwebte hoch am Himmel und blickte in das weite, mit bizarren, in ein fahles Licht getauchten grünlichen Felsen überzogene Land. Mühelos schraubte ich mich hoch und höher, in einem atemberaubenden Spiralflug drehte ich mich lustvoll um die eigene Achse. Schwungvoll zog ich meine Kreise, bis ich voll Entsetzen merkte, dass meine Arme erlahmten, ich mich nicht mehr in der Luft halten konnte. Alle verzweifelten Anstrengungen, mit zusammengebissenen Zähnen und in höchster Konzentration, erwiesen sich als vergeblich. Unter mir tauchte ein riesiger See auf, der näher und näher kam. Beim Eintauchen in das eisige Wasser merkte ich, dass ich nicht schwimmen konnte. Verzweifelt ruderte ich mit den Armen. Den schwarzen Schwimmreifen vor mir konnte ich nicht fassen, obwohl er zum Greifen nah war. Namenloser Schrecken erfüllte mich, es wurde dunkel. Langsam sank ich auf den Grund hinab, tief, immer tiefer. Die Angstvisionen blieben oft bis zum Mittag des folgenden Tages präsent.

»Die Hermi schaut gar so traurig drein. Ich glaub, sie ist recht unglücklich in der neuen Schule«, hörte ich meine Großmutter sagen.

»Das ist die Umstellung. Samma froh, dass sie nimmer mit den Buben unterwegs ist«, antwortete meine Mutter.

Betrübt und mit hängenden Schultern schlich ich umher, zog mich zurück und saß den ganzen Nachmittag allein zu Hause, obwohl man mich bei schönem Wetter häufig ermahnte: »Warum gehst denn net an die frische Luft? Es is so angenehm draußen!« Ich verfasste schaurige, von trauriger Sentimentalität triefende Geschichten, die ich am Abend vorzulesen pflegte: »Woher nimmt das Kind nur diese ung'sunde Fantasie?«, wunderte sich meine Mutter. Ich las alle Romane von Jules Verne, verschlang mindestens fünfzig Bände von Karl May, vertiefte mich in die »Schatzinsel« von Robert Louis Stevenson und entdeckte mit Sherlock

Holmes die Faszination von Kriminalromanen. Wenn ich mich nicht, ans Fenster gekauert, in Bücher vertiefte, kümmerte ich mich um den schwarzen Kater, der als Einziger von der im Hof lebenden Katzenfamilie übrig geblieben war. Die sogenannte »alte« Katze war gestorben, ihre drei Kinder hatten ein neues Heim gefunden. Meinen tierischen Freund nannte ich »Peterl«. Frau Zottl, der alten Frau aus dem »Ausnahmstüberl«, war der muntere Kater, der oft in ihrem kleinen Blumenbeet scharrte, um dann seine Notdurft zu verrichten, ein Dorn im Auge. Sie sah es daher nicht ungern, wenn ich ihn in unsere Wohnung trug, wo er in Abwesenheit meines Vaters, der dies als schweren Verstoß gegen die Hygiene empfand, auf dessen alter Freizeithose schlummerte. Hörte ich Papas Schritte im Flur, wenn er am späteren Nachmittag aus dem Amt nach Hause kam, schob ich den schlaftrunkenen Peterl, der nicht wusste, wie ihm geschah, schnell aus dem ebenerdigen Fenster. Manchmal hob mein Vater den Kopf, um misstrauisch zu schnuppern. Ohne Zweifel! Seine Kleidung, auf der sich der Kater kurz davor noch geräkelt hatte, fühlte sich nicht nur warm an, sie roch auch kätzisch. Er ahnte, dass ich sein Verbot, obwohl ich es mit unschuldigem Blick vehement leugnete, vor allem bei Regen und Kälte umging.

Peterl mit dem seidig glänzenden schwarzen Fell und dem weißen Schwanz sollte kein langes Leben beschert sein. Nach einem kurzen, glücklichen Dasein fand er ein qualvolles Ende. Niemand bemerkte, dass die bereits etwas verwirrte Frau Zottl abermals Rattengift in den Ecken des Hofs ausstreute, wie sie dies schon einige Male getan hatte. Diesmal war jedoch keiner zur Stelle, um die dunkelgrünen Giftperlen rechtzeitig zu entfernen. Peterl fraß die wohlschmeckende, nicht für ihn bestimmte Mahlzeit, und bald schreckte das klägliche Miauen des sterbenden Tiers die Hausbewohner auf.

Frau Zottl gestand ihre Tat ohne Reue: »Na, konn man nix mochen, waas ma wenigstens, dass wirkt!« Ungerührt trippelte sie, wie immer gegen Abend, die kurze Strecke zum Gasthaus am Ende der Schlossergasse. Im Beisl »Zum goldenen Löwen« holte sie ihr tägliches Viertel Rotwein ab, das die gutmütige Wirtin Frau Zottl in Anbetracht ihres hohen Alters quasi als Medizin kostenlos ausschenkte. Nicht ganz zufällig wurde ich Zeugin, wie die alte Frau beim Heimweg in der dunklen Einfahrt hinfiel. Es sah aus, als ob sie im Gehen an dem übervollen Glas genippt hätte und dabei gestolpert wäre. Mit »Hoben's Ihna weh tan?« eilte ich ihr sofort zu Hilfe, wobei ich rasch den dünnen Faden entfernte, den ich in zwanzig Zentimeter Höhe sorgfältig zwischen den für den Winter gestapelten Holzstößen gespannt hatte. Frau Zottl lag jammernd auf dem Boden. »Au, meine Hüfte! Meine Hüfte! Ich kann net aufstehen! Des tut weh!« Noch immer hielt sie das Rotweinglas umklammert, dessen über ihr Kleid verschütteter Inhalt einen üblen Geruch verbreitete. Bei dem Sturz hatte sie sich einen Bruch des rechten

Oberschenkelhalsknochens zugezogen, der schwer verheilte. Sie konnte sich nicht mehr allein versorgen und landete in einem Pflegeheim. Ich habe sie nie mehr gesehen und auch nicht vermisst.

Von da an erhellte sich das schwarze Loch, in dem ich zu versinken gedroht hatte. Wie durch ein Wunder ging es mit mir bergauf. Meine seelische Gesundung unterstützte ich durch aufmunternde Lektüre. »Die neue Klasse« von Milovan Djilas aus der städtischen Bücherei entsprach jedoch nicht meinen Erwartungen. »Damit wirst ka Freud ham!«, prophezeite mir der ältere Bibliothekar mit der runden Brille ganz richtig. Tatsächlich entpuppte sich der vermeintliche Seelenratgeber für Jugendliche als ein kritisches Werk über den Kommunismus – ich hatte Klasse mit Schulklasse verwechselt.

»Wos suchst denn eigentlich?«, wurde ich beim Zurückbringen des Buches gefragt. Verlegen stotternd brachte ich mein Anliegen vor: »Si wolln mi net! Sie lachn über mi!« Der belesene Mann, der als Pensionist die Leitung der Städtischen Bücherei übernommen hatte, hob nachdenklich die Augenbrauen, dann tröstete er mich: »Das ist normal in deinem Alter. Is uns allen so gangen!« Er tauschte die hochpolitische Streitschrift gegen »Autosuggestion für Anfänger«.

Ich las darin, befolgte die Ratschläge und gewann an Selbstvertrauen. »Es geht mir jeden Tag in jeder Hinsicht immer besser und besser!«, murmelte ich, wie empfohlen, zwanzig Mal täglich halblaut vor mich hin. Für jede Notlage gab es passende Sprüche. »Ich glaube es – ich glaube es – ich glaube es!« mobilisierte, morgens vor dem Spiegel gesprochen, meine geheimen Kräfte. Seelische Belastungen verscheuchte ich einfach mit »Es geht-weg-weg-weg-weg«, und Schularbeiten schaffte ich mühelos mit »Ich kann – kann – kann«. Im Übrigen galt: »In mir wohnt eine unermesslich große Kraft!« – »Jessas, jetzt redt die Hermi mit sich selber«, entsetzte sich meine Großmutter, als sie beim Kartoffelschälen in der Küche zufällig Zeugin meiner Selbstgespräche wurde.

Die Probe aufs Exempel fand statt, als unser nur durch den steifen weißen Kragen als Priester erkennbarer Religionslehrer eines Tages eilig das Klassenzimmer betrat. Er kam direkt aus der Morgenmesse, war danach aufgehalten worden und hatte sich etwas verspätet. Säuberlich trug er die Fehlenden im Klassenbuch ein, dann stand er auf, um den Unterricht zu beginnen. Ich hob die Hand. »Nun, Meier?«, fragte er milde. »Herr Professor, Sie haben das Hosentürl offen!«, klärte ich den Geistlichen über seinen kleinen Toilettenfehler auf. Meine Mitschülerinnen erstarrten,waren jedoch hocherfreut über die willkommene Unterbrechung, und ich erntete zustimmende Blicke ob meiner Frechheit. Der geistliche Herr räusperte sich verlegen, errötete, kehrte uns den Rücken zu und fummelte an seiner Hose. Wenig später stieß er aus schmalen, zusammengepressten Lippen ein knappes »Danke!« hervor. Ein lautes Kichern erfüllte den Raum, ich sah bescheiden zu Boden. In der Pause feierte man mich als Heldin. Christl, Klassenbeste und Leitfigur, lobte: »Toll, Hermi!« Mein Status erfuhr einen wundersamen Wandel. Von da an blickte ich nicht mehr zurück – man achtete und respektierte mich.

In der Deutschstunde fuhr ich einen weiteren Triumph ein. »Meier, die erste Strophe von der ›Glocke‹!«, rief der hagere, leicht bucklige, weißhaarige Lehrer, der kurz vor der Pensionierung stand. »Du weißt, es war bis heute zu lernen!« Ich merkte, dass unser ziemlich tauber Lehrer sein Hörgerät nicht trug, anscheinend hatte er es vergessen. Seiner Aufforderung kam ich gern nach, denn ich hatte mich gut vorbereitet. Mit beredten, schwungvollen Gesten, rollenden Augen und ausdrucksvoller Mimik bot ich das bei Deutschpädagogen überaus beliebte Gedicht von Friedrich Schiller dar: »Das Lied von der Glocke. Fest gemauert in der Erden steht die Form aus Lehm gebrannt. Heute muss die Glocke werden … frisch«, hier beugte ich mich dramatisch vor und stampfte anfeuernd mit dem Fuß auf, »Gesellen, seid zur Hand«. Bei »Von der Stirne heiß rinnen muss der Schweiß« wischte ich mir heftig über das Gesicht. In der ganzen Zeit entfuhr meinen wild bewegten Lippen kein Laut, was den schwerhörigen alten Herrn sichtlich verwirrte. Er legte seine Hand an das rechte Ohr und lauschte angestrengt. Er hörte nichts, denn es war nichts zu hören. Schließlich zog er sich aus der Affäre: »Genug, das hast du gut gelernt! Schön, sehr schön. Setzen.« Dann wandte er sich zur Klasse: »Ich weiß nicht, was es bei diesem erhabenen Klassiker zu lachen gibt. Und merkt euch: Man macht beim Sprechen den Mund auf. Wie Meier soeben!«

Ich sorgte auch weiterhin für ausreichend Spaß. Zum Schrecken der Lehrer avancierte ich zum Unterhaltungsprofi. Meine anfangs passablen Noten sanken in den Keller. Hausaufgaben schrieb ich, wenn überhaupt, grundsätzlich nur während der Religionsstunde. Hefte führte ich nur sporadisch, sodass jede Vorbereitung auf Prüfungen illusorisch wurde. In den meisten Fächern lavierte ich stets zwischen Genügend und Nicht genügend. Gegen Ende der 7. Klasse erhielt ich die dritte Mathematikschularbeit in Folge mit einem »Nicht genügend« zurück. »Du bist zu faul. Den Kasperl zu spielen ist leichter, aber halt zu wenig!«, ätzte der unsympathische Pädagoge.

Ein »Sitzenbleiben«, also die Wiederholung einer Klasse, drohte. Diese Schande sowie den Verlust eines ganzen Jahres galt es zu verhindern. Leicht beunruhigt trug ich meine Arbeit nach Hause. Die Unterschrift der Eltern fälschte ich zu diesem Zeitpunkt schon routinemäßig und sehr perfekt. Das war kein Problem und rettete den häuslichen Frieden. Doch zum Aufsteigen in die 8. Klasse benötigte ich unter allen Umständen ein positives Ergebnis.

Schließlich kam mir eine verblüffend einfache Idee, die ich als Krönung meiner Schulzeit empfand. Im

Nachhinein habe ich mir selbst dazu gratuliert. Nicht ganz so faul, wie mich der dumme Rechenmaxl einschätzte, löste ich mithilfe von Pauli, unserer besten Mathematikerin, ein Beispiel der verfehlten Schularbeit. Den Rechenvorgang notierte ich sorgfältig auf einem Zettel. Zu Hause, allein im stillen Kämmerlein, nahm ich mir das Heft vor, bog die Heftklammer in der Mitte auf und fügte eine neue Seite ein, auf der ich zuvor in bewusst schlampiger Schrift mit vielem Durchstreichen und Ausbessern die Aufgabe gerechnet hatte. Eine wahre Meisterleistung der Kalligrafie! Am darauffolgenden Tag überreichte ich mein Werk, wobei ich Augenkontakt mied und schüchtern zu Boden sah: »Herr Professor, ich glaube, Sie haben etwas übersehen!« Dieser blickte mich scharf an: »Sollte ich mich tatsächlich geirrt haben? Ich schau mir das nochmals an!« Grollend akzeptierte er meine erstklassige Fälschung. Ich war gerettet.

Das Zeugnis am Ende des Schuljahrs bot ein schönes, weil grafisch vollkommen einheitliches Bild – ein »Genügend« reihte sich an das andere. Die Zahl der Fehlstunden war enorm, denn ab der 7. Klasse nahm ich mir jede Woche zumindest einmal frei. An diesem Freudentag verließ ich am Morgen, wie gewohnt, pünktlich das Haus. Mein Weg führte mich allerdings nicht zur Schule, sondern in ein kleines Espresso-Café, wo mir das Läuten der Kirchenglocke um acht Uhr, das gleichzeitig den Beginn des Unterrichts bedeutete, wie Musik in den Ohren klang.

Als ich schließlich das Realgymnasium mit einer miserablen Matura abschloss, stellte sich meinen Verwandten die Frage: »Was soll die Hermi werden? Was will sie denn selbst?« Ich zeigte keine Präferenz für einen bestimmten Beruf, denn Arbeit in jeder Form widerte mich an, ich liebte den Müßiggang. Doch ein Broterwerb musste sein, und so wandte sich meine Mutter an ihren Bruder. »Er soll sie irgendwie unterbringen«, war man sich bald einig. Onkel Rudi lebte in Wien, wo er es mit viel Fleiß bis zum Leiter einer Bankfiliale in Währing gebracht hatte. Mein Vater reiste mit mir zu einem Vorstellungsgespräch, wobei er es für klüger hielt, das Maturazeugnis daheim zu lassen – ein listiger Schachzug, den ich ihm als stets korrektem Staatsdiener nicht zugetraut hätte. Danach befragt, meinte er, es sei halt durchschnittlich, und versprach, es nachzureichen. Ich wurde zur Probe angestellt. So kam es, dass ich wie die meisten meiner Mitschülerinnen nach Wien übersiedelte und ein kleines Zimmer in Untermiete bezog.

3

Die mir kaum bekannte Großstadt enttäuschte mich. Dunkle, schmutzige graue Fassaden öder Mietshäuser entlang düsterer, abends schlecht beleuchteter Straßen. Ein morbider Hauch hing über der in zahllosen Liedern besungenen Metropole, in der man gern über den Tod sprach. Wien entpuppte sich als überaus stille Stadt, voll von Weltschmerz und elegischer Lustigkeit, mit pessimistischen, geradezu von Selbsthass erfüllten Menschen. Man »raunzte«, beklagte die stets schrecklichen Zustände und bedauerte sich zutiefst. Doch Vorsicht! Stimmte ein Fremder, und sei es auch nur in mildester Form, in die düster-schwarze Kritik ein, empfand man dies als unerhörtes Sakrileg und wies ihn scharf zurecht: »Sie, was erlauben Sie sich? Wo san ma denn?«

Allgemeines Lob wurde nur der Wiener Luft und dem Wiener Wasser zuteil. So begrüßte man den ständigen Kopfschmerzen verursachenden Westwind: »Gott sei Dank, er bringt uns gute Luft aus dem Wienerwald.« Auch von der Qualität des Trinkwassers schwärmte man in höchsten Tönen: »Ah, das Wiener Hochquellenwasser, kommt hundert Kilometer von unsern Hausbergen, der Rax und dem Schneeberg. Woanders tät man das in Flaschen füllen und verkaufen.«

Erst allmählich erschloss sich mir der Charme der Wienerstadt, schätzte ich das »goldene Wienerherz« mit seiner sprichwörtlichen Gemütlichkeit und noch mehr den herben »Schmäh«, mit dem man sich das Leben erleichterte. Ich lernte ihn kennen, als in meiner Gasse die Straßenmarkierung erneuert wurde. Ich roch die weiße Farbe, empfand sie als angenehm und schnupperte nochmals. Einer der Arbeiter sah meine Miene und meinte scherzhaft: »Soll'n ma Ihna sogn, wo ma morgen san?« Und als mich ein Schaffner in der Straßenbahn warnte: »Haltn's Ihna an, Fräulein, mir fahrn ums Eck!«, verfiel ich, wie viele »Zuagraste«, der Stadt mit den vielen Facetten und der wunderschönen Umgebung vollkommen. Bald antwortete ich auf die oft gestellte Frage: »Sag, möchst du woanders leben?« mit dem Brustton der Überzeugung: »Na, nirgends!«, um anschließend die unhaltbaren Übelstände meiner Wahlheimat zu beklagen.

Auch mein ungewohntes Dasein als Arbeitssklavin machte mir sehr zu schaffen. Jeden Tag trottete ich morgens kurz vor neun Uhr in die Filiale der Commerzbank in der Währinger Straße. Eine Zeit lang schien mir der Posten, den ich dem Onkel Rudi verdankte, sogar erstrebenswert. »Und du schiebst eine ruhige Kugel«, meinte meine Mutter. Zu ruhig, wie es sich bald herausstellte. Meistens versah ich öden

Schalterdienst. Nie war es aufregend, die oft unhöflichen Kunden beim Ausfüllen ihrer Geldüberweisungen zu beraten, ihnen die Bewegungen ihres Kontostands zu erklären und mit ihnen, die sich, aufgehetzt von den Medien, überaus klug und gewieft dünkten, über marginale Zinserhöhungen ihrer Spareinlagen zu feilschen.

Auf meinem Konto traf jeden Monat ein bescheidenes Gehalt samt Bonus ein – je nachdem, wie die undurchschaubaren Geschäfte des Geldinstituts liefen, das bereits mehrmals den Eigentümer gewechselt hatte. Angesichts der riesigen Summen, die jeden Tag druckfrisch, gebündelt und mit Schlaufen versehen aus der Nationalbank geliefert wurden und an den Kassen die Besitzer wechselten, schien mir das ein Affront. Millionen, täglich zum Greifen nah! Und ich, abgespeist mit ein paar mickrigen Scheinchen! Wenn nichts zu tun war, lehnte ich gelangweilt hinter meinem Pult und brachte Ordnung in meine Formulare. Meist jedoch stierte ich ins Leere. »Ah, das Fräulein Meier träumt schon wieder. Vielleicht von einem Märchenprinzen? Jung müsste man halt sein«, seufzte der gutmütige Herr Loidolt, der pedantische Hüter des Kassenschalters. Welche Ahnungslosigkeit! Der biedere Mann, der, wie er oft klagte, unter hohem Blutdruck litt, ahnte nichts von der gefährlichen Aufregung, die ihm bevorstand. Plante ich doch einen kleinen, aber feinen Überfall. Bislang hatten Geldräuber unsere Bank gemieden, sie geradezu verschmäht, obwohl sie an einer belebten Verkehrsader lag und ihr auffälliges Glas-Entree verlockend ins Auge sprang. Andere, weniger attraktive Filialen der Commerzbank waren, wie ich hörte, nicht nur einmal, sondern schon mehrmals ausgeraubt worden. Warum diese offensichtliche Diskriminierung? Gab es für dafür einen Grund? Auf jeden Fall ein Lapsus, den zu beheben es höchste Zeit war.

Aus der an Kriminalität reichen jüngsten Zeit war mir kein einziger Fall bekannt, bei dem Angestellte die eigene Bank ausgeraubt hatten. Eigentlich schade, dass Insider ihr reiches Wissen über Alarmanlagen, Fluchtwege und Geldtransporte nicht nutzten. Sie fälschten, wie man las, kunstvoll Bilanzen, unterschlugen und veruntreuten auch ihnen anvertrautes Geld, vor roher Gewalt schreckten sie jedoch zurück. Da ich selbst nur rudimentäre Kenntnisse in Buchhaltung besaß, entschied ich mich daher für Letzteres. Jemand musste schließlich den Anfang machen. Ich überlegte hin und her, erwog, änderte, verfeinerte und verwarf die verschiedensten Pläne, bis ich mich schließlich entschied.

Der maßgeschneiderte Raub sollte folgendermaßen ablaufen: Um 10.30 Uhr herrscht in der Filiale Währingerstraße stets Hochbetrieb. Hermine M. geht in das Souterrain der Bank. Darin sieht niemand etwas Auffälliges, denn im Untergeschoss befinden sich die Tresore der Kunden. In einem unbeobachteten Moment betritt sie die dortige Kundentoilette. Sie streift einen bodenlangen schwarzen Umhang über und setzt eine dazu passende, adrette Maske mit der Darstellung einer freundlichen Katze auf, in die sie einen schmalen Sehschlitz geschnitten hat. Um größer zu wirken, schlüpft sie in Schuhe mit Plateausohlen. Ihrer Handtasche entnimmt sie eine Pistole, die sie beim letzten Besuch zu Hause bei Herrn Prosch hat mitgehen lassen. Ist sie bereit, dann rennt sie die Treppe hinauf, direkt in Richtung Kasse. Wortlos richtet sie ihre Waffe auf den ängstlichen Herrn Loidolt, schiebt ihm einen Zettel zu: »Überfall! 500 000 Schilling, schnell, oder es gibt ein Blutbad.« Die genannte Summe hat sie genau kalkuliert. Sie darf nicht zu hoch sein, damit der Mann an der Kasse kein Risiko eingeht. Er befolgt die für einen derartigen Fall erhaltenen Richtlinien und händigt das Geld in 5000-Schilling-Scheinen aus: Hundert Banknoten, ein kleines Päckchen. Zur Einschüchterung der Menschen, die auf dem Boden kauern, gibt Hermine M. ein paar Warnschüsse in die Decke ab. Sie rafft das Geld an sich, rennt dem Ausgang zu, wobei sie die Kunden in Schach hält. Sie verschwindet im Hauseingang gleich neben der Bank, wo sie die Maske abstreift und sich in die biedere Angestellte zurückverwandelt. In dem allgemeinen Tumult mischt sie sich unauffällig wieder unter das Personal der Bank.

Der Überfall bleibt ungeklärt. Zwei Monate nach dem Vorfall kündigt Hermine M. ihren Posten. Sie gibt an, dem aufregenden Leben in der Großstadt nicht gewachsen zu sein, seit dem Banküberfall unter Angstträumen zu leiden und in ihre Heimatgemeinde zurückkehren zu wollen. Sie stößt auf wohlwollendes Verständnis. Aufgrund ihrer Faulheit und Ineffizienz hinterlässt ihr Abgang keine Lücke.

»Träume sind Schäume« heißt es nicht zu Unrecht. Den meisten Menschen ist es leider nicht vergönnt, ihre Wünsche zu verwirklichen. Ich bildete da keine Ausnahme, denn ich schreckte vor der Ausführung meiner kühnen Pläne zurück. So sah ich mich weiterhin Tag für Tag mit der harten Realität des Lebens konfrontiert. In Anbetracht meiner prekären Finanzlage zählte ich auf die Unterstützung durch meine liebe Mutter. Regelmäßig schickte sie mir »Fresspakete« mit nahrhaftem Inhalt – Blutwürste und geräucherter Speck, Grammelknödel mit Sauerkraut, schwarzes Brot und Guglhupf. Das half mir sparen, denn ich ernährte mich fast ausschließlich von ihren milden Gaben. Meine Figur ging dabei noch weiter aus dem Leim, mit dem Geld kam ich trotzdem nur schwer aus – nach der Bezahlung von Miete, Strom und Gas blieb nicht viel übrig. Das war umso trister, als ich zu dieser Zeit nach Markenartikeln geradezu gierte und mich ärgerte, dass ich mir, umgeben vom Luxus der Großstadt, so wenig leisten konnte. Meine Garderobe bestand daher aus »Schnäppchen« teurer Designermode, die ich im Ausverkauf billig erwarb. Bald konnte ich mich nicht mehr erinnern, etwas zum regulären Preis erworben zu haben. Und so präsentierte ich mich auch. Im sündteuren Mantel aus Alpakawolle, der aufgrund seiner grellorangen Farbe lange keine Käuferin gefunden hatte, bis man ihn auf ein Drittel des Preises reduzierte und mir überließ. Ich besaß auch einen roten Kaschmirpullover, der zwar etwas eng anlag, aber sehr preisgünstig gewesen war. Leider konnte niemand das an der Innenseite angebrachte Etikett mit der Aufschrift »Christian Dior« sehen. Viele meiner italienischen Markenschuhe waren Okkasionen. Sie drückten mich oft fürchterlich, und ich hoffte, dass meine vorstehenden Überbeine – ein Erbe von Großmutter und Mutter, die beide unter Deformierungen der Füße litten – nicht allzu sichtbar wurden.

Auch Kosmetika leistete ich mir nie, obwohl ich in den großen Drogeriefilialen in der Nähe meiner Bank zur treuen Stammkundschaft zählte. So streifte ich jeden Morgen durch die Geschäfte, wobei ich, um nicht aufzufallen, meine Gunst nach einem genau erdachten Plan reihum auf die Parfümerien verteilte. Dort rüstete ich mich für den Tag, denn als »Tester« markierte Utensilien gab es zuhauf. Zuerst zog ich mit einem Kajalstift einen gekonnten Strich auf meine Lider. Dann trug ich Lidschatten und Make-up auf, bestäubte mein Gesicht mit losem, schön transparentem, sündteurem Puder. Bei der Verwendung der Produkte achtete ich stets auf erste Qualität. »Ich liebe Prada«, freute ich mich, wenn ich mich am Ende meiner Toilette mit dem teuersten Parfum des Regals von oben bis unten bestäubte und, gleichsam auf Vorrat, mein Taschentuch damit durchtränkte.

Trotz intensiver Schönheitspflege hielt sich das Interesse junger Männer an meiner Person in sehr engen Grenzen. Über Belästigungen durch das starke Geschlecht konnte ich mich nicht beklagen, zu meinem großen Bedauern verschonten mich »Stalker« jeder Art. Mir fehlte männliche Gesellschaft, ich sehnte mich nach Liebe, Flirt und Abenteuer. Eine Schule für modernen Gesellschaftstanz sollte diesen Mangel beheben.

Positive Gedanken überfluteten mein Hirn. Zu allererst: Tanzen killt Kalorien. Bei einer Stunde Walzer verliert man 360 Kalorien, den Gegenwert von hundert Gramm Blutwurst. Eine Stunde Rock'n' Roll würden weitere 500 Kalorien verbrennen. Abgesehen von einem Training der Bauch-Rücken- und Beinmuskeln, das mir ein Fitness-Studio ersparte, sollte Cha-Cha-Cha meine Anmut und Ausdauer fördern und ganz nebenbei meine beiden Gehirnhälften positiv stimulieren. Das beim Tanzen in erhöhtem Maße ausgeschüttete Sexualhormon Testosteron wiederum würde mir den ersehnten Partner bescheren.

Beflügelt von großen Erwartungen eilte ich daher nach Büroschluss »aufgemascherlt« zur Tanzschule. Zunächst wies man uns an, auf der langen Bank Platz zu nehmen, die an der Stirnseite des durch einen Kristalllüster in gleißendes Licht getauchten festlichen Saals mit seinem spiegelnden Parkett stand. Burschen mit weißen Handschuhen verbeugten sich höflich vor den sitzenden jungen Damen. Ein Mädchen nach dem anderen wurde aufgefordert und entschwand. Bald war das Parkett voll mit fröhlichen Paaren, die sich zu den Klängen eben gelernter Tanzschritte flott im Kreis drehten. Niemand wollte mich; mitleidig beäugt von allen, blieb ich allein zurück. Schließlich rief die in einen strengen dunklen Hosenanzug gekleidete, vornehm sprechende Kursleiterin ein korpulentes Bürschchen mit rotem, pickelübersätem Gesicht energisch zu sich, ihre ausgestreckte Hand wies auf mich. Widerwillig gehorchte er der herrischen Geste, ging linkisch auf mich zu und holte mich zum Tanz.

Auf diese Weise lernte ich zwar Foxtrott, Boogie und Walzer, doch der Zweck meiner rhythmischen Übungen, nämlich Arznei für Figur und Herz zu sein, erfüllte sich nicht. Die feschen, großen und guten Tänzer mieden mich. Sie schwebten beim feurigen Tango Argentino mit ebensolchen feschen, großen und guten Tänzerinnen an mir vorbei, während mein hässlicher Partner mit den schwitzenden Händen und den zahllosen Hautunreinheiten im Gesicht erbarmungslos auf meinen zarten Füßen herumtrampelte. Kein anderer opferte sich für mich, und wenn ich ehrlich war, ergänzten wir einander. Auch ich war nicht gertenschlank und durch die einseitige Ernährung ebenfalls mit Pusteln übersät. Kein Wunder, dass sich mein armer Körper trotz der himmlischen Klänge, die an mein Ohr drangen, weigerte, Glückshormone auszuschütten. Meine Stresshormone reduzierten sich auch nicht, ganz im Gegenteil, wilder Zorn machte sich breit. Schließlich raffte ich mein goldfarbenes Abendtäschchen an mich, zischte der Tanzmeisterin »Dafür zahle ich nichts!« zu, ließ den jungen Mann mitten auf dem Tanzparkett stehen und brach das misslungene Experiment ab. Beim Verlassen des Saals hörte ich noch ihre erregte, laute, gar nicht mehr vornehm säuselnde Stimme hinter mir: »Was hat sich die Dicke denn erwartet?«

Zurück in meinem kleinen »Untermietkabinett« mit Blick in einen engen, finsteren Innenhof, holte ich die Fressalien meiner Mutter hervor und genehmigte mir vor dem Zubettgehen als Trost noch ein großes Stück Brot mit pikanter Blutwurst. Außerdem murmelte ich, bevor ich auf meinem schmalen und harten Bett einschlief, noch zwanzig Mal: »Es geht mir jeden Tag in jeder Hinsicht immer besser und besser!«

4

Manchmal aß ich zu Mittag nicht das übliche Wurstbrot aus eigener Fabrikation, sondern ging in die Konditorei »Aida« in unmittelbarer Nachbarschaft meiner Bank. Hauptsächlich ältere, altmodisch gekleidete Damen mit topfförmigen Hüten und viel Freizeit bevorzugten dieses Eldorado billiger, aber vorzüglicher Mehlspeisen. Sie trafen sich dort mit gleichaltrigen Freundinnen. Auch meiner harrten köstliche Gaumenfreuden in Form von Torten, die man eigentlich nur als Törtchen bezeichnen konnte. Teilten doch die Konditormeister ihre Kunstwerke geschickt in winzige, perfekt aussehende Miniportionen, ohne dass sie bei dieser schwierigen Prozedur zerfallen wären. Die Wahl zwischen Esterhazy-Schnitten, Schwarzwälder Kirschtorte und Punschkrapfen mit glänzendem zartrosa Zuckerguss fiel jedes Mal schwer.

»Schaut wirklich alles verlockend aus, nicht wahr?«, sagte jemand in der Schlange hinter mir, als ich unschlüssig vor der Vitrine stand. Es war ein kleiner, wohlgenährter junger Mann mit rundem Gesicht, braunen Haaren und ebensolchen Augen, der mich aufmunternd anlächelte. Mit »Sie erlauben, dass ich mich da hersetze?« nahm er an meinem runden Tischchen Platz. »Ich habe Sie schon öfter in der ›Aida‹ gesehen. Essen Sie auch so gern Süßes wie ich?« Ich musste lachen: »Ja, leider! Sollte ich nicht!« – »Aber nein, dürre Frauen sind hässlich«, meinte mein neuer Bekannter. Er stellte sich als Dr. Leopold E. vom nahen Historischen Institut der Universität Wien vor. Als ich ihn kurz darauf abermals in der Konditorei zwischen lauter alten Damen beim Verzehr zweier Punschkrapfen antraf, plauderten wir schon wie alte Freunde. Ich erfuhr, dass er aus dem Weinviertel stammte und der Sohn eines Bauern war, es aber abgelehnt hatte, die Landwirtschaft seiner Eltern zu übernehmen. Nachdem er schon als Kind ein Faible für österreichische Geschichte entwickelt hatte, zahlte ihm sein Vater, obwohl es ihm schwerfiel, widerstrebend ein Studium. Seit zwei Jahren sei er nun Universitätsassistent, hoffe sich bald zu habilitieren. Er schreibe und publiziere sehr viel.

Mein Interesse an dem leider nicht sehr ansehnlichen Weinviertler war geweckt. Hatte ich doch kurz zuvor in irgendeiner Zeitung eine Notiz gelesen, dass ein Journalist namens C.W. Ceram von seinem Werk »Götter, Gräber und Gelehrte« fünf Millionen Exemplare verkauft hatte und reich geworden war. »Welche Art von Büchern schreiben Sie denn?«, erkundigte ich mich neugierig. »Sachbücher?« – »Ja, ganz genau. Und ich versuche mich populär zu fassen, ich möchte mit Themen zum Mittelalter ein breites Publikum erreichen!« Wow, genau wie C.W. Ceram. Und er ist nicht bloß ein Journalist, sondern Historiker, ein richtiger Fachmann!, dachte ich bei mir, um laut zu fragen: »Was bekommt man denn so für ein Exemplar?« – »Zwischen 7 und 10 % vom Ladenpreis, bei Bestsellern natürlich mehr. Verkauft man die Filmrechte, ist man ein gemachter Mann«, kam die Antwort.

Ich schwieg, denn mein Gehirn surrte wie eine Rechenmaschine: Angenommen, ein Buch kostet 150 Schilling. Das mal, sagen wir bescheiden, drei Millionen Stück macht 450 Millionen. Und zehn Prozent davon, das sind ja ungeheuerliche 45 Millionen. Mein Blick ruhte freundlich und wohlwollend auf dem kleinen Historiker mit dem abgewetzten Sakko und der vielversprechenden Zukunft.

Dieser hustete, wurde rot: »Fräulein Hermine, darf ich Sie am Sonntag zu einem Spaziergang nach Schönbrunn einladen? Das Wetter soll schön werden.« Gern sagte ich zu. In Gedanken tätigte ich bereits Einkäufe um 45, vielleicht sogar noch mehr Millionen, denn es war die Zeit des guten, alten österreichischen Schilling – bis zur Einführung des ungeliebten Euro sollte es noch dauern. Aber auch in der neuen Währung hätte Dr. Leopold E. den gewaltigen Betrag von über drei Millionen Euro erzielt.

Am Wochenende spazierten wir gemeinsam, zuerst nebeneinander her, dann bald Hand in Hand durch die kunstvollen Blumen-Parterres der imperialen Gärten von Schloss Schönbrunn. Wir nahmen den gewundenen Pfad, der durch ein kleines Wäldchen hinauf zur Gloriette führt. Mittendrin küsste mich der künftige Erfolgsautor schüchtern. »Ich bin der Poldi!« – »Ich die Hermi!«

Anschließend gab er mir eine Probe seines historischen Wissens: »Die Gloriette ist ein Belvedere, das den Schönbrunner Berg krönt und zugleich den harmonischen Abschluss der Schlossanlage bildet. Den frühklassizistischen Kolonnadenbau ziert, wie du siehst, ein mächtiger Reichsadler mit Weltkugel.« Wir ließen uns in dem Kaffeehaus der Gloriette nieder und tranken Kaffee. Danach bestiegen wir die Plattform des flachen Daches, wo mir Poldi von der luftigen, etwas windigen Höhe aus geduldig die Silhouette der Stadt erklärte. Unsere Blicke wanderten über das raffiniert angelegte Areal der riesigen einstigen kaiserlichen Domäne, Wiens beliebtester Sehenswürdigkeit. »Weißt du, früher ist das alles offenes Land gewesen. Jetzt ist es noch immer eine beschauliche Oase der Ruhe und Erholung, nur halt fast am Rand der Großstadt.« Die ausgedehnten barocken Gärten, die dichten, mit Statuen gesäumten Laubengänge, die lauschigen, versteckten Rondelle, plätschernden Brunnen und künstlichen Ruinen waren tatsächlich sehr schön. Doch meine Gedanken schweiften ab: Was konnte man sich um 45 Millionen Schilling alles leisten? Eine Prachtvilla in Hietzing mit großem Garten, ein tolles Auto, eine Weltreise …

»Ich glaube, du passt nicht auf! Ich erzähle dir gerade die Geschichte von Schönbrunn.« Ich heuchelte Interesse, und Poldi setzte von Neuem dozierend an: »Also, das Prunkschloss geht, obwohl es bereits einen Vorgängerbau gab, auf die schon allen Volksschulkindern gut bekannte und von vielen Historikern als bedeutendste Herrschergestalt des Hauses Habsburg eingestufte Kaiserin Maria Theresia zurück. Ihr Architekt Nicolo Pacassi gestaltete Schönbrunn als ihre Sommerresidenz. Du weißt schon, dass Maria Theresia nur durch Zufall an die Macht kam? Ihrem Vater, Karl VI., war der männliche Thronerbe im Säuglingsalter verstorben. Danach setzte er ganz auf seine energische älteste Tochter, die er sehr liebte. Unermüdlich warb Karl VI. an den europäischen Fürstenhöfen für die Anerkennung der weiblichen Erbfolge. Er opferte dafür ein Vermögen und schloss Verträge, an die sich bei seinem Tod niemand hielt. Seiner Tochter eine fundierte Ausbildung mit auf den Lebensweg zu geben hielt er nicht für notwendig. Im Alter von 23 Jahren stand Maria Theresia dann eine übermächtige Allianz von Bayern, Spanien, Preußen, Frankreich, Schweden, Neapel und Kurpfalz gegenüber. Man bestritt ihr Erbrecht und plante die Aufteilung der habsburgischen Länder. Acht Jahre dauerte der Kampf um die Existenz der Monarchie.« Ich drehte gerade meinen Kopf zur Seite, um ein Gähnen zu verbergen, als Poldi seinen langen Vortrag abschloss: »Für heute ist es genug, zu viel kannst du gar nicht fassen! Nächste Woche mehr davon. Ich bin neugierig, was du dir merkst. Ich werde dich prüfen.« Mein Privatlehrer beendete seine erste Lektion. Viele weitere sollten folgen.

Als ich Poldi ungefähr sechs Monate lang kannte, bestanden meine Eltern, denen ich von meiner Bekanntschaft erzählt hatte, darauf, dass ihnen »der Bursch, mit dem die Hermi geht« vorgestellt werde. »Na ja, was wird er schon sein?«, äußerten sie unverhohlen ihre Skepsis über die Fähigkeiten ihrer Tochter, sich einen passenden Ehemann zu angeln.

Tatsächlich gefiel Leopold meinem Vater überhaupt nicht. Mit hervorquellenden Augen maß er ihn wortlos von oben bis unten. Welche unerfreulichen Gedanken er dabei wälzte, blieb uns Gott sei Dank verborgen. Nach der kürzestmöglichen Begrüßung nahm er meinen Freund beiseite und unterzog ihn ohne weitere Umschweife einem strengen Verhör. »Woher kommen Sie? Was machen Ihre Eltern? Verdienen Sie genug, um eine Frau zu ernähren? Haben Sie berufliche Aussichten?« Er gebärdete sich wie ein viktorianischer Patriarch aus dem 19. Jahrhundert. Ich genierte mich sehr, doch Poldi murrte nicht, ließ den Test widerspruchslos über sich ergehen. Geduldig gab er Auskunft, bis meine Mutter die unwürdige Szene beendete und zu Tisch bat.

Bei Rindsrouladen mit Reis lockerte sich die Atmosphäre, es wurde fast gemütlich. Beim Abschied überreichte uns meine Mutter die säuberlich verpackten Reste des Mittagessens. »Damit ihr nicht verhungert«, scherzte sie. Mein Vater schwieg eisern, während wir Poldis hellblaues Puch-Auto bestiegen. Es war etwas verbeult, in der Bodenplatte klaffte ein großes Loch. Viele verborgene Mängel machten jede Fahrt mit dem altersschwachen Gefährt zu einem Abenteuer mit ungewissem Ausgang. Auch diesmal wollte und wollte der Motor nicht anspringen. Mein Freund betätigte mit vor Scham hochrotem Kopf und wachsender Verzweiflung wiederholt den Starter. Erst als meine Eltern mit vereinten Kräften anschoben, setzte sich das Auto langsam in Bewegung. »Schaut aus, als ob si de Hermi net grod an Millionär g'angelt hätt«, quittierten die Nachbarn voll Schadenfreude die Episode.

Kurz danach wünschten auch Poldis Eltern mich zu sehen. Abermals fuhren wir aufs Land, diesmal in ein abgelegenes Dorf, circa fünfzig Kilometer nördlich von Wien. Niedere Gehöfte säumten die einzige Straße des Orts, in dem es weder ein Geschäft noch ein Wirtshaus gab. Eine Kapelle und ein Zeughaus der freiwilligen Feuerwehr genügten den religiösen und sozialen Bedürfnissen der Einwohner. Alles wirkte öde und ausgestorben. Kein Mensch war zu sehen, als wir gegen Mittag auf dem Dorfanger parkten. »Wann gießen die eigentlich ihre Pflanzen?«, fragte ich mich beim Anblick der vielen Fensterkistchen mit blühenden Petunien und Hängepelargonien. »Schleichen sie sich erst bei Einbruch der Dunkelheit heraus, um den Blumenschmuck in aller Heimlichkeit zu pflegen?«

Schemenhafte Schatten hinter dicht geschlossenen Vorhängen, die sich, wie im Wind, leicht bewegten, verrieten uns, dass neugierige Beobachter zwar unser Kommen genau registrierten, es jedoch vorzogen, sich nicht zu zeigen.

Poldis Eltern bewohnten einen Bauernhof, der sich seit Generationen in Familienbesitz befand. Das unmittelbar an der Straße gelegene Wohnhaus wurde zu beiden Seiten von Wirtschaftsgebäuden flankiert. Aus Ställen mit halb blinden, schwer vergitterten Fensteröffnungen drang das Grunzen von Schweinen, gelegentlich muhten Kühe, deren Halfter klirrten, wenn sie die Schwärme von Fliegen, die sie bedrängten, abzuschütteln versuchten. In einer Ecke des Hofs lag, nur von einer Betonwand abgeschirmt, ein großer Haufen Stallmist als Dünger bereit. Hinter einem morschen Zaun befand sich ein Garten mit Gemüsebeeten, krummen Apfelbäumen und einem halb verfallenem Lusthäuschen. Im Anschluss daran folgten die Hofäcker, auf denen man Rüben, Weizen, Gerste und Hafer anbaute.

Die Lebensumstände der Familie E. wirkten auf mich als Tochter eines kleinstädtischen Beamten befremdlich. »Wastl«, ein Mischling undefinierbarer Rasse mit walzenförmigem Körper, dem Kopf eines Schäferhundes und den krummen Beinen eines Dackels, begrüßte uns stürmisch. Ein weiterer unerwartet herzlicher Empfang folgte. Mit den Worten »Se san also die Hermine« umarmte mich die untersetzte, gemütliche

Mutter meines Freundes. Sein Vater, ein schweigsamer, knorriger Bauer, hieß uns ruhiger willkommen. Peinliche Fragen über Herkommen und Vermögen unterblieben. Ohne Umstände nahmen wir auf der Sitzbank in der großen, niederen Wohnstube Platz, man kredenzte uns Holundersaft als Willkommenstrunk. Ich sah mich um. Durch die kleinen Fenster fiel nur wenig Licht, sodass der Raum auch zu Mittag in ein Halbdunkel getaucht blieb. Eine bunte, pflegeleichte Plastikdecke bedeckte den Esstisch im Herrgottswinkel unter dem mit verstaubten Palmkätzchen geschmückten Kruzifix. An der Wand hing eine von der Hausfrau selbst bestickte Zierdecke mit dem besinnlichen Spruch »Der Herrgott sieht alles!« in blauen Kreuzstichen. »Vielleicht eine Warnung an ihren Mann!«, dachte ich mir. In einer altmodischen Kredenz befand sich allerlei Geschirr. Auf einer bunt bemalten Truhe räkelte sich eine getigerte Katze. Ein durchgelegenes Sofa mit bestickten Polstern und weicher Decke neben dem riesigen gemauerten Herd wies Spuren häufiger Benützung auf.

»Wir essen nur leicht«, kündigte Poldis geschäftig mit Pfannen und Töpfen hantierende Mutter an, nachdem mir der Hausherr bei einem Rundgang Haus, Hof und Tiere gezeigt hatte. Sie trug daher zuerst eine dampfende Leberknödelsuppe, dann eine saftig gebratene, im Fett schwimmende Schweinsstelze auf. »Bei uns is heut das Feuerwehrfest. Da ess ma dann ordentlich. Ihr kommst's ja eh mit?« Und wir gingen.

Auf einer Wiese außerhalb des Dorfes hatte man ein stabiles, für alle Launen des Wetters gewappnetes Zelt errichtet. Einfache hölzerne Tische und Bänke erwarteten die Besucher, die in aufgeräumter Stimmung gruppenweise herbeiströmten. Die nicht mehr ganz jungen »Pulkautaler Buam« standen samt einem ältlichen pseudoländlichen Sänger im Steireranzug bereit, um uns, wie es so schön heißt, »durch den Abend« zu führen. Der Sänger grinste sein Publikum frech an. Anscheinend bedauerte er sich selbst, glaubte fehl am Platz zu sein und sein großes Talent des schnöden Mammons wegen an eine primitive Landbevölkerung zu verschwenden. »Ta, ta, ta, umtata, umtata« dröhnte die Kapelle heimischer Musikanten, während der Entertainer schwungvoll zum Mikrofon griff und hingebungsvoll gängige Schnulzen mit viel Amore zum Besten gab. »Seemann, deine Heimat ist das Meer« trug er den der Scholle verhafteten Bauern vor. Die Sehnsucht nach der Ferne übermannte ihn, mit verdrehten Augen besang er den »Griechischen Wein«, um sich dann der Südsee zuzuwenden. »Wie wär's mit uns zwei, bist du dabei, ich fahr nach Hawaii« begeisterte die für das Fest herausgeputzten Gäste. Nicht wenige waren in ihren schönsten bunt glänzenden, bequemen Jogginganzügen erschienen. Viele sangen die Refrains der Ohrwürmer aus voller Kehle mit, wobei sie ungeniert große Zahnlücken oder einige wenige verbliebene schwarze Zahnstummel enthüllten. Es ging um Herzeleid, ewige Treue und innige Sehnsucht:

»Liebe kann so wehtun, aber sie gibt auch viel!« Sentimentale Gefühlsregungen, die man den in Nutzvieh, Ernten und Forstwirtschaft denkenden Bauern in keiner Weise zugetraut hätte. Die vierschrötigen Landwirte machten eher den Eindruck, als ob sie ihr Liebesleben ganz und gar nach materiellen Erwägungen abwickelten.

Die Tische bogen sich förmlich unter den schweren Bierhumpen. Von kleinen Papptellerchen mit Miniservietten verschlang man Grillhühner, die sich zuvor, reichlich mit Gewürzen bedeckt, langsam an einem Spieß in einer Ecke des Zeltes gedreht und dabei einen penetranten Duft verströmt hatten. Es gab auch, passend zu den sentimentalen Gesängen, Kulinarisches mit dem Flair weit entfernter Inseln: Schweinesteaks Hawaii, garniert mit Scheiben blassgelber Ananas aus der Dose. Reißenden Absatz fanden auch »Gordon Blö« genannte gefüllte Schweinsschnitzel von riesigem Ausmaß, garniert mit fettigen Pommes Frites. Der Bürgermeister des Ortes ging eingedenk der baldigen Gemeinderatswahl jovial von Tisch zu Tisch und grüßte seine Schäfchen freundlich. »Hamma Glick mit'n Wetter, heut. Unterhalt's eich nur guat! Und vergesst's net, spendet's ordentlich für unsere brave Feuerwehr!« Alle waren per Du. Es wurde gesoffen und gegrölt. Jung und alt bewegte sich wie ein Elefantenballett mit schweren, schlurfenden Schritten über den erhöhten Tanzboden. Außer Atem vom Slowfox mit ihrem um einen Kopf kleineren Mann, sank Poldis Mutter schwer atmend neben mir auf die Bank. »Ah, das tut gut!« Sie nahm einen großen Schluck aus ihrem Bierhumpen, den sie schon fast zur Gänze geleert hatte.

Der ungewohnte Alkohol löste ihre Zunge und riss sie zu Vertraulichkeiten hin. Mit geröteten Augen betrachte sie freudlos ihren Sohn, der gerade mit seiner Cousine einen kessen Foxtrott auf die roh gezimmerten Planken hinlegte. Dann brach es aus ihr heraus: »Wast, Hermi, ich darf eh Hermi sagen, net wahr?« Ich versicherte ihr, dass sie durfte. »Also wast, Hermi, es is scho traurig. Der Poldl is ja liab. Aber seine Spinnerein! Warum is er net dobliebn? Wir ham zwanzig Hektar Landwirtschaft, unsern eigenen Wein, zwanzig Ferkel und Säu, zehn Küh, is a guats Auskommen. Aber er hot in die Stodt miassen! Und mir san allane mit der gonzn Arbeit!« Sie musterte mich, und ihr Blick wurde zweifelnd und kritisch. Deutlich merkte ich, dass sie in mir nicht die ideale zukünftige Schwiegertochter sah, die den abtrünnigen Poldi dem Bauernstand zurückgeben würde.

Sie irrte nicht. Ein paar Mal ging ich mit einem verheirateten Kollegen meiner Bank ins Kino, aber er machte kein Hehl daraus, dass er nur ein flüchtiges Abenteuer zur Belebung seines eintönigen Ehelebens suchte. Ich bemühte mich weiterhin redlich, versuchte dies und das. Sogar eine Kontaktannonce setzte ich in die Sonntagsausgabe des »Tageskurier«. Es meldeten sich lauter merkwürdige Typen: Ein versoffener Langzeitarbeitsloser, dessen weit geöffnetes Hemd nicht nur eine behaarte Brust, sondern auch ein großes goldenes Kreuz freigab. Er war auf der Suche nach einer molligen, kartenspielenden Frau mit etwas Kapital für die langen Wintermonate in Florida, wohin er regelmäßig der kalten Jahreszeit in Österreich zu entfliehen pflegte. Ein vergammelter Aussteiger mit schulterlangem Haar und »Flinserln« im Ohr, der sich mit einer vermögenden Partnerin auf eine griechische Insel zurückziehen wollte. Ferner ein grauhaariger Methusalem, der schon mit einem Bein im Grab stand und dem sein ausschweifendes Leben die tiefen Falten eines alten Bernhardiners in sein hässliches Gesicht geprägt hatte. Es war zum Verzweifeln.

Nachdem sich beim besten Willen kein passabler Mann finden ließ, resignierte ich schließlich. Nach einer Bekanntschaft von mehr als einem Jahr entschloss ich mich, mein Schicksal mit dem des Dr. Leopold E. zu verbinden, der unterdessen in seiner Freizeit – ohne von meinen Kontakten auch nur das Geringste zu ahnen – voll Schaffensfreude an seinem Bestseller über das Mittelalter geschrieben hatte. Der Arbeitstitel des Werks klang vielversprechend: »Wilde Ereignisse in dunkler Zeit«. Nach reiflicher Überlegung und genauen finanziellen Berechnungen bat ich meine Vermieterin, mir doch an einem Freitagabend ihren Herd zu überlassen, lud den Erfolgsautor in spe für den darauffolgenden Tag zur Nachmittagsjause und entfaltete meine verführerischen Backkünste. Eigenhändig fabrizierte ich, wie ich es bei meiner Mutter gelernt hatte, köstliche zierliche Punschkrapferln, eine Mehlspeise, die nicht ganz einfach herzustellen ist. Zuerst bereitete ich aus vier Eiern, 160 Gramm griffigem Mehl und zwei Esslöffeln lauwarmem Wasser einen zarten Biskuitteig. Ich trennte das Eiweiß von den Dottern, die ich mit Zucker und Wasser schaumig schlug. Ich schlug auch das Eiweiß steif und hob es vorsichtig unter die Masse. Dann strich ich den Teig auf das eingefettete Kuchenblech, schob es in den vorgewärmten Herd und backte es 15 Minuten. Inzwischen richtete ich die Fülle her. Dazu benötigte ich vier Esslöffel duftenden Inländer-Rum, sechs Löffel Orangenmarmelade und 200 Gramm fein geriebene Kochschokolade.

Nach dem Auskühlen zerschnitt ich den fertigen Biskuitteig in zwei Hälften – wobei ich mich selbst mit Kostproben belohnte. Eine davon bestrich ich mit der locker-flaumigen Fülle, bevor ich sie auf die andere stülpte. Auch die Punschglasur stellte ich aus 160 Gramm Staubzucker, drei Esslöffel Rotwein und drei Esslöffeln Rum selbst her. Es ist der richtig dosierte Rotwein, der die schöne rosa Farbe macht. Bewusst verwendete ich auch bei der Glasur Rum und nicht wie manche Köchinnen Zitronensaft. Sollte doch die ganze Prozedur einem ganz bestimmten Zweck dienen! Sorgfältig teilte ich das Biskuit in Würfel und tauchte sie in die Glasur. Ich verzierte die verführerischen Süßigkeiten mit je einer halben Cognac-Kirsche und stellte sie kalt.

Ganz wie erwartet, machte mir Poldi nach dem Genuss des fünften, stark mit Alkohol getränkten Punschkrapfens einen Heiratsantrag, den ich huldvoll annahm.

5

Ich wusste es sehr zu schätzen, dass uns der angenehm zurückhaltende, freundliche Vater meines Bräutigams mit viel Mühe eine große ländliche Hochzeit ausrichtete. Die alte, kühle Dorfkirche war zum Bersten voll, als der Pfarrer die ergreifenden Fragen stellten: »Und du, Leopold, willst du … Und du, Hermine, willst du …« Wir wollten. Ich trug ein langes, eng geschnürtes weißes Kleid mit Jäckchen und Poldi einen knapp sitzenden schwarzen Anzug. Die Fotos der Zeremonie zeigen uns als ein ganz hübsches Paar. Der anschließend im »Goldenen Lamm« servierte Festschmaus bestand aus Schweinsbraten und Knödeln sowie wuchtigen Schnitten einer weißen, mehrstöckigen Biskuittorte, die ich, wie ich es bei Prominentenhochzeiten im Fernsehen gesehen hatte, mit einem riesigen Messer vor den Gästen anschnitt, wobei mir Poldi die Hand führte. Fernsehen und Presse fehlten bei uns, doch wir blinzelten für Erinnerungsfotos freundlich lächelnd in die Kamera.

Meine angeheirateten bäuerlichen Verwandten kamen aus Dörfern der nahen und weiteren Umgebung. Von meiner Seite hielt sich die Zahl der Besucher in Grenzen. Es berührte mich, als mir verhutzelte, knorrige Bauern in sorgfältig gebürsteten antiquierten schwarzen Sonntagsanzügen wortlos und leicht verlegen mit Banknoten gefüllte Umschläge überreichten. Alte Weiblein in dunklen Gewändern, denen ein starker Geruch von Mottenkugeln entströmte, griffen in ihre zerknitterten, altmodischen Handtaschen, die sie für den Festtag hervorgekramt hatten, und steckten mir Geldbeträge zu. Andere wiederum trugen mit allerlei sinnigen Geräten zur Haushaltsgründung des jungen Paares bei.

Einen Fremdkörper in dem archaischen Treiben bildete Poldis »Pepi-Großonkel«, den ich bei dieser Gelegenheit kennenlernte. Die biedere Landbevölkerung musterte ihn mit einer Mischung von Achtung und Verachtung, die Unsicherheit verriet. Er war ihrer Überzeugung nach aus der Art geschlagen, hatte seiner Heimat früh den Rücken gekehrt und in Wien Meteorologie – »Was is des eigentlich?« – »Aha, a Wetterfrosch! Wia im Fernsehen!« – studiert. Ironisch, lässig, sportlich-elegant gekleidet, ein Herr vom Scheitel bis zur Sohle, verfolgte er das Treiben der von ihm nur »Rustici« genannten Landbevölkerung mit milder Nachsicht. Sein gepflegtes Hochdeutsch machte die jungen Bauernburschen, die ihn nicht kannten, stutzig. »Is des a Deitscher? Er redt so g'schwollen.« Der ob seines Gehabes in der Art eines englischen Gentlemans nur »Sir« genannte, nunmehr angeheiratete Verwandte zog meinen Vater in seinen Bann. Bald waren die Herren in ein angeregtes Gespräch über die Niederungen der österreichischen Politik vertieft.

Mein Eheleben, in das ich im Vertrauen auf die kommenden Bestseller meines akademisch gebildeten Mannes große Erwartungen setzte, begann mit kurzen Flitterwochen im herrlichen Florenz. Sie waren schrecklich ernüchternd: fader kurzer Sex im Zimmer einer billigen Pension mit durchhängenden, knarrenden Betten und einer schmutzigen Dusche, deren grauer Plastikvorhang eine Tendenz hatte, am Körper zu kleben. Endlose Führungen meines enthusiastischen Ehemannes durch ich weiß nicht mehr wie viele Kathedralen, Klöster und Paläste, endlose Beschreibungen von Altarbildern und hässlichen Grabmonumenten, die ich auf hartem Steinpflaster und von einem Bein auf das andere tretend mühsam ertrug, vergällten mir die Zeit in der Stadt am Arno. Bald plagten mich höllische Rückenschmerzen, und ich war froh, als wir abreisten.

Mit einem Darlehen von Poldis Eltern – sie hatten für ihren Sohn einen Wald verkauft, während die meinen bedauernd abwinkten – gingen wir an die Gründung einer eigenen Existenz. Anfangs dachten wir an ein Fertighaus und suchten zu diesem Zweck die »Blaue Lagune« am südlichen Rande Wiens auf, dort, wo die Großstadt am hässlichsten ist, um eine Ansammlung von preiswerten Musterhäusern zu besichtigen. Ein beflissener, korrekt mit einem billigen dunklen, leicht verknitterten Anzug samt rosa Krawatte bekleideter Verkäufer mit dem Gesicht eines gierigen Wiesels stürzte sich auf uns, um uns die Vorteile seiner dünnwandigen Eigenheime für Kleinverdiener näherzubringen. »Und das ist unser Verkaufsschlager! Schön, sehr, sehr günstig, prompt lieferbar und vor allem, ganz onkologisch. Alles an diesem Prachtobjekt ist garantiert onkologisch!« Die Aussicht auf inkludierte Krebserkrankungen schreckte mich, die ich sehr auf Nachwuchs hoffte, doch ab.

Wir durchforsteten alle Zeitungen und stießen im »Penzinger Bezirksblatt« auf das zum Kauf angebotene Häuschen einer Pensionistin. Bei einem Treffen klagte sie, dass ihr »das alles« zu viel geworden sei: »Für meine letzten Jahrln brauch i nur mehr a klane Wohnung mit Balkon, ebenerdig, ohne Stufen. Ich dahatsch des nimmer.« Mit »Na, schaun's halt mein Häusl an« überreichte sie uns vertrauensselig einen großen Haustürschlüssel und gab uns die genaue Adresse ihres bereits verlassenen Domizils: Tulpengasse 3 im 14. Bezirk. »Es is am Bierhäuslberg. Den kennen's eh?« Wir verneinten, orientierten uns nach dem Stadtplan und machten uns auf den Weg.

Die Fahrt führte durch die Hüttelbergstraße, eine sehr schöne grüne Gegend des 14. Wiener Gemeindebezirks mit historistischen, aus der Zeit um 1900 stammenden Prunkvillen. Ich genoss die Fahrt in unserem VW-Käfer sehr – Poldis alter Puch hatte den Geist aufgegeben und war verschrottet worden. Doch dann setzte Leopold ungefragt zu einer seiner Geschichtslektionen an: »Schau, da hat Otto Wagner, einer der berühmtesten Architekten des Fin de Siècle, hier im engen, etwas finsteren Tal des Halterbachs, als man glaubte, die verheerenden Strahlen der Sonne tunlichst meiden zu müssen, gleich zwei überaus prächtige Häuser errichtet. Eines mit Anklängen an den Stil Palladios, mit mächtigem Portikus und einer grandiosen Auffahrt. Es sollte als Schaustück für zahlungskräftige Bauherren die Künste des Architekten demonstrieren. Und eines für sich selbst. Sag mir, was hat er denn sonst noch in Wien gebaut?« Ich schwieg. »Na, die Stadtbahn natürlich. Das sollte man schon wissen! Die Stadtbahn mit ihren Stationen im Jugendstil, die das Stadtbild von Wien prägen. Bist ja schon hundert Mal damit gefahren!« Ich staunte nur über das völlig veränderte Aussehen der großen Wagner-Villa, die ich von Fotos her kannte. Ein namhafter Künstler hatte das Haus zu seinem Atelier erkoren, es damit vor dem Abriss sowie den Garten vor der Parzellierung gerettet, aber gleichzeitig seinem unwiderstehlichen Drang nach greller Farbgestaltung und ebenso bunten pegasusähnlichen Fabelskulpturen keinen Zwang angetan. In einer Orgie von Blau, Violett und Grün hatte er eine Mischung aus der alten Grottenbahn im Wiener Prater und den antiken Tempeln von Knossos auf Kreta geschaffen. Die aus dem Dunkel dichter Bäume unvermittelt auftauchende bunte Monstrosität wirkte niederschmetternd auf mich. »Gott sei Dank ist Wagners zweites Haus der Gestaltungswut der Pseudomoderne entgangen«, meinte Poldi. Ich konnte ihm nur zustimmen. Bescheiden und intim, entsprach es dem persönlichen Geschmack des Architekten, der es als Witwensitz für seine überaus geliebte, viel jüngere zweite Frau vorgesehen hatte. Wie es sich fügte, verschied die Gattin jedoch vor ihrem Mann, der danach die Gegend mied.

In nachdenklicher Stimmung, sinnierend über die unberechenbaren Zufälle des Lebens, fuhren wir in unserem VW-Käfer weiter. Die Idylle der großen, schattigen Gärten mit den riesigen alten Bäumen und dem romantischen Charme einer längst vergangenen Epoche versetzte mich in melancholische Stimmung. 1900, dachte ich, das ist so lange nicht her. Trotzdem kann man sich das Leben in diesen riesigen, jetzt oft verfallenden Gebäuden, die in ihrer Glanzzeit von großen Familien mit Gouvernanten, Köchinnen, Dienstmädchen und Gärtnern bewohnt wurden, eigentlich nicht mehr richtig vorstellen.

Das Vergnügen, in die Vergangenheit einzutauchen, hielt nicht lang an, denn als unser Ziel erwies sich nicht die versunkene, sondern die moderne Welt. Schon von Weitem glotzte uns der Hütteldorfer Bierhäuslberg mit seiner ausnehmend hässlichen Schrebergartenkultur entgegen. Ein ganzes Netz von skurrilen Häusern bedeckte wie ein bösartiges Geschwür besagten Hang, für den die Bezeichnung »Berg« wahrlich übertrieben war. Schmale, enge Straßen, gesäumt von

Zerrbildern menschlicher Behausungen, wanden sich hinauf in das Reich der Gartenzwerge mit ihren Zwerggärten und den in winzigen Vorgärten putzig dahinkriechenden Zwergpflanzen. Manche Garagen standen offen, bis zur Decke hinauf gekachelt, sahen sie aus wie Pissoirs. An den Wänden hingen säuberlich aufgereiht Werkzeuge aller Art.

Das Heim der betagten Pensionistin jedoch entpuppte sich als freundliches Knusperhäuschen mit spitzem Dach, grünen Fensterläden und vollständig überwuchertem Garten. Dichte Hecken schirmten es gegen die Blicke der nahen Nachbarn ab. Im Erdgeschoss gab es einen Mini-Vorraum, ein WC, eine Dusche, eine winzige Einbauküche, ein überraschend geräumiges Wohnzimmer und ein weiteres Zimmer. Im ersten Stockwerk befanden sich noch drei Räume und ein großes Bad. Auf der mit Laub übersäten Terrasse stand eine antiquierte Sitzgarnitur aus Rattangeflecht, daneben lagerten zerbrochene Gartengeräte und verdorrte Kübelpflanzen. Über den Seerosen des Biotops inmitten der Wiese surrten Libellen. Ob hier am Abend Frösche quakten?

Unsere Blicke schweiften in die dunkelgrünen Baumkronen des gegenüberliegenden Waldes. Wir genossen die Fernsicht und vergaßen die hinter uns liegende »Bierhäusl-Siedlung«. Für Kinder würde es hier paradiesisch sein!

Wir waren entzückt und entschlossen uns an Ort und Stelle zum Kauf. Die alte Besitzerin setzte, gerührt von unserer ehrlichen Begeisterung, den Preis etwas herab, überließ uns ihre alten Möbel und wünschte uns Glück. Wir erwarben die günstige Liegenschaft mit dem Geld von Poldis Eltern sowie einem auf zwanzig Jahre anberaumten Bausparkredit, den mir meine Bank gewährte. Die Raten sollten wir pünktlich am 1. jeden Monats abzahlen. Ich war sehr zufrieden. Noch lieber wäre mir allerdings ein altes Haus mit Charakter, großen, hohen Räumen, Stuckaturen und individuellem Aussehen gewesen. Wir hätten es genauso billig kaufen können wie das Zwergenheim der Witwe, um es dann mithilfe von »Pfuschern«, wie die Schwarzarbeiter aller Herren Länder ohne Arbeitserlaubnis, Aufenthaltsgenehmigung und daher auch ohne teure Sozialversicherung bei uns genannt werden, selbst zu restaurieren. Doch diesen Traum schmetterte Leopold, der sich einmal beim Einschlagen eines Nagels fast den Daumen verstümmelt hatte, von Anfang an vehement ab.

Mit Feuereifer gab ich unser Barvermögen bis auf den letzten Schilling aus. Poldi beteiligte sich nicht daran, die Ausstattung unseres Heims interessierte ihn nicht. Er durfte nicht gestört werden, denn er verpasste seinem »Bestseller« gerade den allerletzten Schliff. »Die heikelste Phase meines Schaffens ist angebrochen«, meinte er nervös. Ich hatte dafür größtes Verständnis, ließ ihn in Ruhe und ersteigerte im Dorotheum, Wiens größtem Auktionshaus, einige originelle Möbelstücke. Bei IKEA kaufte ich Betten, Textilien, billiges Geschirr und allerlei Hausrat. Begeistert blätterte ich in Tapetenkatalogen. Für das Wohnzimmer wählte ich schließlich ein wildes gelb-grünes Muster, das Illusionen an einen tropischen Dschungel weckte. Für das Schlafzimmer im ersten Stock schienen mir liebliche Blümchen, auf die ich sogar die Bettwäsche abstimmte, sehr passend.

Einige Tage vor dem Einzug kehrte ich die Terrasse und rodete ein wenig im Garten, als ich ein lautes Maunzen an meiner Seite vernahm. Ein weiches Fell strich gegen mein rechtes Bein. »Ja, wo kommst du denn her?«, wunderte ich mich beim Anblick einer wunderschönen grauen Katze und kraulte sie hinter dem Ohr. Ich gab ihr in einem Schälchen Milch. Sie folgte mir ins Wohnzimmer, wobei sie die ganze Zeit vorwurfsvolle, sehr unfreundliche Laute von sich gab. Allem Anschein nach beklagte sie sich in Katzensprache ausführlich über ein ihr widerfahrenes Ungemach. Nach einer ausgiebigen Fütterung schlief sie erschöpft ein. Ich war gerührt. Was für ein gutes Omen, beim Einzug in unser neues Heim eine Katze vorzufinden! Poldi teilte meine Freude nicht, gestattete jedoch, dass der ungebetene Schnurrer vorerst blieb. Er nahm an, dass es sich um das neugierige Tier eines Nachbarn handelte, das sich, wie er sagte, bald »ganz von allein trollen« würde. Seine Hoffnung erfüllte sich nicht, denn »Murli«, wie ich ihn – er entpuppte sich als Kater – rief, hielt es wie einstens Cäsar: Er kam, sah und siegte.

Wir richteten uns gemütlich und häuslich ein. Als Poldi sein monumentales Werk vollendet hatte, entkorkten wir in der Vorfreude auf üppige Tantiemen aus dem Buchverkauf eine Flasche echten Champagner. Beseelt von großen Erwartungen, fertigten wir ein Dutzend Kopien an, packten die eng beschriebenen Blätter sorgfältig in braunes Packpapier und versandten sie mit freundlichem Begleitschreiben an die führenden Sachbuchverlage in Deutschland und Österreich.

Während wir gespannt auf Antwort warteten, erkundeten wir voll Neugier die engen Gässchen unserer neuen Heimat. Uns verblüffte, dass sich, im krassen Gegensatz zu der auf Kleinheit getrimmten und höchstens für Zwergmenschen passenden Mini-Welt, die Bewohner der Siedlung als höchst substanzielle Wesen erwiesen. Bei guter Witterung schoben leicht bekleidete übergewichtige Männer voll Inbrunst ihre Rasenmäher über die Miniwiesen. Bückten sich die Kurzbehosten, um den letzten unbotmäßigen Gräslein am Wegrand den Garaus zu machen, quoll ihr von einem T-Shirt nur notdürftig verhüllter Bauch, in Wien »Wampe« genannt, hervor, verhüllte ihre Männlichkeit und machte sie zu seltsam geschlechtslosen Wesen.

Als wir auf den Bierhäuslberg zogen, war uns als gartenlosen Menschen das Problem und die Plage der Nacktschnecken kein Begriff gewesen, im Gegenteil. Als Naturliebhaber und -schützer sammelten wir die spanischstämmigen Schleimspurzieher bei unseren ersten Spaziergängen voll Mitleid und in ahnungsloser Naivität auf den Fahrbahnen ein. Wir setzten sie an den Straßenrand, um sie vor den Autos zu retten. Diese harmlose, jedoch von Anrainern scheel beobachtete Tat hatte üble Folgen. Man lachte hinter unserem Rücken, es zirkulierte das Gerücht, dass sich eigenartige Sonderlinge und weltfremde Spinner angesiedelt hätten. Lange litten wir unter diesem Ruf, obwohl ich mich bald voll Begeisterung und Stolz von der Schneckensammlerin zur -vernichterin wandelte.

Wir hatten ja anfangs keine Ahnung vom Wirken der spanischen Wegschnecke, die als Trägerin des reizvollen lateinischen Namens »Arion Lusitanicus« von unbekannten Übeltätern von der Iberischen Halbinsel nach Mitteleuropa eingeschleppt worden war. Der schleimige Grünpflanzenvertilger hatte zu seiner großen Freude in unseren Breiten keine natürlichen Feinde vorgefunden und sich aufgrund der paradiesischen Zustände unheimlich schnell vermehrt. Zu Abertausenden fraß er die Wiener Blumenkulturen kahl. Petunien, Dahlien, aber auch Gemüse jeder Art galten als seine mit Strunk und Stiel vertilgte Lieblingsspeise.

Bald fand auch ich mich mit einer Schere bewaffnet frühmorgens im Garten ein, wo mir das Zerschnipseln Hunderter dieser Undinger für den ganzen Tag gute Laune bescherte. Vorübergehenden erzählte ich gern einen Schneckenwitz: »Wie sind die spanischen Schnecken nur nach Wien gekommen? – Langsam, sehr langsam, lieber Herr!«

Beim Kampf um die Vernichtung der Schnecken entspannen sich erste Gespräche, knüpfte ich in unserer Siedlung Kontakte, lernte ich die unterschiedlichen Charaktere vieler Leute kennen. Einige setzten auf Zerschneiden der Tiere, andere zerhackten sie mit Spaten oder ertränkten sie in Salzlösungen. Besonders grausame Gemüter bevorzugten gar ihre Verbrennung.

Bange, erwartungsvolle Monate verstrichen, ohne dass Post von Verlagen eintraf. Dann jedoch erhielt Poldi fast lawinenartig alle seine Manuskripte zurück. Jeden Tag schleppte der Briefträger Pakete an, was er mit der freundlichen Bemerkung: »Ah, haben's bei Versandhäusern Großeinkauf g'macht!« quittierte. »Wir bedauern sehr ...«, schrieben die einen. »Leider passt Ihr Werk nicht in unser Programm«, die anderen. »Nicht ganz uninteressant, aber nicht wirklich originell«, ein dummdreister Verleger. Es war ein Schock.

Leopold ging mit gekränktem Gesicht umher; die kompromisslose Zurückweisung seines Meisterwerks traf ihn tief. Mich auch, denn die erwarteten und im Geiste bereits verplanten Millionen lösten sich in Luft auf. Da der enttäuschte Autor keinesfalls auf die Publikation seines Werks verzichten wollte, sprangen seine Eltern mit einem Geldbetrag ein. Hundert Stück von »Wilde Ereignisse in dunkler Zeit« erschienen schließlich im Selbstverlag. Mein Mann legte die Exemplare an strategisch günstigen Punkten unseres Wohnzimmers auf, um dann in lockerem Gespräch wie zufällig auf sein Œuvre zu verweisen. Mit sanfter Gewalt drängte er das auf teures Glanzpapier gedruckte Buch seinen Verwandten und Bekannten als Geschenk auf. Kaum jemand wollte es freiwillig nehmen. »Aber na, du bist zu großzügig, lass es sein«, wehrten sie ab. Ich konnte mich nicht zurückhalten und gab einen Witz zum Besten: »›Also, Sie sind jetzt ein Schriftsteller?‹, wird der Autor eines Erstlingswerks gefragt. ›Ja!‹ – ›Und was haben Sie bis jetzt schon verkauft?‹ – ›Bis jetzt meinen Wintermantel und meine Uhr!‹« Das saß. Poldi schaute giftig – unsere Besucher lachten. Einige entsorgten das Buch meines Mannes beim Gehen heimlich, wie ich später beim Entleeren des Mülls merkte, in der Abfalltonne vor unserem Haus.

Zu meiner tiefen Enttäuschung erfüllte sich auch mein Wunsch nach Kindern nicht – ich hatte zwei geplant, ein Mädchen und einen Buben. Poldi sprach sich vehement dagegen aus: »Was brauchen wir Gschrappn? In Zeiten wie diesen! Nur Geschrei, Kosten, Ärger und Wirbel, all das täte mich nur beim Arbeiten stören. Ich will das nicht! Ich brauch Ruh!« Ich brachte dann das Thema noch ein paar Mal zur Sprache, stieß aber auf immer heftigere Ablehnung und schließlich fast rabiate Zurückweisung. So musste ich neidvoll miterleben, wie auf dem Bierhäuslberg ein Ehepaar nach dem anderen zur Familie wurde. Vielleicht ging meine Fantasie mit mir durch, aber mir schien es, als ob mich junge Mütter, während sie ihre Kinderwagen plaudernd nebeneinander vor sich herschoben, oft mitleidig musterten. Die Taktlosen unter ihnen stellten mich sogar ungeniert zur Rede: »Und Sie, Frau E., wolln's kane Kinder? Sind schon herzig, die Kleinen! Die Katz, die Sie ham, ist Ihnen die g'nug?« Ich blieb selbstverständlich die Antwort schuldig, fühlte mich jedoch bedrückt, ja sogar minderwertig.

Schließlich resignierte ich. Den südseitigen Raum im ersten Stock unseres Häuschens, den ich als Kinderzimmer vorgesehen und in Gedanken bereits mit IKEA-Möbeln, hellen Tapeten und lustigen Vorhängen liebevoll für ein Baby hergerichtet hatte, betrat ich nur mehr selten und ungern. Allmählich wurde er zur Rumpelkammer. Im Laufe der Zeit habe ich mich mit meinem Schicksal abgefunden, obwohl mich der Anblick kleiner, fröhlich vor sich hinplappernder Kinder stets wehmütig stimmt.

Die Kinderlosigkeit ließ mich unsere scheußliche Bierhäuslberg-Siedlung, die sich mir wegen der Grünlage, der guten Luft und der Möglichkeit des Auslaufs für mein Mädchen und meinen Buben empfohlen hatte, mit immer kritischeren Augen sehen. Viele hatten sich hier ihre kühnen Träume vom billigen Wohnen erfüllt. Es gab Holzhäuser im Stil der Tiroler Bergwelt, moderne asymmetrische Betongebilde mit Flachdächern und schlitzartigen Fenstern, die wie auf Belagerung eingerichtete Bunker wirkten, neben lieblichen von spanischen Haziendas inspirierten Minivillen. Alle verfügten über kleine, gut einsehbare Gärten, die, wie es der Obmann und die strengen Statuten des Siedlungsvereins vorschrieben, stets gepflegt zu sein hatten. Große, blättertragende Bäume waren unerwünscht, immergrüne, kleinwüchsige Koniferen bevorzugt. Das Gras der Grünstreifen musste kurz bleiben, Naturwiesen durfte es aufgrund des Pollenflugs der Unkräuter nicht geben. Grillplatz samt Pizzaofen gehörte zur erlaubten und allgemein vorhandenen Standardausstattung. Auf Ruhe, vor allem mittags und abends, wurde streng geachtet. Selbst Hundebesitzer mussten ihren heiß geliebten und verwöhnten Lieblingen, deren Exkremente stets für wilde Streitereien mit den Müttern kleiner Kinder sorgten, zu dieser heiligen Stunde des Verdauens das ansonsten ohne Unterlass durch die Anlage gellende Kläffen untersagen. Für Mähen und Häckseln – ein überaus beliebter Zeitvertreib – waren genaue Zeiten vorgeschrieben, die auch auf die Sekunde genau eingehalten wurden. »Es ist schon erstaunlich, wie all die Leute, die sonst ordinär über jeden Schmarrn schimpfen, vor dem Herrn Obmann kriechen«, kommentierte ich Poldi gegenüber die von unserer Siedlungsgenossenschaft ausgeübte Diktatur.

6

Die Sonne über meinem Eheleben verdüsterte sich zusehends, Leopold wurde immer schrulliger. Er gab endlose Tiraden von sich, vernachlässigte sein Aussehen und sah immer hässlicher aus. »Er is schon komisch, glaubst net?«, fragte mich meine Schwiegermutter bei einem ihrer Wienbesuche ganz unverblümt. »Er wird immer mehr wie der Pepi-Onkel. Nur hat der a große Pension.« Damit spielte sie auf Poldis Großonkel an, der seit Jahrzehnten seinen Ruhestand genoss. Die Aussicht, infolge der Unfähigkeit meines Mannes bis zur Rente arbeiten zu müssen, verdross mich sehr. Trotzdem blieb ich stumm. Zum einen lehnte ich es ab, mich auf derart primitive Weise mit meiner Schwiegermutter zu verbrüdern, zum anderen schätzte ich Poldis Großonkel sehr. War doch jeder Besuch bei dem mittlerweile sehr betagten Herrn keine Pflicht, die es zu absolvieren galt, sondern eine mein eher eintöniges Leben erhellende Abwechslung.

»Sir«, so nannten wir respektvoll den 97-jährigen, scharfsinnigen, höchst originellen Bruder von Leopolds Großvater. Er war ein ehemaliger Meteorologe und Flieger, der schon seit Jahrzehnten seine erstaunlich hohe Pension genoß und sich bis in sein biblischen Alter noch das Aussehen und den Charme eines Gentlemans der alten Schule bewahrt hatte. Er verfügte auch noch immer in überreichem Maße über all das, was seinem schwerfälligen Neffen fehlte: Witz, Humor und Ironie. Seit ihn vor einiger Zeit beim hastigen Überqueren der Straße ein Auto mitten auf dem Zebrastreifen umgefahren hatte, war er fast ganz an seinen Lehnstuhl gefesselt. Er trug diesen Schicksalsschlag mit bemerkenswerter Fassung und ohne Murren oder Klagen. Bücher waren von jeher seine Leidenschaft gewesen, die neue Situation machte ihn zum geradezu unersättlichen Leser, den es ständig nach neuer Lektüre verlangte. Auch ein Werk über historische Verbrechen hatte er studiert. In seiner witzig-penetranten Art sagte er zu mir: »Soll ich dir schildern, wie man einen perfekten Mord begeht? Du musst mir aber versprechen, nicht vielleicht den Poldi umzubringen! Ha, ha, ha!« Damit machte er mich auf die »Badewannenmorde« aufmerksam, die im Jahr 1915 in England geschehen waren.

Das war unser »Sir«, wie er leibte und lebte. Von ihm bekam ich nicht nur Anregungen, sondern er hat mich oft aus den Anflügen düsterer Depression gerissen, die bei mir ganz ohne Übergang einsetzten und die Phasen heiteren Wohlbefindens ablösten. Meist besprachen wir die österreichische Politik, deren Vertreter er ohne Ausnahme des Schwachsinns bezichtigte. Er gab auch die eine oder andere aufregende Episode seiner Kriegserlebnisse aus dem Zweiten Weltkrieg zum Besten, den er als Pilot von Aufklärungsflugzeugen zur Gänze mitgemacht und unbeschadet überstanden hatte. Manchmal erzählte er von seiner wilden Jugend im Wien der Dreißigerjahre, wo sich die paramilitärischen Verbände von »Heimwehr« und »Schutzbund« regelrechte Kämpfe lieferten und bürgerkriegsähnliche Zustände herrschten. Am Schluss jeden Besuchs nahm ich die vom »Sir« in rapider Folge verschlungenen Bücher an mich, um sie bei Gelegenheit in der Nationalbibliothek gegen andere umzutauschen.

Poldi stürzte sich nach dem – vehement geleugneten – Misserfolg seines Buches voll Leidenschaft auf die historische Landeskunde. Er beschäftigte sich mit der Identifizierung und Interpretation des niederen mittelalterlichen Adels anhand seiner Reihung in den Zeugenlisten von Besitzurkunden. Die daraus resultierenden Artikel veröffentlichte er – selbstverständlich ohne jegliches Honorar – in Fachzeitschriften. Veröffentlichen war dabei eigentlich nicht das richtige Wort, denn soweit ich es beurteilen konnte, lasen seine langatmigen, schlecht geschriebenen, mit Hunderten von Fußnoten versehenen Ergüsse nur zwei Menschen: er selbst und der Lektor der staatlich gestützten Fachzeitschrift für Mediävistik, die sein Werk druckte. »Glaubst du wirklich, dass dein neuer Artikel ›Gewisse Aspekte zur Geschichte des niederen Adels im Bezirk Amstetten im dritten Viertel des 12. Jahrhunderts‹

viele interessieren wird?«, meinte ich zweifelnd. Dies wischte meine Ehehälfte, mit der ich zu diesem Zeitpunkt nur noch recht und schlecht – mehr schlecht, wenn ich ehrlich war – verheiratet war, vom Tisch: »Na wirklich, Hermine, Hermiiinchen! Wie auch sonst, hast du auch davon keine Ahnung.«

In dieser tristen Situation half es auch nicht viel, dass ich meinem faden Beruf etwas »Pep« verlieh. Im Besitz der Kontonummern meiner Kunden und gestützt auf das Insiderwissen, dass die Unterschriften bei Überweisungen niederer Beträge kaum jemals kontrolliert werden, ging ich häufig ans Werk. Listig überwies ich vom Konto der Frau Dr. Weis, einer Rechtsanwältin, die mit Vorliebe notorische Schwerverbrecher aller Art verteidigte, an Amnesty International. Der Autohändler Franz Huber wiederum, der sich auf den Vertrieb teurer Benzinfresser spezialisiert hatte, trug gegen sein Wissen – und sicher gegen seine Überzeugung – zur Verbesserung der Luftqualität bei; er zahlte an den World Wild Fund zur Nutzung alternativer Energiequellen regelmäßig kleine Geldbeträge, die zu hinterfragen ihm nie in den Sinn kam. Ein fashionabler Createur edler Pelzbekleidung wurde ebenfalls von mir zur Kasse gebeten; er unterstützte zu wiederholten Malen den Verein »Vier Pfoten« zur Rettung bedrohter Pelztiere.

Kam ich abends nach Hause, hielt mir Poldi beim Essen einen seiner langatmigen Vorträge über die Krise der von den Naturwissenschaften in den Hintergrund gedrängten und bedrohten Geisteswissenschaften im Allgemeinen und der Misere des Historischen Instituts der Universität Wien im Besonderen: »Mathematiker, Biologen, Evolutionstheoretiker und Physiker sind in«, jammerte er. »Man überschüttet sie mit Geld, baut ihnen neue Institute, finanziert ihre Reisen in alle Welt. Vor allem die Mathematiker scheinen sich, unter den Fittichen eines krankhaft ehrgeizigen Dekans, geradezu wie die Kaninchen zu vermehren. Eine Stelle nach der anderen gewährt ihnen der verblendete und getäuschte Rektor unserer Universität. Was es bei denen noch zu erforschen gibt, verstehe ich überhaupt nicht. Evolutionstheorie, ein Humbug! Ach, wie ich darunter leide, dass man die Vergangenheit unseres Landes und die Pflege der lateinischen Sprache derart barbarisch missachtet. Wen interessiert noch das Mittelalter?«

Eine Frage, auf die ich keine tröstende Antwort wusste. »Ja, ja, Poldi, plausch net«, dachte ich mir abfällig, während ich voll Schadenfreude vernahm, wie gemein man Leopolds Spezialgebiet, die österreichischen Ministerialien-Geschlechter des 13. Jahrhunderts, vollkommen ignorierte und schon gar nicht honorierte.

Mich ärgerte auch, wie sich mein Mann von unseren Nachbarn behandeln ließ. Einmal, als ich nach Arbeitsschluss mit dem Volkswagen zügig in unsere Straße einbog, kam ich gerade dazu, wie ihm Herr Pollatschek vor der Haustür in präziser, fast ultimativer Form gute Ratschläge zur Gartengestaltung erteilte. Poldi nahm sie demütig, mit leicht gebeugtem Rücken und betretenem, einfältigem Schweigen entgegen. Wut stieg in mir auf, doch ich lauschte schweigend, bis wir endlich allein waren. Dann sagte ich Poldi meine Meinung: »Nicht nur, dass du dir das blöde Geschwätz über günstige Angebote im Baumarkt, die neuesten Einfassungen für Gemüsebeete und Mini-Springbrunnen anhörst und nie widersprichst! Ich weiß, dass du das Zeug auch kaufst!« Wenig später brachte der Feigling doch tatsächlich ein von Fritz Pollatschek angepriesenes Gift gegen Nacktschnecken heim.

Bei »Wetten, dass« vor dem Fernseher griff ich das Thema Pollatschek/Leopold erneut auf. Eine erregte, etwas einseitige Debatte über die Nachbarn im Allgemeinen, Pollatschek im Besonderen und Poldis kriecherischen Umgang mit ihnen entspann sich. Mit meinem Mann zu streiten war ein schweres Unterfangen, das Geschick und Übung erforderte. Auch diesmal riefen meine Vorwürfe keine Reaktion, sondern nur ein verlegenes, entschuldigendes Hüsteln hervor. Das erboste mich und trieb mich zu schrillen, ausfälligen Beschimpfungen, wobei ich mich auf die körperlichen Defizite meines Gatten konzentrierte.

Leopold als verklemmter Einzelgänger lebte ohne Freunde und Bekannte. Nur Dr. Franz Wegner, ein Historikerkollege und Sonderling wie er selbst, stattete ihm hin und wieder einen Besuch ab. Allerdings nur so lange, bis der stets korrekt gekleidete, steife unverheiratete Mann mit dem kleinen Schnauzbart und dem umständlichen Gebaren entdeckte, dass wir unser Heim mit Murli teilten. Er beäugte ihn voll Abscheu. »Gehört der fette Kater Ihnen? Er schaut aus wie ein Hängebauchschwein!«, fragte er erregt und schwer atmend, um uns dann über seine Krankheit aufzuklären, eine schwere Allergie gegen Katzenhaare.

Dies und eine daraus resultierende, drastisch formulierte Antipathie gegen Haustiger aller Art hielten den honorigen Wissenschaftler in der folgenden Zeit von unserem Zuhause fern. Trafen wir ihn in einem Restaurant, wurde er nicht müde, uns, vor allem aber mir, voll Gusto zu schildern, wie man im von Aberglauben erfüllten dunklen und engstirnigen Mittelalter mit den Ahnen der Auslöser seiner Krankheit, in denen man die Träger von Unheil vermutete, verfahren war. Dass man in schwarzen Katzen den Teufel sah, den es mittels Exorzismus auszutreiben galt. Von Prozessen, in denen die Tiere zu Hunderten auf Scheiterhaufen verbrannt oder gevierteilt wurden. Wie man noch im 18. Jahrhundert als »ausnehmendes Plaisir« adeliger Kreise das sogenannte »Fuchsprellen« veranstaltet hatte. Dazu wurden auf Befehl des Oberjägermeisters Füchse und andere geeignete Tiere, wie Katzen und Hunde, gefangen. »Cavaliers und Dames« schnellten diese dann mit einem festen Tuch, der Prelle, in die Luft. Man amüsierte sich über die Luftsprünge und Kapriolen der gequälten Tiere, die dabei oft Verletzungen erlitten.

Dr. Wegner teilte, wie er erklärte, voll und ganz die Ansicht des Universal-Lexikons von 1735: »Thiere in ihrem Blut liegen sehen, selbst die Hand an sie gelegt haben, neue Arten ihrer Martern erdencken, ist noch keine Grausamkeit.« Mich ekelte vor dem unscheinbaren, aber bösartigen Mann. Meine empörten Einwände, dass wir diese Barbareien und finsteren Zeiten zum Glück überwunden hätten und dass man bereits im alten Ägypten Katzen als Götter verehrt und nach ihrem Tode einbalsamiert und ehrenvoll bestattet habe, wischte Dr. Wegner als sentimentale Ansichten einer weltfremden Dilettantin zur Seite. Er brillierte stattdessen mit seinem Historikerwissen: »Stellen Sie sich das vor! Spaniens ältestes gedrucktes Kochbuch aus dem 15. Jahrhundert enthält ein köstliches Rezept für Katzenbraten!« Auf meine entsetzte Frage, ob er denn Tiere nicht liebe, meinte er höhnisch: »Aber doch, selbstverständlich. Vor allem Heringe in Dosen.« Dieser gemeinen Antwort fügte er genüsslich hinzu, dass es immer noch viele Leute gebe, die Katzen Glassplitter unter das Futter mischten oder es mit Rattengift versetzten. »Wahrscheinlich sprichst du von dir selbst«, dachte ich mir wutentbrannt.

Wegners verbale Rohheiten verfolgten mich lange, sie störten sogar meine Nächte. Kam ich dann endlich zur Ruhe, so quälten mich Alpträume. Im Wachen erfüllten mich böse Gedanken an den kleinen Historiker. Doch was konnte man tun? Man war doch hilflos gegen die Schlechtigkeit dieser Welt.

Wenig später wurden die gelegentlich anberaumten Treffen, bei denen ich anwesend sein durfte, aus hygienischen Gründen in die Kochgasse Nr. 22 im 8. Wiener Gemeindebezirk verlegt. Dort besaß Dr. Wegner in einem zwar schönen, aber heruntergekommenen Haus mit bröckelnder Fassade, wo in dem einst eleganten Entree die Abfallkübel gleich hinter der Eingangstür fast den Weg versperrten, eine große, von seinen Eltern übernommene und seither unverändert belassene, katzenfreie und düstere Wohnung.

Als wieder ein Besuch bei Dr. Wegner bevorstand, machte ich mir Gedanken über ein passendes Gastgeschenk. Nach Erwägungen verschiedenster, aber stets unfreundlicher Art füllte ich schließlich Katzenfutter aus einer Dose mit dem Etikett »Ragout des Canards. Für verspielte Kätzchen« in ein kleines Keramik-Töpfchen um, verzierte es mit ein paar Preiselbeeren, verschloss es sorgfältig mit einer bunten Plastikhülle und versah das Ganze mit der verschnörkelten Aufschrift »Wildpastete nach Hausfrauenart«.

Dr. Wegner freute sich sehr darüber. Ich bedauerte allerdings, dass es mir verwehrt blieb, ihn beim Verzehr der kätzischen Köstlichkeit zu beobachten. Auf jeden Fall habe es ihm, wie er mir mitteilte, sehr geschmeckt.

Und mich hat es zu weiteren Taten ermutigt und angeregt.

Bei einer neuerlichen Einladung zu Tee, gekauftem trockenem Anker-Kuchen und gespreizter Konversation entpuppte sich der Experte für Diplomatik des 15. Jahrhunderts nicht nur als potenzieller Tierquäler, sondern auch als Frauenhasser. »Ja, das verstehen die Mädels eben nicht«, äußerte er sich wiederholt, wenn ich eine Bemerkung zur Tagespolitik von mir gab. Sehr schnell beschloss ich, dass der hässliche Macho eine weitere, etwas deftigere Lektion erhalten sollte. Mit stärkeren Mitteln, denn Katzenpastete allein, und war sie auch vom Feinsten gewesen, hatte sich eindeutig als zu schwach erwiesen! Allem Anschein verfügte der verkümmerte Mediävist über einen ebenso verkümmerten Geschmackssinn.

Kurz bevor wir Dr. Wegner wieder einmal die Ehre erweisen sollten, unterzog ich Murli mithilfe eines feinen Staubkamms einer ausgiebigen Körperpflege, was der Kater sehr zu schätzen schien. Er warf sich lustvoll auf den Rücken und schnurrte vor Begeisterung so laut, dass ich lachen musste, während ich sorgfältig die dünnen Unterhaare seines Fells entfernte. Anschließend gab ich den derart gewonnenen Knäuel aus grauen Katzenhaaren sorgfältig in einen Briefumschlag, und verstaute ihn in meiner Handtasche. Die Höflichkeitsvisite, der ich diesmal mit gespannter Neugier entgegensah, versprach nicht ganz so fad wie sonst immer zu werden. In eleganter Aufmachung begrüßte ich mit wahrer, ungeheuchelter Freude den in ein altmodisches kariertes Sakko samt Fliege gekleideten Katzenhasser, der uns in sein stickiges, selten gelüftetes Wohnzimmer mit den schweren braunen Samtvorhängen und den verblichenen Polstermöbeln von anno Schnee bat. »Delikat war neulich Ihre Pastete aus eigener Produktion, kleine Frau!«, meinte er wohlwollend zu mir, obwohl ich ihn überragte. Die erste Portion meines geheimen Mitbringsels schob ich diskret in die Ritzen des Fauteuils, von dem sich der Gastgeber umständlich erhob, um nach dem auf dem Küchenherd aufgesetzten Teewasser zu schauen. Eine weitere ließ ich während seiner Abwesenheit auf den Teppichboden gleiten und mit einer dritten strich ich unauffällig über das Tischtuch.

Als Dr. Wegner mit einer abgeschlagenen Teekanne aus dünnem Porzellan zurückkehrte, die er vorsichtig in der Hand balancierte, räusperte er sich mehrmals, wobei er den Kragen seines Hemds mit zwei Fingern lockerte. Ich hatte auch den Eindruck, dass er etwas um Atem rang. Mit Wohlgefallen beobachtete ich, während ich den ganz exzellenten Tee schlürfte, dass es unserem Gastgeber gar nicht gut zu gehen schien. Auf die Äußerungen meines Mannes über die lamentablen, ja skandalösen Zustände am Historischen Institut, die ihn ansonsten sehr bewegten und zu wahren Hasstiraden verleiteten, antwortete Wegner heute nicht. Seine Gesichtsfarbe änderte sich allmählich. Und spätestens zu dem Zeitpunkt, als sie ein hübsches Grau annahm, merkte ich, dass er das Interesse an uns gänzlich verloren hatte. Seinen keuchend hervorgestoßenen Worten konnte ich nur mehr mit Mühe entnehmen, dass es ihn nach seinen Tropfen gegen allergische Anfälle dürstete, die auf dem Glasregal über dem Waschbecken im Badezimmer standen.

Ich eilte natürlich sofort ins Bad, schnappte mir das Fläschchen, ließ es durch das winzige, auf groteske Art mit angegrauten Gardinen geschmückte Fenster ins Freie gleiten und kehrte nach kurzer Pause, Besorgnis und Atemlosigkeit heuchelnd, ins Wohnzimmer zurück. Eine, wie sich herausstellte, sinnlose Aktion, denn mein Bericht über die vergebliche Suche nach der rettenden Medizin ging im Chaos unter. Der Gastgeber wand sich bereits, nach Luft ringend und von Krämpfen geschüttelt, auf dem Boden, während mein – im praktischen Leben vollkommen hilfloser – Gatte das Telefonbuch mit zittrigen Händen lange vergeblich nach einer Telefonnummer des ärztlichen Notdienstes durchsuchte. Ich drängte mich nicht weiter auf, sondern beobachtete das geschäftige Treiben. Bedauerlicherweise war der honorige Doktor, dessen Hals beträchtlich anschwoll, beim Eintreffen der Ambulanz bereits ganz blau angelaufen. Im Spital konnte der im 51. Lebensjahr stehende Patient dann, wie wir später erfuhren, mittels antiallergischer Injektionen, Infusionen, Herzmassage und größtem ärztlichen Einsatz gerettet werden. Ein partielles Organversagen ließ ihn jedoch als bedauerlichen Pflegefall zurück. So wurde er tatsächlich zum Anwärter auf die staatliche Frühpension, von der er stets geträumt hatte – allerdings unter anderen Voraussetzungen.

Nachdem wir noch einen Neffen von Dr. Wegner verständigt hatten, erreichten wir verstört und verwirrt – auch mich ließ das grauenhafte Unglück selbstverständlich nicht unberührt – unser Zuhause, wo uns Murli wie immer schon auf der Straße ungeduldig entgegeneilte, ungeachtet der großen Gefahr, der er sich damit aussetzte. Erstaunlich, dass das Tier die verschiedenen Autogeräusche unterscheiden konnte, aber so war es.

Während sich Leopold bald zur Ruhe begab, zog ich Murli vertrauensvoll ins Gespräch. »Fett, hat er dich geschimpft! Fett! Ich habe ihm eine saftige Lehre erteilt. Er wird sie nie vergessen!«, erklärte ich ihm flüsternd. Der Kater blickte mich klug, aufmerksam und, wie mir schien, sogar mit einer gewissen Zustimmung an. Ob er mich tatsächlich verstanden hatte? Mich jedenfalls durchströmte von Kopf bis Fuß ein ganz neuartiges prickelndes Glücksgefühl, ein wohliges, warmes Behagen, das ich seit den lange zurückliegenden Unglücksfällen von Hahn Peter und der alten Frau Zottl in dieser Form nicht mehr verspürt hatte und das ich sehr genoss.

Auch die nächsten Tage schwebte ich geradezu auf Wolken, kam mir allmächtig, gerecht und gescheit vor, beinahe wie ein weiblicher St. Franziskus, der Schutzherr aller Tiere. Auf Poldis Drängen hin besuchte ich Dr. Wegner im St.-Josefs-Spital, wo er aufgrund seiner Privatversicherung, die er fürsorglich abgeschlossen hatte, den Luxus eines Einzelzimmers genoss. Vielleicht nicht richtig genoss, denn er lag, angeschlossen an die verschiedensten Infusionsschläuche, auf dem Rücken und starrte hilflos zur Decke. Das Sprechen fiel ihm schwer, und die Laute, die er mühsam von sich gab, waren unverständlich.

Ich entschloss mich, sein Sprachvermögen zu stimulieren, zog die mitgebrachten Erzählungen von Patricia Highsmith, in denen sich Tiere an Menschen rächen, hervor und begann vorzulesen. Die Lektüre beendete ich mit Sinnsprüchen berühmter historischer Persönlichkeiten. »Das kleinste Kätzchen ist ein Meisterwerk!«, meinte Leonardo da Vinci. »Was ist größer als die Liebe einer Katze?«, fragte Charles Dickens. Auch eine Warnung der Schriftstellerin Faith Resnick durfte nicht fehlen: »Leute, die Katzen hassen, werden im nächsten Leben als Mäuse geboren!«

Dr. Wegner wollte sich, wie ich merkte, zu diesem Ausblick auf seine Zukunft äußern, brachte jedoch nur etwas hervor, das wie »Gogo« klang, zu mehr war er nicht imstande. Ein freundliches Lächeln umspielte meine Lippen, als ich aufstand und mit dem Versprechen der baldigen Wiederkehr meinen – etwas einseitigen – Abschied nahm. Auf dem Gang stieß ich auf eine freundliche Krankenschwester, die mich vertraulich ansprach: »Sind Sie eine Verwandte? Ein wirklich tragischer Fall, der Dr. Wegner. Warum hat er nur seine Medizin nicht parat gehabt und sie rechtzeitig eingenommen? Die Ärzte haben leider nur wenig Hoffnung!« Ich nickte traurig und seufzte wehmütig.

Zu Hause berichtete ich Poldi über den schlechten Zustand des Patienten und seine unverständlichen Laute. Mein belesener und mit der wirren Geisteswelt des Dr. Wegner vertrauter Mann klärte mich auf: »›Gogol‹ hat er gesagt. Gogol. Und er wollte sicher auf eine Episode aus dem Leben des psychisch labilen russischen Schriftstellers Nikolai Gogol anspielen. Dieser hat im Alter von fünf Jahren seine Hauskatze mit einer Stange langsam in einem Teich ertränkt.« Nach dieser Mitteilung betrübte mich der Tod von Dr. Wegner, der drei Tage später eintrat, in keiner Weise. Die menschliche Natur ist wirklich von wunderbarer Widerstandsfähigkeit, dachte ich bei mir. Verschwindet ein Obstakel, egal welches – und sei es auch durch Tod –, schon schöpfen wir Hoffnung, und die Freude kehrt wieder.

7

Die Jahre zogen, wie man oft so treffend liest, ins Land. Ich wurde langsam älter, ein Ende meiner widerwärtigen Berufstätigkeit war nicht abzusehen. Ganz im Gegenteil! Die wachsende Lebenserwartung ließ das Pensionsalter immer weiter in die Höhe schnellen. Würde ich auch noch mit neunzig arbeiten, obwohl doch jede nur erdenkliche Vorsorge zur Erreichung eines hohen Alters getroffen worden war? Da klang mir der Titel eines Buches unangenehm in den Ohren, denn er schien die Gedanken der Pensionskassen auszudrücken: »Hunde, wollt ihr ewig leben?«

An einem schönen, ja wirklich wunderschönen Oktobertag musste ich das Bett hüten. Die Bäume hatten sich bereits prächtig rot, gelb und golden verfärbt und die Luft hatte allmählich jene Kühle und Schärfe angenommen, die, trotz wehmütiger Gedanken an den verflossenen Sommer, belebte und Wohlbehagen schuf. Getäuscht von den trügerischen Strahlen der mittäglichen Sonne, hatte ich mir infolge mangelhafter Kleidung eine Erkältung zugezogen. Demnach las ich zum x-ten Mal voll Bewunderung das Meisterwerk von

Agatha Christie, »The Murder of Roger Ackroyd«, und ließ meine Gedanken müßig umherschweifen.

Wie hoch mochte wohl die Dunkelziffer jener Mörder sein, die unter den Augen der Kriminalpolizei emsig und still ihrem bösen Handwerk nachgingen, ohne je verdächtigt, erwischt und zur Rechenschaft gezogen zu werden? Die Überlegung bereitete mir einen prickelnden Reiz. Ich spann sie weiter und kam zu dem unweigerlichen Schluss, dass es massenweise Fälle geben musste, bei denen jemand, aus welchen Gründen auch immer, unerkannt den Todesengel spielte. Hatte mir da nicht unlängst der »Sir« von besonders spektakulären Morden erzählt, die lange Zeit ungelöst blieben und nur durch Zufall aufgeklärt wurden? Ich selbst hatte ja stets die Meinung vertreten, dass viele der Opfer ihr Schicksal nicht nur herausforderten, sondern es auch mehr als verdienten.

Die Stunden im Bett zogen sich, nur von Schlafen, Fiebermessen und Inhalieren unterbrochen, zäh und endlos dahin. Am Abend gesellte sich zu der fast unerträglichen Langeweile noch ein von der rechten Schläfe ausgehender bohrender Kopfschmerz hinzu. Voll übler Laune erwartete ich die Heimkehr meines lieben Ehemanns von seiner Dienststelle, dem Historischen Institut der Universität Wien.

Gerade als ich die High-Society-Spalte einer Illustrierten mit vielen schönen, jungen und reichen, oft sogar adeligen Menschen mit klingenden Namen sowie zeit- und faltenlosen Gesichtern durchblätterte, eine

Leidenschaft, der ich mit Begeisterung frönte, hörte ich, wie sich die Eingangstür öffnete. Mein Leopold, der »Poldi«, machte seinem Namen alle Ehre, indem er polternd eintrat und wie stets über den Teppich im Vorzimmer stolperte.

Und dann war er auch schon bei mir. Er sah natürlich aus wie immer, mein Ritter von der traurigen Gestalt. Welch ein Gegensatz! Brutal der edlen Welt voll Glamour und Eleganz entrissen und in die Realität zurückgeworfen, hatte ich vor mir einen kleinen, dicken Mann von 52 Jahren mit sich lichtendem Haar, in zerbeulten, zu kurzen Hosen, einem über seinem rundlichen Bauch etwas auseinanderklaffenden zerknitterten Hemd samt Fettfleck, einem abgewetzten Sakko und »verhatschten« Schuhen. Obwohl ich die Bemühungen zu seiner Verschönerung schon längst resigniert aufgegeben hatte und mich nicht mehr um Leopolds Kleidung kümmerte, ärgerte mich sein ungepflegter Anblick. Eine Rüstung sollte er tragen, schoss es mir durch den Kopf. Das würde ihm als Mittelalter-Historiker das richtige Flair verpassen und wäre überdies auch haltbar. Doch wie ich Poldi, den kuriosen Ritter, kannte, hätte er es schnell geschafft, selbst ein Kettenhemd zu ruinieren oder zumindest etwas daran zu zerbrechen, zu verbiegen oder auszubeulen. Meine Gedanken blieben ihm verborgen, denn er murmelte mitfühlend: »Arme Hermine. Soll ich dir Tee kochen oder ein Butterbot streichen?« Aufgrund schlechter Erfahrungen mit seinen kulinarischen Fähigkeiten, bei denen er stets die Küche verwüstete, lehnte ich seine Samariterdienste ab, worauf Poldi, sichtlich erleichtert, entschwand.

Seufzend lehnte ich mich in die Kissen zurück und kehrte zurück in das faszinierende Leben der eleganten Welt. Ich reihte mich ganz selbstverständlich unter die Schönen und Erfolgreichen ein. An ihrer Seite tummelte ich mich, umfächelt von den Palmen der französischen Riviera, in heißer Sonne, räkelte ich mich am Swimmingpool des direkt an der Promenade des Anglais gelegenen berühmten Luxushotels »Palais de la Mediterranee«, flirtete ich hemmungslos mit athletischen jungen Männern und schlürfte dabei genüsslich Caipirinha. Mit einem Wort, ich genoss mein Party-Dasein in vollen Zügen, bis aus dem Stockwerk unter mir bedrohliche Geräusche heraufdrangen. Es klapperte, krachte und zischte; offenbar war Poldi etwas aus der Hand gefallen. Murli maunzte empört auf, vielleicht war der ungeschickte Rohling unserem hübschen, etwas übergewichtigen Kater, der stets voll Neugier und in der Hoffnung auf Futter durch das Haus strich, auf den Schwanz getreten.

Als sich ein beißender Geruch verbreitete, hielt es mich nicht länger in meiner sonnigen Scheinwelt. Ich verließ mein warmes Bett, stand auf und ging hinunter in die Küche, um nach dem Rechten zu sehen. Leopold lehnte ermattet neben dem Herd, warf mir aus braunen Hundeaugen einen anklagenden Blick zu und kühlte wehleidig eine kleine Brandwunde am Zeigefinger seiner rechten Hand. Beim Zubereiten eines simplen Spiegeleis hatte er sich verbrannt. Fast gekränkt erklärte er mir seine kochtechnischen Fehlleistungen und bezichtigte mich, ihn falsch instruiert zu haben. Zuerst habe er, wie ich es ihn gelehrt hatte, in einer Pfanne Öl erhitzt, dann mit flinker Hand ein Ei hineingeworfen. Leider sei das siedende Konglomerat fast bis zur Decke gespritzt, wobei es ihn verbrühte. Er würde es doch nie lernen! Beim letzten Versuch hatte er Öl und Ei gleichzeitig in die Pfanne geleert, einen Fehler, den er diesmal anscheinend vermeiden wollte.

Ich verarztete Poldi und machte mich an die Zubereitung unseres Abendessens. Aus Erfahrung klug geworden, und zur Schonung meiner Nerven, zog ich meinen »Göttergatten«, wie man Ehemänner in Wien nicht ohne scherzhafte Ironie zu bezeichnen pflegt, nicht einmal zum Decken des Esstisches heran. Bereitete ihm doch das Auffinden der seit Jahren am selben Platz verwahrten Küchenutensilien wie Teller, Besteck und Servietten jeden Tag aufs Neue große Mühe. Ich ertrug es nur schwer, wenn er, mit seinen Gedanken irgendwo, wahrscheinlich jedoch im mystischen und fernen Mittelalter, pathetisch einen Küchenschrank nach dem anderen öffnete, bis er endlich, während das auf dem Tisch angerichtete Essen auskühlte, alles beisammen hatte. Einmal hatte er sogar geistesabwesend im Kühlschrank gesucht. Ich krümmte mich im Stillen vor Lachen. »Bingo«, rief ich fröhlich, als er beim zehnten Versuch fündig wurde und die gewünschten Gabeln erspähte. Oft jedoch war ich nicht zu Scherzen aufgelegt, sondern zischte nur böse: »Servietten fehlen. Nein, nicht in der Besteckladel«

Müde, deprimiert und angeschlagen durch die Erkältung, suchte ich alle meine unerfreulichen Gedanken weit von mir zu schieben. Ich murmelte, wie ich es in meiner Jugend getan hatte: »Es wird alles immer besser und besser«, und konzentrierte mich auf die Planung der Einkäufe für die kommenden Tage.

So galt es etwa, Murli, der geschlossene Türen hasste, sein ungehindertes Streifen durch das Haus zu erleichtern. Ich begab mich daher in den großen, scheußlichen Supermarkt am Fuße des »Bierhäuslbergs« und suchte nach Türstoppern. Ich irrte durch die langen Gänge. Wütend, dass die Verkäufer schon wieder einmal, gemäß der listig-primitiven Verkaufsstrategie der Geschäftsführung zur Steigerung der Aufmerksamkeit ihrer Kunden, alles umgeräumt hatten, suchte ich im gleißenden Neonlicht die endlosen Regale ab. Wie immer war kein Personal in Sicht.

Plötzlich hörte ich hinter mir eine zwar laute, aber angenehme Stimme: »Jessasmaria, wer is denn des?« Ich drehte mich um, und wen sah ich? Maria, blond, stämmig und fröhlich, die Freundin meiner längst verflossenen Kindertage. »Die Hermi!«, rief sie. »Die Mizzi!«, rief ich. Wir begrüßten einander voll überschwänglicher Freude und verfielen instinktiv sofort in den Dialekt unserer Waldviertler Heimat. »Wos mochst do? Wo kummst her? Wia geht's da?«

Wir betrachteten einander voll Wohlwollen. »Guat host di g'holten!«, kommentierten wir höflich die geringen Spuren unseres fortgeschrittenen Alters, umarmten uns freudig und verabredeten an Ort und Stelle ein Treffen. »Gemma am Somstag um zehn ins Dommayer?«

Mizzi erzählte mir, dass sie einen wesentlich älteren Handelsangestellten geheiratet habe, die gemeinsamen Kinder seien mit ihren vierundzwanzig und zwanzig Jahren bereits erwachsen und außer Haus. Zu unserem Entzücken stellten wir fest, dass wir in Hietzing und Hütteldorf, also in benachbarten Bezirken, nur getrennt durch den Wienfluss, wohnten – und dies, ohne es geahnt zu haben, schon seit vielen Jahren. Das Dommayer in Alt-Hietzing war uns beiden natürlich ein Begriff. Ich selbst durfte mich dort sogar, was mich mit Stolz erfüllte, zu den privilegierten Stammgästen zählen.

Dieses alteingesessene Lokal ist ein Kaffeehaus in der typischen Wiener Tradition. Die Einrichtung ist schönstes Art déco aus der Zeit um 1930, behaglich und gemütlich – gepolsterte Bänke in Nischen, sogenannte Logen für intimere Privatgespräche, Tischchen und Thonet-Sessel in der Mitte für die Gäste, die nicht lange zu verweilen gedenken. Schwarz gekleidete Kellner wachen über das Wohl der Gäste und ihren eigenen Status. Sie werden respektvoll mit »Herr Ivo« oder »Herr Albert« angesprochen und herrschen nach Art aufgeklärter Monarchen des 18. Jahrhunderts über ihre Untertanen, streng, gerecht, aber undemokratisch. Ihre Gunst muss man sich verdienen. Beim Antreten ihres Dienstes schweifen ihre Blicke aufmerksam durchs Lokal: »Guten Morgen, die Herrschaften!« Unbotmäßige Gäste werden nicht beachtet oder in die Schranken gewiesen.

»Es ist Ihre Aufgabe, mir einen Platz zu suchen!«, hörte ich einmal einen der Aussprache nach norddeutschen Eindringling rufen. »Na, wirklich net, i glaub, i dram (träume)!«, lautete die höhnische Antwort von Kellner Ivo. »Was, der Garten ist noch nicht geöffnet?«, erboste sich jemand an einem schönen Maitag. »Ich komme nie mehr wieder!« – »Do san's ober selber schuld«, replizierte Ober Albert herablassend. »So a Lokal gibt's in gonz Wien net!«

Stammgäste hingegen, die sich durch anständiges Benehmen und eine gewisse Unterwürfigkeit in die Seele der bedienenden Götter geschlichen haben, leben – egal ob Tier oder Mensch – im Paradies. Sie werden verwöhnt, verhätschelt, physisch und psychisch betreut. Hunde jeder Größe erhalten Wasser, gleiten auf das bereitgestellte »Tackerl« unter die Tische, wo sie schläfrig vor sich hinbrüten, um nur bei der Annäherung eines Rivalen kläffend hervorzuschießen. Von der schwarzen, überheblichen Hauskatze, die erhobenen Hauptes und ohne Furcht hochmütig durch das

Lokal schreitet, auf den Fensterbrettern sitzt, liegt und sich putzt, werden sie, wie wir Wiener sagen, nicht einmal ignoriert. Die Katze »Gundi« lebte, als ich Mizzi wiederfand, schon eine geraume Weile im Lokal, genauer gesagt seit dem Tag, als sie ein älterer Gast der Obhut der Kellner anvertraute, bevor er selbst in ein Seniorenheim entschwand.

Menschliche Stammgäste befragt man ausführlich nach ihrem Befinden, erfüllt ihnen exzentrische Sonderwünsche. Man bestreicht für sie resche Frühstückssemmeln mit Butter, bestreut ihnen Brote mit Schnittlauch, serviert an die zwanzig verschiedene Kaffeesorten, versorgt sie mit Ersatzbrillen, wenn sie die eigenen vergessen haben, bringt ihnen die gewünschten Zeitungen samt Kommentar an den Tisch und verabreicht sogar Aspirin, wenn die Auswüchse der österreichischen Politik ein Ausmaß angenommen haben, dass sie Kopfschmerzen bereiten. Einen hochbetagten erkrankten Stammgast hat – wie man sich voll Bewunderung und Grausen zuraunte – Kellner Ivo sogar zu Hause aufgesucht, um ihm seine gewohnte Bestellung – Thunfisch-Brot, gefolgt von einem Wiener Krapfen und einem Kaffee (einem »Einspänner«) – zu überbringen. Ereilt die derart Verwöhnten trotz langer Jahre aufmerksamster Betreuung ihr menschliches Schicksal, kündet davon eine schwarz umrandete, im Lokal ausgehängte »Parte«, und der Lieblingsober des Verstorbenen nimmt an seinem Begräbnis teil.

Als Mizzi und ich am darauffolgenden Wochenende in einer der rot gepolsterten Logen des Kaffeehauses, das mir damals schon fast zur zweiten Heimat geworden war, Platz nahmen, und jede von uns, als hätten wir es verabredet, eine »Melange« bestellt hatte, begann ein Erzählen, das kein Ende nehmen wollte. Ich freute mich aufrichtig Maria, alias Mizzi, wiederzusehen.

Nach zweistündigem Plaudern und oftmaligem, von lautem Gelächter unterbrochenen »Erinnerst du di no, wie wir ...?«, tauschten wir Adressen und Telefonnummern aus. Wie viele Jahre hatten wir doch nur einen Steinwurf entfernt voneinander gelebt! Wir beschlossen, uns häufig zu sehen und uns vor allem nicht mehr aus den Augen zu verlieren – ein feierliches Versprechen, das wir zur beiderseitigen Freude lange eingehalten haben. Mizzi sollte tatsächlich bald zu meinem Lebensmenschen, wie man so schön zu sagen pflegt, werden, vor dem ich – fast – keine Geheimnisse hatte.

Am Ende dieses aufregenden Tages legte ich mich erschöpft nieder. Der Schlaf wollte sich bei mir nicht so recht einstellen.

Nachdem ein mildes Beruhigungsmittel, das ich in Form von Tropfen zu mir nahm, keine Wirkung zeigte, stand ich schließlich auf, heiser von mehrmaligem, jedoch vergeblichem Räuspern zur Unterbrechung der Grunzlaute an meiner Seite, verließ das eheliche Gemach und begab mich ins Wohnzimmer, wo mich wohltuende Stille umfing.

Auf dem kleinen, geschwungenen Couchtisch bei der großen Sitzgarnitur lag noch immer das von Poldis Großonkel empfohlene Buch über sensationelle Kriminalfälle aus der Zeit nach 1900. Da mir die nötige Müdigkeit zur Schlafreife fehlte, nahm ich es zur Hand und vertiefte mich darin.

Im Dezember 1913 hatte sich in Blackpool ein Unfall ereignet, der den Bürgern des beschaulichen englischen Badeortes willkommenen Gesprächsstoff bot. War doch die Urlauberin Mrs Alice Smith nach einem Anfall im Bad ertrunken. Die Vorgeschichte der Toten entpuppte sich als wahre Romanze. Die junge Krankenschwester und ein nicht mehr ganz junger Handlungsreisender hatten, stürmisch ineinander verliebt, gegen den Widerstand der Eltern des Mädchens nach ganz kurzer Bekanntschaft geheiratet. Ihre Hochzeitsreise führte Mr und Mrs Smith in die Küstenstadt Blackpool an der Irischen See, wo man sich in einer kleinen und preiswerten Pension einmietete. Rührend um das Wohlergehen seiner Gattin besorgt, unterzog der Ehemann die Unterkunft einer peniblen Prüfung und inspizierte auch das Bad. Wieso er die Wanne genau abmaß, blieb der jungen Gattin vorläufig verborgen. Sie nahm diese harmlose Marotte jedoch mit einem toleranten Lächeln zur Kenntnis.

Kurz darauf klagte Alice über heftige Kopfschmerzen und suchte den Arzt Dr. Billing auf, der ein Medikament verschrieb. Auf Geheiß ihres Mannes nahm sie anschließend ein heißes Vollbad. Als Mr Smith, wie er angab, irgendwann beunruhigt nach ihr rief, erhielt er keine Antwort. Er betrat daraufhin den Raum und fand seine Frau tot im Wasser liegend. Der rasch herbeigerufene Dr. Billing stellte nach kurzer Untersuchung fest, dass das heiße Bad zweifelsohne eine Herzattacke oder einen Ohnmachtsanfall ausgelöst hatte. In ihrer Hilflosigkeit sei die Frau dann ertrunken. Fremdverschulden schloss der Mediziner kategorisch aus, da die Leiche auch nicht die geringste Spur von Gewaltanwendung zeigte. Sein Trost galt dem völlig gebrochenen Witwer.

Sicher, ein trauriger Unfall. Und schon lange her. Was hat der »Sir« daran nur so Bemerkenswertes gefunden?, wunderte ich mich. Mangels anderer Lektüre las ich jedoch weiter.

Im Dezember 1914, fast auf den Tag genau ein Jahr nach dem Vorfall in Blackpool, berichtete das Wochenblatt »The News of the World« über einen tragischen Fall, der demjenigen von Blackpool aufs Haar glich. Der Bericht des völlig gebrochenen Ehemanns lag vor: Nach ihrer schönen Trauung in Südengland hatte er mit seiner Frau Margaret zwei Zimmer in einer Pension im Londoner Bezirk Islington gemietet. Die Frau klagte über Kopfschmerzen, der Arzt Dr. Bates verschrieb Medikamente, der Ehemann riet zu einem heißen Bad. Schließlich hielt Mr Lloyd im Badezimmer Nachschau und fand, wie er zu Protokoll gab, die innig geliebte Ehefrau leblos in der zu drei Viertel mit Wasser gefüllten Wanne. Für Dr. Bates, den man sofort rief, gab es keinen Zweifel an den Umständen des tragischen Unglücks. Seine Diagnose lautete: »Tod durch Ertrinken aufgrund eines Schwächeanfalls nach einer kürzlich überstandenen Grippe.« Ohne Bedenken stellte er den Totenschein aus.

An dieser Stelle brach ich, obwohl die Sache spannend zu werden versprach, ab, da mich der Schlaf übermannte. Ich nahm mir vor, mit unserem »Sir« nochmals über das Buch zu reden.

Ich wusste, wie sehr es Poldi hasste, sein Bett nicht nur mit mir, sondern auch dem Kater zu teilen. Trotzdem trug ich Murli, der sich schnurrend auf meinem Schoß zu einer Kugel eingerollt hatte und die Augen mit einer Pfote bedeckt hielt, mit mir ins Schlafzimmer.

Schon am darauffolgenden Tag griff ich erneut zu dem Buch, um mehr über die rätselhaften Unglücksfälle zu erfahren, deren Lösung mir der alte Herr nicht hatte verraten wollen.

Es war ein kurioser Zufall, dass Mr Joseph Crossley, der Inhaber jener Pension in Blackpool, wo sich Mr und Mrs Smith im Dezember 1913 einquartiert hatten und Alice Smith auf tragische Weise gestorben war, »The News of the World« las und den groß aufgemachten Bericht über das Ableben der Mrs Lloyd sah. So erfuhr er zu seinem Erstaunen, dass – fast auf den Tag genau ein Jahr nach dem tragischen Unfall in seinem Haus – wieder eine Frau unter frappierend ähnlichen Umständen ums Leben gekommen war. Mr Crossley stutzte. Welch ein Zufall! Oder doch kein Zufall? Als ein Misanthrop, der seinen Mitmenschen aus Prinzip misstraute, schnitt er den Zeitungsartikel aus, legte die alte Notiz über den Unglücksfall in seiner eigenen Pension dazu und schickte beides, auf die Erfahrung und Kompetenz der Polizeibehörden vertrauend, im Januar 1915 an Scotland Yard. Wäre es möglich, dass zwischen dem Badezimmertod der Mrs Lloyd in Islington und dem der Mrs Smith in Blackpool irgendein Zusammenhang bestand? Er bitte die Kriminalpolizei um Untersuchung der Vorgänge!

Wenig später begab sich der für den Bezirk Islington zuständige Detektiv-Inspektor Arthur Neil an den Ort des Geschehens in der Bismarck Rd. 14 und sprach mit der Vermieterin. Ms Blatch erinnerte sich genau. Den Ehemann Mr Lloyd beschrieb sie als mittelgroß, hager, zwischen vierzig und fünfzig Jahre alt, mit verbissenem Gehabe und stechendem Blick. Er war ihr aufgefallen: »Ich bin jetzt seit vierzig Jahren im Gewerbe und an die kuriosen Wünsche von Gästen gewöhnt. Aber so etwas habe ich noch nie erlebt! Vor meinen Augen hat er die gusseiserne Wanne abgemessen!« Als der Mieter nach dem Unfall seiner Frau um Hilfe rief, war Ms Blatch die Stufen zu dem im Halbstock gelegenen Baderaum hinaufgeeilt. Sie kam gerade zurecht, um zu sehen, wie Mr Lloyd den leblosen Oberkörper seiner Frau aus der Wanne zog. Dr. Bates vermochte leider nicht mehr zu helfen, Mrs Lloyd war bereits tot. Nach Erledigung der Beerdigungsformalitäten sei der tieftraurige Mr Lloyd verzogen. Wohin, das wusste die Vermieterin nicht zu sagen.

»Interessant«, dachte ich schläfrig. »Wie mag das nur weitergehen? Recht unheimlich.«

Zurück im ehelichen Schlafgemach war an Ruhe nicht zu denken, denn während ich mich hin und her wälzte, erfüllte ein sonores Schnarchen und Keuchen den Raum. In der Stille der Nacht zog ich Bilanz: »Zugegeben, ich leide unter der proletarischen Umgebung, in der wir leben, aber wenn es uns schlecht geht, sind sie alle stets zur Stelle. Bei Krankheiten geben die Nachbarn Ratschläge, sie gehen in die Apotheke, machen für uns Einkäufe im nahen Supermarkt, denn bei uns am Berg hat natürlich der letzte Lebensmittelladen schon längst zugesperrt.« Die milde Toleranz meiner nächtlichen Gedanken erstreckte sich nicht auf meinen Mann, den ich lange schlaflos und voll Groll betrachtete. »Du bist es«, sprach ich zu dem laut Schnarchenden, »der mir von allen Menschen, die ich kenne, am meisten auf die Nerven geht.« Schließlich stand ich auf und vertiefte mich erneut in die Lektüre.

Das Problem, mit dem sich einst Inspektor Neil im Jahre 1915 konfrontiert sah, faszinierte mich ungemein. Zu frappierend schienen dem Kriminalinspektor – und auch mir – die Übereinstimmung der Unglücksfälle »Smith und Lloyd« zu sein.

Im Zuge eines Lokalaugenscheins überprüften Neil und seine Mitarbeiter das Bad, in dem Mrs Lloyd gestorben war. Es wies keine Besonderheiten auf und enthielt eine in dieser Zeit oft verwendete billige kleine Eisenwanne, deren Länge am Boden 1,25 Meter und am oberen Rand 1,65 Meter betrug. Wie konnte ein gesunder, normal gewachsener Mensch darin ertrinken? Dr. Bates, der die Leiche untersucht hatte, bekräftigte seine ursprüngliche Aussage voll Vehemenz: »Tod durch Unglücksfall. Jede andere Diagnose ist absurd und vom medizinischen Standpunkt aus nicht vertretbar!«

Eines war ihm jedoch ungut aufgefallen. Mr Lloyd hätte nicht die geringste Spur von Trauer gezeigt, hatte nur den billigsten Sarg für seine unter so tragischen Umständen verstorbene Frau bestellt. Der Inspektor hatte peinlicherweise mitgehört, wie der Witwer mit dem Bestattungsinstitut um den Preis des Sargs gefeilscht hatte.

Als Inspektor Neil in sein Büro zurückkehrte, erwartete ihn eine interessante Nachricht. Sie besagte, dass sich Mr Lloyd, bevor er schließlich in der Bismarck Rd. 14 Quartier bezog, auch in einer anderen in der Nähe gelegenen Pension umgesehen hatte. Er hatte dort einige Zimmer besichtigt und sich erkundigt, ob man in der Badewanne auch tatsächlich liegen könne. Als er begann, die Wanne genau abzumessen, hatte ihn die von Misstrauen gepackte Vermieterin unter einem Vorwand aus ihrem Haus gewiesen.

Weitere Recherchen ergaben, dass Mrs Lloyd nur drei Stunden vor ihrem Tod ein Testament verfasst hatte, in dem sie ihren, wie sie es formulierte, geliebten Ehegatten als Alleinerben einsetzte. Darüber hinaus hatte sie an ihrem Todestag in Begleitung von Mr Lloyd ihr gesamtes Guthaben von der Postsparkasse abgehoben. Wenig später meldete die Yorkshire Insurance Company, dass Mrs Lloyd eine hohe Lebensversicherung zugunsten ihres Ehemanns abgeschlossen hatte. Spätestens zu diesem Zeitpunkt war Inspektor Neil überzeugt, einem, mehreren oder sogar einer ganzen Serie von Gewaltverbrechen auf der Spur zu sein.

Schon erstaunlich, wie verdächtig jene wirken, die vom Ableben eines Partners profitieren, schoss es mir durch den Kopf. Auch Leopold und ich hatten, wie Tausende anderer Paare, kurz nach der Hochzeit eine wechselseitige »Lebensversicherung auf Ableben« geschlossen. Ich fand damals, dass dies eine durchaus vernünftige Art der Absicherung war, die man seinem Lebenspartner und den heranwachsenden Kindern einfach schuldete. Da Nachwuchs ausblieb und ich mich selbst erhalten konnte und musste, war mir unsere Police samt ihren vielen kleingedruckten Vereinbarungen herzlich egal. Die fälligen Zahlungen buchte die Bank mittels Dauerauftrag in geringen monatlichen Raten automatisch von unserem Konto ab, und die Höhe der im Ernstfall auszuzahlenden Summe hatte ich schon längst vergessen. Ich werde sowieso nichts davon haben, denn der Poldi bringt mich durch seine unangenehme, pedantische Art ohnehin frühzeitig ins Grab, war meine fatalistische Meinung. Die Überlegung, dass er mich zwar überleben, aber die Früchte seines Wohlstands nicht genießen würde, da er ohne mich hilflos im Schmutz erstickte, bereitete mir einen gewissen Trost.

Nach der Aufnahme des Tatbestands in Islington bat Inspektor Neil seine Kollegen in Blackpool im »Fall Smith« um Hilfe. Diese teilten mit, dass Alice Smith, geb. Burnham, am Tag vor der Hochzeit eine Lebensversicherung in der beträchtlichen Höhe von fünfhundert Pfund zugunsten ihres Gatten abgeschlossen hatte. Außerdem hatte Alice Smith zwei Tage vor der Hochzeitsreise nach Blackpool ein Testament verfasst und hinterlegt, in dem sie all ihre irdischen Güter ihrem, wie sie es formulierte, geliebten Ehemann vermachte. Vier Tage später war sie tot.

»Er hat nicht viel Zeit verloren, dieser Smith-Lloyd«, dachte ich mir. Ich teilte nämlich voll und ganz den bei Inspektor Neil aufkeimenden Verdacht.

Neil suchte am 23. Januar 1915 Sir Charles Mathews, den zuständigen öffentlichen Ankläger, auf, um freie Hand für weitere Ermittlungen zu erhalten. Nach der Schilderung der Verdachtsmomente rief Sir Mathews voll Empörung: »Was wollen Sie eigentlich? Das ist ja unglaublich! Ein Mann soll zwei Frauen ohne sichtbare Gewaltanwendung in ihrem Bad ermordet haben? Sie wissen nicht, auf welche Weise!

Glauben aber mehr zu wissen als zwei Ärzte, die den natürlichen Tod der Damen bestätigten! In meinem ganzen Leben habe ich keinen derartigen Unsinn gehört!«

»So eine Ungerechtigkeit!«, empörte ich mich, atmete jedoch erleichtert auf, als man Inspektor Neil den Fall nicht entzog, sondern ihn weiterermitteln ließ.

Die Lektüre der »Badewannenmorde« bereitete mir großes Vergnügen. Überhaupt las ich gern – Krimis, Biografien berühmter Menschen, populäre Erzählungen zur Geschichte Wiens, aber auch Triviales. Es war vor allem Letzteres, was Poldi mit unverhohlenem Sarkasmus bedachte. Dem zum Trotz vertiefte ich mich an müßigen Nachmittagen oder Abenden gerne in Illustrierte, die ich mir – natürlich kostenlos – über das Probeabonnement eines Lesezirkels bestellte. Mittels der Hochglanzseiten von Zeitungen wie »Society News« oder »Insider« konnte ich einen Blick hinter die Kulissen der großen Welt werfen, erfuhr vom »Fluch der Flicks« und dem traurigen Schattendasein, das Prinz Philip an der Seite der strengen englischen Queen führen musste. Fasziniert informierte ich mich über die prunkvollen Feste der Hocharistokratie, Anlässe, bei denen manche der älteren weiblichen Gäste – viele von ihnen mit hageren Gesichtern, die an edelrassige Pferde erinnerten – tatsächlich, wie vor hundert Jahren, funkelnde Diademe im Haar hatten und üppige Colliers trugen, deren Gewicht ihnen den faltigen Nacken zu beugen schien. Im Fürstentum Monaco ging es zur Freude der Gazetten wild her, bis die Erbprinzessin nach zahlreichen Eskapaden gar einen Rennfahrer heiratete. Auch in Schweden machte sich ein Hang zum Bürgertum bemerkbar. Die Vorgänge am dortigen Königshof ließen mich nicht kalt. Ganz wie im Märchen hatte sich der junge König in eine hübsche, jedoch nicht ebenbürtige Olympiahostess verliebt und sie nach vielen Widerständen geheiratet.

Poldi lachte dazu abfällig und äußerte sich wahrhaft schändlich. »Das liegt in der Familie«, bemerkte er herzlos. »Die Dynastie der Bernadotte geht auf den Schreiber eines Notars aus der Zeit Napoleons zurück. Was willst du?« – »Na, immer noch besser als Stallknechte aus dem Weinviertel«, erinnerte ich meinen Gatten voll Schlagfertigkeit an seine eigene Herkunft und traf ihn damit an einer wunden Stelle. Poldis große, geheime Sehnsucht nach einem langen Stammbaum voll bedeutender Ahnen war mir bekannt. Ebenso natürlich, dass ihn ein unberechenbares Schicksal als Sohn von zwar anständigen, aber insignifikanten Kleinbauern in die Welt gesetzt hatte. Auf jeden Fall stellte Leopold nach unserem kleinen Geplänkel seine hässlichen Blasphemien gegen die Bernadottes ein, und ich kehrte hämisch lächelnd zu meiner Zeitschrift zurück, wo ich die Roben der ewig jungen Stars von Film und Fernsehen bewunderte. Ich konnte nicht umhin, ihre aufregenden Sexkrisen mit wechselnden Partnern mit meinem eigenen Dasein zu vergleichen, von den entzückenden, gern zur Schau gestellten Kindern der weiblichen Filmstars gar nicht zu reden.

Ein Lifting konnte ich mir nicht leisten, nicht einmal ein kleines! »Da wäre schon einiges zu tun«, meinte der Schönheitschirurg Prof. Dr. Lauscher, den ich konsultiert hatte, weil seine erste Beratung nichts kostete, wohlwollend, beinahe väterlich zu mir. »Man darf nicht zu lange warten! Sie haben eine schöne Haut, aber Augenlider und Hals sind Ihre Problemzonen.« Flugs zeichnete er mit einem Farbstift Linien in mein Gesicht. »Da und da und da werde ich ansetzen und hier etwas raffen und anheben.« Wie eine derartige Operation denn vor sich ginge? »Wie bei einem Huhn«, erklärte der berühmte Mann ohne Scheu. »Ich hebe die Oberhaut vom darunterliegenden Gewebe ab, schneide Überflüssiges weg und ziehe sie hinter dem Ohr fest. Komplikationen sind ausgeschlossen. Gnä Frau, glauben's mir, Sie werden zehn Jahre jünger aussehen, man wird Sie beneiden, oft sogar net wiedererkennen. Nur ka Angst!«, glitt er vertraulich ins Wienerische.

Dann zückte der Joviale ein kleines Zettelchen und notierte. Ober- und Unterlider je 30000 Schilling, großes Lifting 60000 Schilling, Spitalkosten je nach Privatklinik zwischen 20000 und 30000 Schilling. Es ginge auch ohne Rechnung, wie er mir augenzwinkernd bedeutete. Dann würden wir uns beide die lästige Mehrwertsteuer ersparen und den Staat nicht bei seiner Geldverschwendung unterstützen. Ich nahm die genannten Beträge, die ich nicht besaß, niemals besessen habe und auch nicht auftreiben konnte, ohne mit der Wimper zu zucken, gleichsam wie eine nebensächliche Lappalie zur Kenntnis. Höchstes Interesse heuchelnd, quasi nur mehr unsicher wegen meines überfüllten Terminkalenders. Mit »Sie wissen ja, Herr Professor, viele gesellschaftliche Verpflichtungen und dann die Reisen! Ach, wie ermüdet das alles!«, verabschiedete ich mich als Dame von Welt. Die Frau des Arztes, mindestens zwanzig Jahre jünger als er selbst, mit einer zeitlos glatten, maskenhaften Physiognomie, bei der das faltenlose Kinn irgendwie nicht ganz in das übrige Gesicht passte, begleitete mich, vornehm säuselnd, zum Ausgang der Ordination, wo sie mir ihre verwelkte Hand reichte: »Bitte lassen Sie uns Ihre Entscheidung bald wissen, wir sind sehr, sehr ausgebucht. Patientinnen von Film und Fernsehen überfluten uns, wir müssen lange im Voraus planen.«

In der mondänen Praxis in Oberdöbling hat man mich nicht mehr gesehen. Dabei wäre, wie Meister Frankenstein ganz richtig bemerkte, wirklich »einiges« zu tun gewesen. Nicht besonders schön, mit hängenden Oberlidern, kleinen Tränensäcken, abstehenden Ohren, Stupsnase, mausgrauen Haaren und zur Fülligkeit neigender Figur war mir – gerechterweise, wie ich selbst zugeben musste – jeder Erfolg verwehrt geblieben. Im Beruf und auch, wie mir der tägliche Anblick meines mickrigen Mannes vor Augen führte, im Privatleben. Von Glamour keine Spur. Meine Finanzen waren stets so deprimierend, dass ich mich nur mühsam von einem Monatsersten zum anderen schleppte.

Noch immer weilten meine Gedanken bei Inspektor Neil im Jahre 1915. Auch als ich bei meinem täglichen Besuch im Drogeriemarkt in der Nähe meiner Bank noch ein paar Kosmetiktücher, die zur freien Entnahme bereitlagen, als Vorrat für den Tag einsteckte, bevor ich an meine Arbeitsstelle eilte, beschäftigte mich das »Rätsel der Badewannen«.

Höchst gespannt und im Bewusstsein, dass Inspektor Neil weiterermitteln durfte, begleitete ich meine Kollegen am Mittag nicht in das billige, mit goldenen Ornamenten vollgestopfte, übelriechende China-Restaurant an der Ecke Währinger/Nußdorfer Straße, wo wir zwei- bis dreimal die Woche hingingen und wo man sich um nur 35 Schilling nach Belieben am Buffet bedienen konnte. Die Devise des Lokals »Essen Sie, so viel Sie können« sagte mir zu, und da sie keine Zeitangabe enthielt, legte ich sie stets großzügig aus, hatte eine Tupperware-Schale bei mir und versorgte mich und Poldi auch gleich für das Abendessen.

Doch die Neugier auf »Smith-Lloyd« ließ mich diesmal auf den glutamatgeschwängerten chinesischen Einheitsbrei, der oftmals Kopfschmerzen bereitete, und die leiernde Singsangmusik verzichten. Ich entschuldigte mich mit Appetitlosigkeit, ließ die anderen ziehen, setzte mich in den winzigen Aufenthaltsraum für Angestellte und las weiter.

Inspektor Neil verhaftete Smith-Lloyd beim Abheben der Lebensversicherung und nahm ihn in vorübergehenden Gewahrsam. Bald kannte man seinen richtigen Namen: George Joseph Smith, Sohn eines Versicherungsagenten, Zögling einer Besserungsanstalt für kriminelle Jugendliche, der später eine Karriere als Betrüger, Schwindler und Dieb einschlug und etliche Jahre im Zuchthaus verbrachte. Mit seinen wechselnden Identitäten konfrontiert, gab Smith-Lloyd die Namensänderung zu. »Aber was haben Sie mir, einem zweifachen schwer geprüften Witwer, sonst noch vorzuwerfen? Ich führe schon längst ein anständiges Leben, meine letzte Verfehlung ist verjährt«, meinte er, ob der Belästigung tief gekränkt.

»Du bist ein Mörder!«, rief ich voll Emotion laut aus und wusste mich damit mit Inspektor Neil im Einklang. »Wer, ich?«, ließ sich mein Kollege Gerhard Grätz, der gerade aus der Mittagspause zurückkehrte, verwundert vernehmen.

Ich gab ihm keine Antwort. Zu sehr gefiel mir die Hartnäckigkeit von Neil, dem es gelang, Bernard Spilsbury, den berühmten Pathologen des Home Office, für sich zu gewinnen. Er sollte den geheimnisvollen Fall von der medizinischen Seite her aufrollen. Fehlten uns doch Beweise, Beweise und nochmals Beweise.

Spilsbury ordnete zunächst die Exhumierung der Leiche von Margaret Lloyd an, um festzustellen, ob die junge Frau ertrunken war oder man sie ertränkt hatte, eine Unterscheidung, die sich um 1915 noch sehr schwierig gestaltete. Es gab zwar bereits diagnostische Möglichkeiten, doch beim Tod durch gewaltsames Ertränken setzte man immer noch auf einen Faktor: Die Opfer setzten sich zur Wehr, im Todeskampf entwickelten sie Riesenkräfte. Sie zwangen ihre Mörder, zur Gewaltanwendung, die unausweichlich Quetschungen und Kratzwunden zurückließ. Spilsbury untersuchte die Leiche mit der Lupe und zunehmender Verzweiflung Zoll um Zoll nach Spuren von Verletzungen ab – alles vergebens. War Gift im Spiel gewesen? Organproben bewiesen das Gegenteil.

Obwohl sich die Kriminalpolizei um Geheimhaltung bemühte, erfuhr die englische Presse von den Recherchen des Pathologen. »Die Bräute im Bad« wurden zu einer landesweiten Sensation und einem Sport – Laien und Experten wetteiferten bei ihrer Suche nach einer Lösung des Rätsels.

Es war die unerwünschte Popularität, der die Kriminalpolizei die Kenntnis von einer dritten toten Braut an der Küste von Kent verdankte. Der Fall lag schon Jahre zurück und war genauso verlaufen wie die zwei bereits bekannten Todesfälle. Mit einem winzigen, makabren Unterschied – der Ehemann hatte die kleine, billige Wanne aus Gusseisen selbst gekauft und sie seiner Frau geschenkt. Neil und Spilsbury ließen daraufhin die drei Unglücks-Badewannen nach London transportieren. Sie sahen alle gleich aus, sehr kurz, mit steilem Fußende und schrägem Kopfende. Die Verstorbenen waren alle über 1,65 Meter groß gewesen. Das Missverhältnis zwischen den Körpermaßen der Opfer und den Abmessungen der Wanne gab zu denken, und es stellte sich wiederum die alte Frage: »Wie konnten sie in den winzigen Badezubern ertrinken?«

Schließlich engagierten der Pathologe und der Kriminalinspektor Sportschwimmerinnen, deren Größe und Gewicht den mutmaßlichen Opfern glich. Kuriose, unheimliche Experimente an der Grenze der Legalität fanden statt: Helfer versuchten Kopf und Oberkörper der Versuchspersonen unter Wasser zu drücken. Dies gelang ihnen nur selten oder erst nach langem Ringkampf mit heftiger Gegenwehr, wobei sich Wasser über den ganzen Boden ergoss. Selbst als man zu einem bedenklichen Mittel griff, die Schwimmerinnen ablenkte, sie unerwartet attackierte und ihnen den Kopf unter Wasser drückte, konnte man nicht verhindern, dass sich die Hände der Opfer am Wannenrand anklammerten und Halt fanden. Spilsbury grübelte Tag und Nacht – bis er in einer langen, schlaflosen Nacht schließlich die Erklärung der Morde fand. Sie war teuflisch und zugleich verblüffend einfach!

»Mein Gott, wie simpel und effizient!«, dachte ich bewundernd. »Darauf muss man erst kommen. Geradezu genial! Eigentlich ist jeder, auch ein blutiger Anfänger, imstande, auf diese Weise zu morden.«

8

Beim nächsten meiner häufigen Telefonate mit Mizzi, die ich mittlerweise als meine beste Freundin ansah, erzählte ich ihr von den »Bräuten«: »Was denkst du? Wie hat er sie umgebracht?« Sie wurde sehr neugierig, riet hin und her, blieb jedoch von der richtigen Lösung meilenweit entfernt. Da ich – ich wusste eigentlich selbst nicht, warum – die Enthüllung des Rätsels für mich behalten wollte, quälte mich Mizzi noch lange Zeit mit bohrenden Fragen. Ich antwortete jedoch stets nur ausweichend. Selbst als wir zwei wieder einmal zu unseren scherzhaft so genannten »Viennese trips for two« aufbrachen, suchte sie mir listig Hinweise zu entlocken. Doch ich schwieg eisern und lenkte sie ab.

Unser skurriles Hobby, dem wir gerne frönten, erfüllte alle Kriterien, die wir an Unterhaltung stellten. Es war billig, ja fast kostenlos, und trotzdem höchst vergnüglich.

Wer von uns beiden dieses Freizeitvergnügen ersonnen hat, weiß ich nicht mehr. Auf jeden Fall kann man es allen Wienern mit so schmalen Geldbörsen wie den unsrigen nur wärmstens empfehlen. Als Vorbereitung zu dem Vergnügen durchforstete ich als Stammgast des »Dommayer« bei einem »kleinen Braunen« – dem einzigen Luxus, den ich mir dort gönnte – stundenlang die Zeitungen. Während ich den wahrhaft köstlichen Kaffee schlürfte, nahm ich unauffällig die Immobilienbeilage des »Kurier« an mich, eine Tat, über die man bei mir als langjährigem Gast wohlwollend hinwegsah. Zu Hause wählte ich dann mithilfe der stets unternehmenslustigen Mizzi geeignete Objekte aus: Wohnungen oder Häuser – im Idealfall leerstehend oder aus Erbschaftsfällen. Anschließend vereinbarten wir Besichtigungstermine, auf die wir uns jedes Mal sehr freuten und die wir mit Spannung erwarteten.

Wie sah wohl die angebotene »prächtige Ringstraßenwohnung« tatsächlich aus und wie das »kleine, gepflegte, voll möblierte Häuschen einer Hofratswitwe«? Vor allem jedoch, was würde man uns bieten? Wir dachten natürlich nicht im Traum daran, etwas zu mieten oder zu kaufen, hätten es uns mit unseren kargen Einkünften auch gar nicht leisten können. Vielmehr versorgten wir uns beim Gang durch die meist verwahrlosten Liegenschaften mit nützlichen Utensilien aller Art und fanden dort originelle Geburtstags- und Weihnachtsgeschenke für das laufende Jahr. So steckte ich, während sich Mizzi umständlich die anfallenden Betriebskosten erklären ließ, in der total verkommenen Küche einer Altbauwohnung zwei schöne, fein geschliffene Gläser ein. Im Keller der verkaufswilligen Hofratswitwe wiederum lagerten hochwertige

Spirituosen, die uns beiden sofort ins Auge stachen. Mizzi zwinkerte mir zu, und ich reagierte sofort. »Hat es nicht gerade geklingelt?«, machte ich den jungen Makler höflich aufmerksam. Der Mann entschuldigte sich für einen Augenblick, um virtuellen Interessenten die Haustür zu öffnen. Aus den Augenwinkeln bemerkte ich voll Vergnügen, wie sich Mizzi, die bereits eine Tischdecke erbeutet hatte, sich grinsend eine Bouteille französischen Rotwein vom Jahrgang 1987 sowie eine Flasche Champagner aneignete und beides in ihre voluminöse Handtasche gleiten ließ. Darüber hinaus rettete die Kluge eine Schachtel mit alten, vergilbten Fotos.

Streifzüge und Exkursionen dieser besonderen Art führten uns durch die City von Wien mit ihren alten Palais und verschnörkelten Barockhäusern, aber auch in die bürgerlichen Außenbezirke voll bezaubernder Biedermeierhäuser, verwunschener Innenhöfe und Gärtchen. Bei schönem Wetter erweiterten wir unseren Horizont, indem wir Immobilien in der wirklich atemberaubend schönen grünen, mit Wäldern bedeckten, hügeligen Umgebung der Großstadt aufsuchten. All das war in jeder Weise überaus befriedigend. Es kostete nichts. Wir lernten unsere Heimatstadt und ihre Geschichte wirklich gründlich und in ihrer ganzen Vielfalt kennen, erfuhren viel über Architektur, sahen Neues, lernten interessante Leute kennen und kamen meistens auch materiell bereichert zurück. Denn man hätte nicht glauben sollen, was in den angebotenen Objekten alles herumstand und -lag: Schuhlöffel aus Horn beim Eingang, Ölbilder und Stiche in den Vorräumen, alte, kunstvoll gearbeitete Textilien in den Wohnzimmern, kostbarer Hausrat und vieles mehr. Unlängst konnte ich in einer dieser Fundgruben sogar einen kleinen alten Perserteppich ergattern, ohne dabei das geringste Aufsehen zu erregen.

Poldi ahnte von diesen Exkursionen, die mein Leben etwas aufmöbelten, nicht das Geringste. Ich tarnte sie listig als Spaziergänge mit meiner Freundin im »Lainzer Tiergarten«, dem einstigen kaiserlichen Jagdrevier am Rande Wiens, das nach dem Ende der Habsburgermonarchie für das allgemeine Publikum geöffnet worden war. Tatsächlich spazierten wir oft in der einstigen riesigen Domäne der Kaiserin Elisabeth herum. Man kann dort, vor allem unter der Woche, stundenlang in herrlich unberührter Natur wandern, nur beäugt von den in großer Zahl herumstreifenden und die Erde aufwühlenden Wildschweinen. Mizzi und ich liebten den Tiergarten und hielten uns dort gern auf, aber eben nicht immer.

Als mich Mizzi von unserem letzten diebischen Streifzug am frühen Abend heimbrachte, saß Leopold über seiner Arbeit, von der er sich bei unserer Ankunft nicht einmal erhob.

Wir ließen uns durch diese Unhöflichkeit nicht stören und verkosteten in der Küche den gar nicht üblen Wein der Hofratswitwe. Nach dem zweiten Gläschen in beste Laune versetzt, erklärte mir »Mizzi« das kompliziert Stickmuster ihrer neu akquirierten Decke. Dann öffneten wir den Karton, um dessen Inhalt zu begutachten. Die alten, bereits vergilbten Fotos und Postkarten riefen unser Entzücken hervor. »Wie schön Wien einmal war! Schau, die Ringstraße, gepflastert, nicht asphaltiert, und kaum Autos. Das muss so um 1930 gewesen sein! Und die Leute, alle so elegant gekleidet, obwohl doch die Zeiten der Wirtschaftskrise hart waren«, meinte ich. Mizzi pflichtete mir bei: »Jetzt, wo es den meisten gut geht, gehen sie in billigen Jogging-Anzügen auf die Straße!« – »Und das Stadtbild ist noch nicht verschandelt durch die grässlichen Emmentaler-Bauten der Nachkriegszeit!« – »Weißt was? Wir verkaufn unsern Fund am Samstag am Flohmarkt auf dem Naschmarkt!« Das war eine der guten Ideen von Mizzi. Ich freute mich. »Ja, und dann gemma essn zum Inder! Chicken Curry, eine Thali-Platte oder ein Tandoori.«

Dann sprang meine Freundin auf, erschrocken über die bereits vorgerückte Stunde, um zwecks Versorgung ihres Mannes, der pünktliche Mahlzeiten forderte, nach Hause zu eilen. Wir selbst aßen kalt, und danach delektierte sich Poldi an irgendwelchen faden Dokumentarsendungen im Fernsehen. Mir die »Seitenblicke« anzuschauen, in denen der ORF das Treiben von Wiens Schickeria zeigt, erlaubte er mir nicht. Es sei »Volksverblödung«, und meine Bildung lasse sowieso zu wünschen übrig. »Weißt du endlich, wann Cäsar ermordet worden ist? Und die Reihe der Herrscher aus dem Hause Habsburg? Kannst du sie aufsagen?«, stellte er mir seine Fangfragen, die ich hasste. Bald gingen wir beide zu Bett, wo sich mein Mann, wie immer, als Versager der Sonderklasse entpuppte. Meist schlief er, begleitet von starkem Schnarchen, sofort ein. Manchmal jedoch, so ein- bis zweimal im Monat, griff er nach mir. Öfter sei es ihm, wie er glaubte, mir umständlich erklären zu müssen, physisch leider nicht möglich. Er als Historiker wisse natürlich, dass Martin Luther zweimal Geschlechtsverkehr pro Woche empfohlen habe. Aber leider, leider!

Auch diesmal küsste er mich, wobei seine schlechten Zähne einen üblen Atem verbreiteten, murmelte »Engelchen« und warf sich mit seinem beträchtlichen Übergewicht auf mich. Die mühsamen Turnübungen des »Ungustel« waren mehr als unangenehm. Auf jeden Fall ließ mich das alles kalt. Interessiert betrachtete ich seine blaßrosa Schultern, die, übersät von braunen Flecken und von Warzen, aus denen lange Haare wuchsen, ganz zu seinem übrigen Erscheinungsbild passten. »Hoppla«, dachte ich mir. »Könnten diese dunklen, verdächtigen Stellen nicht Muttermale sein? Solche, aus denen gefährliche Melanome entstehen?« Ich beschloss, mich zu informieren.

Während Poldi bald der Schweiß von der Stirn tropfte, dachte ich daran, was am nächsten Tag alles zu erledigen und zu bezahlen sein würde. Da fiel es mir nicht schwer, ein paar Mal zu stöhnen, wie es die Höflichkeit erforderte, und dann war alles auch schon vorbei. Leopold zog sich auf die Toilette zurück, wo es dann laut plätscherte. Eine ähnliche Fülle kenne ich nur von Kühen, schoss es mir durch den Kopf. Wenn sie sich im Sommer auf der Weide erleichtern.

Dann sinnierte ich weiter: Vielleicht sollte ich dem sexuellen Unfug ein für alle Mal ein Ende bereiten, ganz in der Art, wie es schon einst meine Großmutter tat? Diese hatte sich nach der Geburt ihres dritten Kindes energisch und für alle Zukunft die Avancen ihres Mannes verbeten. »Meine Pflicht habe ich getan. Für deine typisch männlichen, auf jeden Fall perversen Gelüste stehe ich nicht länger zur Verfügung«, teilte sie ihm, wie sie mir in einem vertraulichen Moment enthüllt hatte, dezidiert mit. Großzügig, wie sie war, zweigte sie dann, seufzend ob der unnützen Ausgabe, einmal im Monat einen Betrag von ihrem Haushaltsgeld ab, mit dem der Großvater eine Prostituierte aufsuchen durfte. Ob in unserer sexbesessenen Zeit derartige Maßnahmen überhaupt noch möglich sind?, überlegte ich verunsichert. So können viele Frauen an die fünfzig – die Jungen denken ja ganz anders – auch heutzutage nur schweigen und leiden. – »Und er gibt noch immer ka Ruh!«, hatten mir nicht nur meine Vertraute Mizzi, sondern auch einige andere weibliche Bekannte meines Alters zu wiederholten Malen verstohlen gebeichtet.

Der Sache mit Poldis dunklen Hautflecken ging ich mithilfe eines medizinischen Lexikons, das wir in unserer Wohnzimmerwand aufbewahrten, auf den Grund. Dort las ich: »Der Schwarze Hautkrebs oder malignes Melanom ist der bösartigste Hauttumor und eines der gefährlichsten Karzinome überhaupt. Sechzig Prozent aller Melanome entwickeln sich aus einem bestehenden Muttermal, die Zahl der Erkrankungen hat in den letzten zwanzig Jahren um fünfzig Prozent zugenommen. Männer erkranken durchschnittlich im Alter von dreiundsechzig Jahren – Tendenz sinkend, das heißt, immer jüngere werden davon befallen.« Das klang gar nicht so schlecht, sehr vielversprechend sogar, fand ich, nachdem ich auch die Risikofaktoren – erhöhte UV-Belastung, hohe Anzahl von Sonnenbränden – in Betracht gezogen und folgerichtig überlegt hatte, ob wir vielleicht öfter in den Süden fahren sollten. Ein Urlaub in Australien mit seiner extrem hohen UV-Bestrahlung wäre natürlich toll gewesen, sprengte aber leider bei Weitem den Rahmen unseres Budgets.

Doch wo ein Wille ist, ist oft auch ein Weg. Ich würde dem zur Blässe neigenden Poldi einfach zum Besuch eines Bräunungsstudios raten. Oder noch besser – er würde von mir ein Abo mit zehn Behandlungen als Weihnachtsgeschenk bekommen! Das war die ideale Lösung. Mit Verlängerungsmöglichkeit! Einen Versuch war es wert.

Eines Tages, ich weiß nicht mehr aus welchem Anlass, gestand mir Mizzi, dass sie, um den Frust des grauen Alltags abzuschütteln, jeden Morgen ihre Gedanken zu Papier bringe. »Du kannst dir alles ausdenken, alles erfinden, du hast keine Grenzen«, meinte sie zu ihren geheimen Tiraden, in denen sie, wie sie zugab, mit ihrem ältlichen Mann abrechnete, sich über die zwei missratenen Kinder, die abwechselnd arbeitslos, auf Jobsuche oder in »Auszeit« waren, ausließ und ihr frustrierendes Hausfrauendasein ohne eigenes Geld beklagte.

Das gab mir zu denken. Soll ich vielleicht auch zu schreiben beginnen?, überlegte ich mir an einem Samstagmorgen, als ich wieder einmal in meinem geliebten Kaffeehaus saß. Immer am Wochenende ließ ich den mürrischen Poldi – er verachtete es aus Kostengründen, außer Haus zu frühstücken – daheim zurück, um im Dommayer die erste Mahlzeit des Tages zu genießen. Dort war es am Morgen, inmitten weniger, in stiller, fast sakraler Atmosphäre über die Tageszeitungen gebeugten Gäste besonders schön. Alle kannten einander schon seit Jahren, und Standesunterschiede spielten keine Rolle: Der pensionierte Politiker saß neben einer Historikerin, der Hausverwalter neben einem ehemaligen Flugkapitän. Eine dicke Hausmeisterin äußerte sich gerne mit schnarrender Stimme. Selbst unseren in Hietzing beheimateten Ex-Bundeskanzler hatte sein Weg nach der Niederlegung seines schweren Amtes wie selbstverständlich ins »Domi« geführt. Er bestellte sich zwei Eier im Glas, ein Schnittlauchbrot und einen Kaffee und blühte sichtlich auf.

Nach langem Grübeln beschloss ich, den Versuch zu wagen. Ich würde es Mizzi gleichtun und meine Gedanken dem, wie man so sagt, geduldigen Papier anvertrauen. Hatte ich nicht schon in der Schule gute und originelle Aufsätze geschrieben? Oft hatte die Deutschlehrerin sie der Klasse vorgelesen und als Musterbeispiel gepriesen: »Warum bemüht ihr euch nicht wie Hermine?«

Im Vertrauen auf meine jugendlichen Mini-Erfolge kreierte ich sogleich ein verlockendes Szenario. Ich sah mich schon als Schriftstellerin in einer von mir geschaffenen Welt, in der ich die Gesetze diktierte und zugleich meine Seele befreite. Vielleicht – wer konnte das wissen – würde ich sogar berühmt werden? Oh, wie mich das reizte! Ich könnte meine tollsten Fantasien walten und schweifen lassen, in verborgene Regionen eindringen, die ich sonst nicht zu betreten wagte.

Tags darauf, als sich Mizzi am späten Nachmittag nach einem anstrengenden Tag in der Bank zum Kaffee bei mir einfand, erzählte ich ihr von meinen schriftstellerischen Plänen. Mit »Ja, warum schreibst denn net an Krimi?« traf sie bei mir einen offenen Nerv. Fast verschlug es mir den Atem, aufgeregt ging ich unverzüglich ans Werk. Könnten die »Badewannenmorde« nicht als Vorlage dienen und das Thema meines kriminalistischen Erstlingsromans sein? Der Mörder sollte allerdings eine Frau sein und – natürlich – Angelika heißen. Ich überlegte lange hin und her. War das nicht zu direkt? Der Name Angelika, den ich mir voll Bosheit wählte, war der für eine Mörderin überhaupt passend? Sinnend legte ich mehrmals die Füllfeder aus der Hand, bevor ich mich schließlich doch in die ehrenwerte Zunft der Schreiberlinge einreihte. Zwei Wochen später hatte ich nicht nur einen groben Entwurf fertiggestellt, sondern auch die ersten Seiten meines Krimis geschrieben. Stolz präsentierte ich Poldi die Früchte meines Geistes.

Während ich wie fast jeden Abend pünktlich um 19 Uhr den Tisch im Wohnzimmer für das warme Essen deckte, fragte ich leicht verlegen: »Darf ich dir etwas vorlesen? Nur ganz kurz! Und du sagst mir dazu, ganz ehrlich, was du denkst!« Ich tat dies nicht etwa, weil ich Poldi als Experte schätzte oder mir an seiner Meinung auch nur das Geringste lag. Es ging mir darum, etwaigen späteren Diskussionen vorzubeugen. »Du weißt, ich habe mir schon immer gewünscht, einen Krimi zu schreiben, mich aber nie getraut. Jetzt habe ich mich dazu aufgerafft. Stell dir vor, ich glaube, es macht mir wirklich Freude. Das ist der Anfang.« Stockend begann ich mit dem Vortrag des kurzen Manuskripts.

»Es war ein Kinderspiel. Angelika richtet sich auf, erleichtert und froh, dass sie sich einen lang gehegten, insgeheim genährten Wunsch auf derart einfache Weise hat erfüllen können. Ein stummes Lachen erschüttert ihren Körper. Etwas nass geworden, trocknet sie sich sorgfältig die Hände, um sich dann im Spiegel des

Badezimmers zu betrachten. Hinterlässt die Tat vielleicht Spuren, verräterische Änderungen in Ausdruck und Mimik, wie man das immer behauptet? Nichts davon ist der Fall. Ein bleiches, aber, wie ihr scheint, durchaus attraktives Gesicht schaut ihr entgegen. Die großen blauen Augen blinzeln froh. Das regelmäßige Oval ihres Antlitzes versetzt sie in Entzücken. Sie findet sich sehr reizvoll!

Wie hässlich er aussieht, wie er da in der Badewanne liegt. Noch hässlicher als zu seinen Lebzeiten. Na ja, eine Schönheit war er nie. Seine offenen Augen scheinen nicht nur hervorzutreten, sondern sie auch in impertinenter Weise anzustieren, während sein Mund offen steht. Die schütteren grauen Haare kleben am von abstoßenden braunen Flecken bedeckten Kopf. Das Wasser umspült seine reglosen Glieder. Der Bauch ist auch nicht weniger geworden.

Angelika ist kein Unmensch. Trotz der vielen unangenehmen Erinnerungen an die Zeit mit Robert ist sie froh, ihrem langjährigen Gefährten ein so schnelles, fast schmerzloses Ende bereitet zu haben. Alles ist nach Plan und genau so verlaufen, wie sie es in einem Buch über berühmte Kriminalfälle gelesen hat.«

An dieser Stelle unterbrach mich empörtes Hüsteln. Als ich aufsah, erschreckte mich die grimmige Miene meines Mannes. »Es muss natürlich noch bearbeitet, ausgefeilt werden und so, es ist ja auch erst der Anfang«, erklärte ich hastig beim Anblick von Leopolds verächtlichem Grinsen. »Interessiert es dich, wie es weitergehen soll, wie ich mir das weitere Schicksal Angelikas vorgestellt habe? Sie …«

Er ließ mich nicht ausreden. »Nein, es interessiert mich nicht im Geringsten. Glaubst du wirklich, man kann einen Menschen in der Badewanne so mir nichts, dir nichts ertränken, ohne dass er sich wehrt? Und was für eine bodenlose Frechheit! Dein Elaborat ist nicht nur unaussprechlich primitiv, sondern auch gemein. Ich habe mich gleich erkannt! Mit deiner beschränkten Fantasie wählst du mich als Opfer aus, deine blöde Angelika ermordet natürlich mich. Dass du noch immer diese Frau ins Spiel bringst, immer wieder alte Sachen aufwärmst, ist lächerlich. Durchsichtig und lächerlich!«

Kopfschüttelnd über meine Idiotie, die sich in seinen Augen wieder einmal aufs Neue bestätigt hatte, stand mein zur Korpulenz neigender Mann umständlich auf, zerknüllte die hoffnungsfrohen Anfänge meines literarischen Versuchs mit den Worten »Robert! Pah, ich kenne dich!« und verschwand in sein Zimmer, um weiter an einem seiner kleinkarierten, unverständlichen historischen Texte mit den vielen hundert Fußnoten zu werken.

Zutiefst gekränkt und nachdenklich blieb ich noch eine Weile sitzen. So ist das also, ging es mir durch den Kopf. An seine widerliche Affäre mit Angelika will er nicht mehr erinnert werden. Man ist empfindlich! Dabei wäre sie in meinem Roman, ganz im Gegensatz zum wirklichen Leben, eine schöne Frau!

Die Erinnerung an die Zeit, als der erbärmliche Wicht an der Schwelle zum Alter glaubte, mich mit seiner Kollegin Angelika, genauer gesagt, Dr. Angelika Bauer, Spezialistin für mittelalterliche illuminierte Handschriften, sozusagen mit letzter Kraft betrügen zu müssen, stieg in mir hoch. Wie mag sich das Geschlechtsleben der beiden hässlichen Historiker damals so im Detail abgespielt haben? Die Vorstellung rief in mir keine nachträgliche Eifersucht, sondern nur Abscheu hervor, denn vor meinem inneren Auge sah ich die widerliche Paarung zweier plumper Dinosaurier.

Von dem Verhältnis der verschrobenen Historikergestalten hatte ich nur durch Zufall erfahren. »Weißt du, wen ich gesehen habe?«, berichtete mir Heidi Huber, eine pensionierte Bierhäusl-Bewohnerin und flüchtige Bekannte, deren kleinen Argusaugen nichts in der Siedlung und auch sonst nichts entging, eines Tages ganz aufgeregt und mit schlecht verhohlener Schadenfreude. »Deinen lieben Mann – und nicht allein! Stell dir vor, als ich auf dem Grab der Hanni-Tant Chrysanthemen ausgesetzt hab, seh ich ihn mit der schiachen Bauer auf dem Hernalser Friedhof. Du weißt, ich kenn die Frau Doktor vom Sehen; sie war doch ein paar Mal bei euch. Sind die Leute doch dumm! Sie glauben, wenn sie zwischen verfallenen Gräbern herumschleichen, sieht sie keiner.« Damit wusste ich Bescheid, ärgerte mich eine Weile, um mich dann an Poldis absurden Lügen zu ergötzen, die er hastig erfand, wenn ich mich unschuldig-besorgt nach dem Grund seiner späten Heimkehr erkundigte.

Beim Aufräumen in der Küche gönnte ich mir noch ein zweites Glas Rotwein. »Dieser verklemmte Mensch, wie er sich zum Richter über meine literarischen Fähigkeiten aufspielt! Immer ist es so. Alles, was ich tue, kritisiert der hochnäsige Affe.« Und der Affe hatte mir doch tatsächlich die Freude am Schreiben genommen! Die Gedanken an die mörderischen Bäder verließen mich jedoch nicht, im Gegenteil, sie sogen sich förmlich in meinem Bewusstsein fest.

Der bedauerliche Streit wegen meiner im Frühstadium erstickten literarischen Ambitionen fand im Spätherbst statt. Allerheiligen stand vor der Tür. Dichte Nebel kamen auf, es wurde früh dunkel, und die Mehrzahl der überwiegend katholischen Bevölkerung ging auf die oft uralten, verwunschenen Wiener Friedhöfe. Man schmückte die letzten Ruhestätten seiner Verstorbenen, putzte die diversen Grabstatuen, schrubbte verwitterte Marmorplatten, füllte die Laternen mit neuen Lichtern und trug schließlich opulente Kränze herbei. Es galt, den Grüften und Gräbern für Allerheiligen und Allerseelen, das Fest der Toten, ein respektierliches und würdiges Aussehen zu geben. Niemand sollte glauben – wie es tatsächlich oft der Fall war –, dass man sich vielleicht nicht um die dahingeschiedenen und bereits beerbten lieben Toten kümmerte. Zu dieser Zeit fanden sich Mizzi und ich ebenfalls auf dem Zentralfriedhof, dem mit seinen 330 000 Grabstellen zweitgrößten Totenhain Europas und dem größten von Wien, ein. »Halb so groß wie Zürich, aber doppelt so lustig«, lautet ein alter Witz, den Fremde nicht begreifen. Sie verstehen nicht, was an einem Friedhof »so lustig« sein kann. Tatsächlich bietet er jedoch viele, teils amüsante Gschicht'ln und Kuriositäten. Wir streiften an der imposanten Gruft der österreichischen Präsidenten vorbei und besichtigten die letzte Ruhestätte der Opfer großer Katastrophen: der Märzrevolution von 1848, des Ringtheaterbrands von 1881, des Absturzes eines Luftschiffes 1914. Die erschossenen Demonstranten vom Justizpalastbrand des Jahres 1927 liegen friedlich neben den damals getöteten Polizisten. Prunkvolle Ehrengräber sind Wolfgang Amadeus Mozart, Ludwig van Beethoven, Johann Strauß Vater und Sohn, Ludwig Boltzmann und anderen Genies gewidmet. Wir fütterten die vielen quicklebendigen, von den Wienern allesamt »Hansi« genannten Eichhörnchen und erinnerten uns, dass in dem Totenhain viele Rehe und noch mehr Hasen und Feldhamster ein beschauliches Leben führen. Ungestört fressen sie heutzutage vor sich hin, vortrefflich munden ihnen die vielen frischen Pflanzen. Bis vor Kurzem hatte man die stillen Genießer jedoch, wenn im Herbst zum Halali geblasen wurde, unsanft aus ihrer Ruhe gerissen – der Friedhof war lange Zeit begehrtes Jagdgebiet. Unter den halb geschlossenen Augen einer verschlafen blinzelnden Friedhofseule, deren weiches

Federkleid mit der Farbe perfekt mit dem Ast harmonierte, auf dem sie sich niedergelassen, schlenderten wir zu den spektakulären Ruhestätten. Ein steinerner Fußball, eine »Wuchtel«, markiert jene von Matthias Sindelar, dem Kapitän des legendären »Wunderteams«. 15 000 Fans folgten 1939 seinem Sarg, als hätten sie den Niedergang des österreichischen Fußballs vorausgeahnt. Auf dem Grab jener Mercedes Jellinek, die einer Automarke ihren Namen gab, steht eine tief trauernde Frauengestalt. »Na ja, die Preise von Mercedes sind auch wirklich zum Weinen«, bemerkte Mizzi. Der extravagante, samt Motorrad abgebildete Rennfahrer Martin Schneeweiß blickte uns nachdenklich an. Weiter ging es zu Reihen mit weniger prätentiösen Ruhestätten, wo wir mit Vergnügen die Grabaufschriften lasen, die oft Berufe, meist jedoch Titel angeben. Es gab Wirkliche Hofräte und Hofratswitwen, Oberoffiziale und Oberoffizialswitwen. »Schau, da liegt eine Hausbesitzerswitwe vom Alsergrund«, amüsierte sich Mizzi. »Sie hat ihren Mann um vierzig Jahre überlebt. Sollte uns ein Vorbild sein.« Gern verglichen wir die Lebensdaten sowie das Alter der Dahingeschiedenen und stellten dabei mit Befriedigung fest, dass Frauen viel älter wurden als Männer.

Die auf den Grabsteinen eingemeißelten Sprüche, letzte Begleiter auf dem Weg in die Ewigkeit, zeugten von der Verlogenheit der Menschen: »Bis zum Wiedersehen!«, »Auf bald!«, »Zu früh verstorben«, »Für ewig Dein!« stand da zu lesen, womit viele ihre geheimen

Gedanken kaschierten, die gelautet haben mögen: »Gott sei Dank, dahin!« oder »Welche Erlösung!« In dem irrigen Glauben, ihr Aussehen der Nachwelt vermitteln zu müssen, hatten viele das Anbringen ihrer Porträts mittels kleiner, in den Grabstein eingelassener Medaillons verfügt. »Auch nicht schön, der Ferdinand Schulz mit seinem Kropf!«, bemerkte ich. Unser Augenmerk galt jedoch den Accessoires der Gräber. Wir bewunderten den üppigen Blumenschmuck nicht nur, wir nahmen ihn auch mit, um damit unsere eigenen Gärten auszustatten. Wie teuer waren doch Pflanzen, die hier mangels Pflege bald verwelkten, denen jedoch bei uns zu Hause, gehegt und gepflegt, noch ein langes Leben beschieden sein würde! »Ich frage dich«, meinte Mizzi, vermutlich um ihr schlechtes Gewissen zu beschwichtigen, »was haben die Toten von dem Kram?« Sie lachte frivol. »Gestatten Sie?«, fragte sie, bevor sie von dem Grab eines Friedolin Mayer eine schöne, im Advent sehr nützliche Kerze entfernte.

»Erinnerst du dich noch, wie wir als Kinder zum Muttertag immer Blumen vom Friedhof holten?«, fragte ich nostalgisch. »Unsere Mütter haben sich zwar über die typischen Totenblumen anstelle von Vergissmeinnicht und Hortensien gewundert, aber nie etwas gesagt. Ach, Waldviertel, *mon amour*!« – »Gib nicht an, du weißt doch, dass wir nie Französisch hatten, weil kein Lehrer in das provinzielle Waldviertel am Ende der Welt wollte«, beendete Maria meine Sentimentalität. »Es ist dir schon klar, dass wir miese Grabfledderer sind?« – »Pfui, zähme deine Worte!«, antwortete ich entrüstet, während wir unsere Beute verstauten. »Letzte Ruhestätten sind Orte der Besinnung und des Gedenkens!« Dann fiel mir ein Zeitungsartikel ein, denn ich kurz zuvor gelesen hatte. »Stell dir vor, in Italien, wo der Totenkult blüht, besorgt die Mafia den Schutz der Friedhöfe. Man sucht die Hinterbliebenen auf und bringt ihnen die Notwendigkeit der Bewachung der toten Lieben in derart pietätvoller Weise nahe, dass kaum jemand die angebotene Hilfe ablehnt. Die ›ehrenwerte Gesellschaft‹ bietet ihre Dienste natürlich nicht kostenlos an. Für die Mühe werden regelmäßig kleine Beträge kassiert, quasi ›Körberlgeld‹ für die Mitglieder der Organisation. Dass es immer wieder zahlungsunwillige Außenseiter gibt, passt ins Konzept der Mafiosi. Bald stehen die Renitenten fassungslos vor steinernen Engeln, denen man die Flügel abgebrochen hat, und vor ihren mit ordinären Sprüchen beschmierten und verwüsteten Gräbern. Die bösen Rachetaten dienen als Strafe und Reklame. Sie erweitern auch den Kundenkreis. »Nicht schlecht«, grinste Mizzi. »Vielleicht sollten wir uns auf diesem Gebiet etablieren? Ich denke an eine Firma mit dem Namen ›Grabschutz AG‹.« – »Klingt nicht uninteressant«, stimmte ich ihr bei. »Und da fällt mir noch etwas ein. Du kennst doch die Familie Schneider aus unserer Siedlung?« – »Ja, flüchtig.« – »Sie hat mir unlängst eine unglaubliche, aber wahre Geschichte erzählt. Hör zu: Frau Schneider hatte eine Großtante, die sie manchmal im Altersheim

Lainz besuchte. Als die alte Dame im Sterben lag, bat sie: ›Ich möchte bei meinem Rudi begraben sein!‹ Die Schneiders, ihre einzigen überlebenden Verwandten, respektierten diesen letzten Wunsch. Sie erledigten alle Behördenwege und veranlassten die Beisetzung der Tante in der Gruft ihres langjährigen Lebensgefährten. Beim Begräbnis waren sie, neben dem Geistlichen und den Sargträgern, allein bei der kurzen Zeremonie. Plötzlich stutzte Herr Schneider. Mit vor Entsetzen geweiteten Augen, zog er seine Frau beiseite und flüsterte ihr aufgeregt zu: »Jessas, schau doch! Auf dem Grabstein steht Werner Sokol. Ich weiß genau, der Freund hat aber Rudolf Sokol geheißen!« – »Um Gottes willen« kam gewispert, obwohl sich niemand in Hörweite befand, die Antwort zurück. »Und die Tante wünschte sich noch diese Inschrift! Schrecklich, vielleicht hat der Werner Sokol eine Witwe hinterlassen. Die kommt auf den Friedhof, sieht dort am Grabstein ihres Mannes den Namen einer fremden Frau eingemeißelt und darunter: Auf ewig Dein!« Die Schneiders haben, wie sie mir erzählten, überstürzt den Zentralfriedhof verlassen, sich nie mehr bei der Gruft blicken lassen und den peinlichen Vorfall einfach verdrängt!« Mizzi lachte Tränen: »Kommt vielleicht öfter vor, dass einer im falschen Grab liegt!«

Wenig später waren Poldi und ich bei Rosi und Fritz Pollatschek eingeladen, den rechts von uns wohnenden stolzen Besitzern eines putzigen Schweizer Almhäuschens. Mich ekelte schon im Vorhinein vor dem »Grillabend im kleinen Freundeskreis« bei dem unsymphatischen Ehepaar, und ich irrte nicht. Es gab wie erwartet die riesigen marinierten Fleischfladen und die fetten Käsekrainer-Würste, aus denen eine unappetitliche Käsesoße quoll, wenn Fritz sie mit einer Grillgabel anstach, während er sie aus einer roten Plastikschüssel fischte, um sie auf den Rost zu legen.

Während sich penetranter Qualm ausbreitete, mischte Rosi Salate: mit Wasser, Bona-Öl, Essig und Zucker, eine Mischung, die vor langer Zeit im alten Wien en vogue war, einen süß-sauren Geschmack ergibt und die Salatblätter welken lässt. Die Zubereitung mit Olivenöl, Kräutern und Aceto balsamico, wie ich sie liebte, war hier verpönt. Die Freunde unserer Nachbarn, neben denen wir in der Veranda auf preiswerten Heurigenbänken aus dem nahen Baumarkt Platz genommen hatten, waren meist kleine Beamte in gesicherten Positionen, etwa bei den Stadtwerken, der Post, der Bahn oder dem Magistrat der Stadt Wien. Viele befanden sich auch bereits – von allen glühend beneidet – trotz relativer Jugend und augenscheinlich guter Gesundheit in krankheitsbedingter Frühpension, jenem von vielen Österreichern herbeigesehnten idealen Lebenszustand. Die Glücklichen waren, wie sie erzählten, erschöpft durch den unmenschlichen Stress am Arbeitsplatz oft und lange in Krankenstand gegangen. So lange, bis ihnen das Gutachten eines wohlgesonnenen Amtsarztes schwarz auf weiß bescheinigte, dass jede weitere Berufstätigkeit ein lebensgefährliches Gesundheitsrisiko für sie bedeuteten würde.

Die meisten der Anwesenden, egal ob noch bedauerte Berufstätige oder bereits Jungrentner, gingen interessanten Hobbys nach. Die Lethargie, mit der sie widerwillig ihren Beruf ausübten, und die Krankheiten, die sie arbeitsunfähig gemacht hatten, streiften sie dabei auf mysteriöse Weise ab. So entpuppte sich ein pensionierter »Charly« als Eisenbahn-Fan, der in zugigen Fabrikhallen antike Lokomotiven reparierte. Sein ebenfalls anwesender Schwager »Freddi« verbrachte die Freizeit, über die er als Beamter in Hülle und Fülle verfügte, mit der Erforschung napoleonischer Schanzen im Wienerwald. Während der Dienstzeit schrieb er dann seine Erkenntnisse in Artikeln für lokale Zeitschriften nieder.

Gemeinsam war jedoch allen Gästen, dass sie – ganz im Gegensatz zu meinem akademisch gebildeten Mann, der unter der uneingestandenen Erfolglosigkeit und seiner geringen Entlohnung als Dozent für Geschichte sehr litt – keinesfalls mit ihrem Schicksal haderten. Beruflicher Ehrgeiz, in welcher Form auch immer, war den meisten der Anwesenden fremd. Man pflegte genüsslich sein kleinbürgerliches Dasein, zählte die Monate und Jahre bis zur ersehnten gesicherten Pension, deren erwartete Höhe der Bürgerservice der Pensionsversicherungsanstalt gern im Voraus berechnete, und gab sich mit dem Erreichten voll und ganz zufrieden. »Soll uns nie schlechter gehn« lautete der allgemeine Tenor. Die Hast unseres unruhigen Zeitalters blieb ihnen unverständlich.

Wie immer, so wurde auch bei diesem letzten launigen Grillfest des Jahres viel und genüsslich gegessen, ein »G'schpritzter« nach dem anderen rann durch die durstigen Kehlen. Der eher saure, hierzulande in rauen Mengen konsumierte Veltliner stammte aus den Rieden der Umgebung nördlich von Wien, dem sogenannten Weinviertel. Böse Zungen verhöhnen die billige Version dieses beim Heurigen bevorzugten Weißweins, den es auch in erlesenen Sorten gibt, als »Veltliner, die Rache der Wiener«!

Die Pollatschek-Gäste berührte dies in keiner Weise. Wie angewurzelt saßen sie ununterbrochen essend und trinkend um den Tisch und bewegten sich stundenlang nicht vom Fleck. Den üppigen Grillplatten folgte eine deftige Jause mit selbst gemachtem Guglhupf, Schlagobers und Kaffee. Langatmig und voll melancholischem Genuss wurden die erstaunlichen, oft ungerechten, meist aber traurigen Wechselfälle des Lebens anhand der Ereignisse in der Verwandt- und Bekanntschaft besprochen: die schweren Krankheiten, die tragischen Schicksale, die vielen Todesfälle und die Begräbnisse, an denen man teilgenommen hat. Man kommentierte die Anzahl der Kränze in der Leichenhalle und wen man dort ganz unvermutet, oft nach vielen Jahren und stark gealtert, wiedergetroffen hatte: »Also, den Seppi, der war so ein lustiger Bursch, ich hätt ihn net wiedererkannt!« Auch das – entweder zu sparsame oder zu üppige – Menü vom Leichenschmaus im Wirtshaus »Zum Schwarzen Adler« gleich beim Hütteldorfer Friedhof kam zur Sprache: »So fressen braucht man wirklich nicht, wenn einer grad verstorben ist!« Bei einem kargen Mahl hieß es dann: »Muss man wirklich so sparen, wenn einer stirbt?« Ebenso wurde kommentiert, dass eine am Grab noch schmerzgebeugt schluchzende Witwe beim Totenmahl schon wieder laut gelacht hatte: »Ja, so ist das Leben, ungerecht!«

Eine Bemerkung, die den lockeren und logischen Übergang zu Heiterem schaffte, und bald »rannte«, wie es bei uns heißt, der klassische Wiener Schmäh. Man begann harmlos, wobei unsere Toleranz – Leopold und ich galten als empfindlich, als »ang'rührt« – voll List und Tücke ausgelotet wurde. »Was ist der Unterschied zwischen …?« Schnell wurde man ordinär: »Schaut eine uralte Frau nackt in den Spiegel und sagt: ›Des vergunn i eahm‹«. Wobei sie mit dem Verfall ihres Körpers anscheinend den angetrauten Ehemann zu strafen gedachte. Zu meinem heimlichen Vergnügen wand sich mein prüder Poldi vor Verlegenheit, sagte aber nichts. Auch der Witz über den Herrn, der eine ältere Dame mit höflichen Worten zum Tragen eines BHs aufforderte: »Gnädigste, man erwartet Bodenfrost!«, wurde mit brüllendem Gelächter quittiert. Die Stunden, die für die anderen im Flug vergingen, zogen sich für mich quälend langsam dahin. Immer häufiger warf ich Leopold eindringliche Blicke zu, um ihn zum

Gehen aufzufordern. Doch er rührte sich nicht. Als einziger Akademiker in der Runde, wollte der »Herr Doktor« nicht als »fad«, als muffiger Spaßverderber gelten und blieb schweigend sitzen. Du erbärmlicher Waschlappen, wie ich dich und dein unechtes, gequältes, dummes Grinsen zutiefst verachte!, dachte ich mir grimmig.

Am Tag nach dem schrecklichen Proleten-Fest waren wir zu unserem »Sir« unterwegs, um Wogen zu glätten. Hatte dieser doch, einer Laune des Augenblicks folgend, Herrn Stenzl, einen dicken Bewohner seines Hauses, der aufgrund seiner Körperfülle mehr watschelte als ging, lachend als »Wal« bezeichnet und ihn damit zutiefst beleidigt. Es war einer der Fälle, wo dem Onkel sein Humor, oder was er darunter verstand, durchgegangen war. Tatsächlich verfügte der alte Herr über eine erstaunliche, manchmal jedoch taktlose und oft kontraproduktive Schlagfertigkeit. Er konnte seinen Schalk manchmal kaum zügeln, was sich schon einmal unangenehm bemerkbar gemacht hatte, als wir – noch vor seinem Unfall – einen staatlichen Pflegezuschuss für den alleinlebenden Witwer beantragt hatten.

Dieser kam eines Tages, frohgemut und elegant wie immer, vom Einkaufen heim, fand zum Zwecke der Feststellung seiner Bedürftigkeit einen Arzt der Krankenkasse neben der Eingangstür vor und bat ihn in seine gemütliche, altmodische, ein wenig finstere und abgewohnte Wohnung voll schöner Antiquitäten und mittelmäßiger Barockbilder. Die beiden Herren plauderten voll ausgesuchter Höflichkeit. Sir, den Leopold und ich, nachdem sich der Arzt angekündigt hatte, händeringend gebeten hatten, seinen Witz zu bezähmen und Hilflosigkeit sowie Gedächtnisverlust zu mimen, vergaß beim Anblick des freundlichen jungen Mannes alle seine guten Vorsätze und lief zur Hochform auf. Auf die listige Frage des Mediziners zur Testung seines Gedächtnisses, wie denn unser verehrter Herr Bundespräsident mit Namen heiße, bog er sich vor Lachen, um dann prompt und ohne langes Nachzudenken zu antworten: »Mein lieber Herr Doktor, der heißt leider gar nichts!« Nachdem sich auf diese Weise ein freundschaftliches Verhältnis eingestellt hatte, erklärte unser »Sir« dem Beauftragten der Krankenkasse noch kurz Einsteins Relativitätstheorie, mit der er sich damals gerade intensiv beschäftigte. Der Belehrte lauschte dem Ausflug in die hohe Physik mit ehrlichem Interesse und Bewunderung. Schließlich verabschiedete er sich jedoch mit großem Bedauern von unserem Onkel, den er, wie übrigens die meisten Menschen, sehr sympathisch fand. »Leider, leider, lieber Herr Doktor, Pflegegeld kann ich Ihnen nicht bewilligen! Sie erreichen nicht einmal die erste Stufe. Später einmal, vielleicht, wir werden sehen.«

Damit hatte der alte Herr, ein Mann der überaus großzügigen Gesten, aber auch von großer Sparsamkeit, nicht gerechnet. Seinen fatalen Irrtum, der ihn um jenen Zuschuss gebracht hat, den der österreichische Staat seinen betagten Bürgern gewährt, zutiefst bedauernd, blieb er betroffen zurück. In diesem amtlichen Fall konnten Poldi und ich leider nichts mehr ändern. Bei dem letzten Fauxpas unseres »Sir« gelang es uns, Herrn Stenzl mit dem Hinweis auf das hohe Alter des Beleidigers zu besänftigen.

9 Ab dem 1. Dezember erwachte unsere Siedlung, wie jedes Jahr um diese Zeit, zu neuem Leben und geradezu hektischer Aktivität. Das Startsignal dafür gab die Rentnerin Heidi Huber aus der Sonnenblumengasse, indem sie ihren Enkel Norbert mit der Installation von drei Elektrokerzen auf der Fensterbank ihres Wohnzimmers beauftragte. Beim Entleeren des Abfalleimers beobachtete ihr Nachbar die Weihnachtsoffensive und konterte umgehend mit der Aufstellung eines zehnarmigen dänischen Kerzensets im Küchenfenster. Danach gab es kein Halten mehr. Zwei Tage später erstrahlte der Bierhäuslberg allabendlich in märchenhaft-kitschigem Glanz. Sternengeschmückte Kettenschaltungen überzogen die Obstbäume, Lichterketten umwanden die Gartenzäune, Gartenzwerge erhielten ein schimmerndes Kleid. Mit der Aufstellung eines funkelnden Rentiergespanns aus reinem Plastik in seinem Garten setzte Fritz Pollatschek zweifellos den neidlos anerkannten Höhepunkt des gespenstischen Treibens.

Vorweihnachtliche Stimmung breitete sich aus, und ich beschloss, vom allgemeinen Adventtreiben in milde Sentimentalität versetzt, Bekannte einzuladen und ihnen eines meiner deftigeren Lieblingsgerichte zu kredenzen: Wiener Fiakergulasch mit Nockerln, Ei und Gurkerln. Und das, obwohl Leopold meine Bemühungen um die bodenständige Wiener Küche gar nicht schätzte. Undankbar, wie er immer gewesen ist, jammerte er, dass er die vielen Zwiebeln im Gulasch nicht vertragen könne. Sie würden ihm Magendrücken und Übelkeit bereiten: »Jedes Mal wird mir danach schlecht.« Ich schenkte seinen Beschwerden keinen Glauben, fasste seine Äußerungen als Beleidigung meiner Kochkünste auf und nahm daher auch auf diese, wie mir schien, übertriebenen Empfindlichkeiten keine Rücksicht. War doch gerade dieses Gericht – wie mir die Komplimente unserer seltenen Gäste bestätigten –, pikant und perfekt nach einem alten Familienrezept meiner seligen Großmutter zubereitet, ein wahres Gedicht.

In diesem Sinne schälte ich eines Abends im Dezember eine Unmenge von Zwiebeln – Zwiebel zu Fleisch sollten im Verhältnis 1:1 stehen – und hackte sie würfelig. Ich wusch Paprikaschoten und schnitt sie in Streifen. Auch den Wadschunken (gut abgelegenes, leicht mit Fett durchzogenes Beinfleisch vom Rind) schnitt ich in Würfel, die ich sorgfältig in Mehl wälzte. Dann briet ich die Zwiebeln in Schmalz, bis sie goldbraun waren und mischte das Fleisch, Paprika, Tomatenmark, Paprikapulver sowie eine Prise Salz und Pfeffer darunter und ließ alles etwa fünf Minuten anrösten.

Und dann kam das Besondere. Unserer Familientradition folgend, goss ich nach dem Vorbild meiner Großmutter, die aus einer Familie von schweren Säufern stammte, mit Rotwein und nur mit Rotwein auf – normalerweise nimmt man Wasser. Anschließend fügte ich reichlich Knoblauch, Petersilie, Kümmel, Majoran und Thymian dazu. Das Gulasch köchelte zwei Stunden langsam vor sich hin, um dann, nochmals mit Wein aufgegossen, weitere zwei Stunden ganz langsam bei mittlerer Hitze gar zu werden. Über Nacht ließ ich die Speise stehen, denn aufgewärmt schmeckt sie noch besser.

Ich servierte mein Fiakergulasch mit gebratenen Frankfurter Würstchen, einer fein geschnittenen Znaimer Gurke und einem Spiegelei. Ich musste schmunzeln, als ich mich erinnerte, wie sich Poldi bei der ungeschickten Zubereitung letzterer Zutat verbrüht hatte.

Unsere Gäste, das Ehepaar Gruber, waren beide in derselben Bank wie ich beschäftigt. Sie war eine lebhafte brünette Fünfzigjährige, er ein etwas älterer, untersetzter Mann mit kleinem Schnurrbart. Wie vereinbart trafen sie, mit Blumen bewaffnet, pünktlich um acht Uhr abends ein. Frau Gruber bewunderte den schönen alten Türklopfer in Gestalt eines kleinen Löwenkopfes aus Messing am Eingang. »Habe ich am Flohmarkt gekauft!«, erklärte ich das in Wahrheit aus dem Palais Pallavicini in der Wiener Innenstadt stammende und auf einem meiner kleinen Raubausflüge mit Mizzi erworbene antike Stück. Die Gäste aßen tüchtig, bedienten sich ein zweites Mal, sprachen auch den »Schusterlaberln«, die ich zum Gulasch als Gebäck reichte, zu und tranken sehr viel. Selbst Poldi häufte sich von meiner Götterspeise eine große Portion auf den Teller. »Ich nehme dazu kein Mineralwasser, sondern Rotwein«, murmelte er vor sich hin. »Dann werde ich das Essen schon vertragen!« Der Alkoholverächter öffnete eine Bouteille Cabernet Sauvignon aus dem kalifornischen Napa Valley von unserem kleinen Weinvorrat, den ihm seine Studenten im Laufe der Zeit geschenkt hatten, dann eine zweite, und ehe wir's uns versahen, entkorkte Poldi, bereits etwas beschwipst, eine dritte und vierte Flasche. »So kennen wir Ihren Mann ja gar nicht. So gelöst und heiter!«, raunte mir Herr Gruber verwundert zu, nachdem Poldi gerade einen Witz erzählt hatte, den ich auf mich münzte: »Meine Frau ist eine gute Köchin. Und solang wir ein angebranntes Reindl haben, haben wir auch eine Suppe.« – »Ha, ha, ha«, röhrte Gruber. »Vielleicht sollte der Herr Dozent öfter trinken. Es scheint ihn zu entspannen!« – »Heute gibt's gar keine Suppe«, wies ich ihn ärgerlich zurecht.

Nachdem ich meinen Ärger hinuntergeschluckt hatte, entspann sich eine angeregte Konversation um die große Dürer-Ausstellung in der Wiener Albertina, wo viele Skizzen des deutschen Meisters zu sehen waren. Wir besprachen auch das Programm der kommenden symphonischen Konzerte im Wiener Musikverein.

Hitzig wurde die gepflegte Unterhaltung erst, als – auf dem Umweg über die vielen nächtlichen Überfälle am Heimweg von Veranstaltungen – das wie in den meisten europäischen Großstädten auch in Wien schwelende Ausländerproblem zur Sprache kam. »Man kann nicht alle Ausländer pauschal verurteilen, nicht alle sind Verbrecher«, gab ich mich weltgewandt und konziliant. »Ja, das stimmt. Und nicht alle Nigerianer sind Drogenhändler!«, pflichteten mir die Grubers bei, als sich der zu diesem Zeitpunkt bereits ganz rot angelaufene, stumpf vor sich hinbrütende Poldi laut zu Wort meldete. Zu unserer Verblüffung äußerte er sich sehr radikal. Der Alkohol hatte dem sonst als tolerant bekannten Historiker die Zunge gelöst und seine wahren Ansichten an die Oberfläche gespült, wo sie nun aus ihm herausbrachen. »Nicht alle, aber die meisten!«, lallte er. »Der Großteil der Asylanten handelt mit Drogen! Jeder weiß das, niemand spricht die Wahrheit aus! Das Gesindel gehört ausgewiesen, ausgerottet oder in Arbeitslager, ja in Arbeitslager, in Arbeitslager!« Wir schwiegen betroffen. Erst bei dem mit reichlich Inländerrum versetzten Tiramisu besserte sich die Stimmung, deren Umkippen Poldi entgangen war.

Unsere Bekannten verabschiedeten sich gegen Mitternacht. Poldi brachte sie, überaus heiter und stark schwankend, zur Tür. Kater Murli, der das ungewohnte Treiben vom oberen Absatz des Treppenhauses betrachtet hatte, putzte sich sorgfältig, um sich dann, leicht pikiert durch den im Haus herrschenden Lärm, nach ausgiebiger Fellpflege lang ausgestreckt niederzulassen und an Ort und Stelle einzuschlafen. Ich hielt mich noch in der Küche auf, als mich ein dumpfes Gepolter aufschreckte, gefolgt von einem schrillen Schrei. »Um Gottes willen«, rief ich entsetzt, als sich mir das Ausmaß der häuslichen Katastrophe enthüllte. Mein angetrunkener Mann hatte, als ihn Übelkeit überkam und er rasch in die Toilette des Obergeschosses eilen wollte, Murli, dessen Farbe der des Teppichs zum Verwechseln glich, einfach übersehen, war über den dösenden Kater gestolpert und die ganze Länge unserer engen und steilen Treppe, einer veritablen »Hendlstiege«, hinuntergestürzt. Wimmernd und fast ohnmächtig vor Schmerz lag er im Vorzimmer, aus seinem rechten Hosenbein quoll Blut, der rechte Arm stand in einem kuriosen Winkel vom Körper ab. Ich suchte ihn aufzurichten, doch er sackte immer wieder stöhnend in sich zusammen. Es war ihm unmöglich, das schmerzende Bein zu belasten. Hektische Aktivitäten folgten. Die städtische Rettung erschien, junge – recht attraktive – Sanitäter transportierten den Verunglückten auf einer Trage und in meiner Begleitung in das Meidlinger Unfallkrankenhaus.

Dieses für Katastrophen aller Art bestens gerüstete Spital ist eine einzigartige Institution. Effizienz wird in dem Zweckbau des 12. Gemeindebezirks großgeschrieben. Verwundete versorgt man dort mit viel Routine und sarkastischem Humor im Eiltempo, gleichsam wie am Fließband. Formalitäten hat man auf ein Mindestmaß reduziert, Papiere spielen kaum eine Rolle, Ausweise gar keine. Nicht wie in manchen Krankenhäusern, wo man selbst in schweren Fällen und mit Wunden, aus denen das Blut auf den Boden tropft, am Aufnahmeschalter Fragebögen auszufüllen hat. »Name, Vorname, wie schreibt man das? Reden Sie bitte deutlicher! Versicherungsnummer? Krankenkasse? Wohnort? Postleitzahl? Name des Ehemanns, Vorname der Mutter, des Vaters? Wo geboren? Wie alt? Wie heißt Ihr Hund?« Nein, Meidling ist da ganz anders! Eine kurze Registrierung genügt.

Als wir eintrafen, saßen auf dem weiß getünchten Gang zahlreiche Wartende. Resigniert starrten sie auf Bildschirme kryptischen Inhalts: »Bei Aufruf eintreten und Einzelaufruf abwarten!« – »Schmuckstücke von den verletzten Körperteilen entfernen!« In Windeseile karrte man Leopold vorbei an den Patienten, die sich aus eigener Kraft hergeschleppt hatten. Viele trugen, wie ich, neben meinem Mann einhergehend, beobachten konnte, abstoßende, amateurhaft gewickelte Verbände. Einer streckte krampfhaft sein verletztes Bein von sich, ein anderer bewegte sich mit dick bandagierter Zehe aus eigener Kraft per Rollstuhl in Richtung Röntgen. Ein Einarmiger mit zertrümmerter Nase und eingegipster Hand röchelte auf seinem Rollbett vor sich hin. Was mochte der für ein Schicksal haben?

Trotz allem konversierten die Maladen in angeregtem, mitleidigem Ton: »Wia is Ihnen denn des passiert?« – »Na, so a Unglück!« – »Die Kellerstiagn sans obigfalln, wias an Wein gholt ham? So a Pech!« Gips verbindet!, fiel mir dazu ein.

Poldi kam zur Notaufnahme in ein Zimmer, wo seine Alkoholfahne die nüchtern-sterile Atmosphäre des Raumes belebte. Die Erstversorgung samt Röntgen erfolgte sehr rasch. Als ich ihn bei Morgengrauen verließ, dämmerte er mit einem hübsch in Weiß eingegipsten Bein, eingelullt durch eine schmerzstillende Injektion, in seinem Krankenbett dahin. »Die komplizierte Fraktur der Hand und des Armes sowie die gerissenen Sehnen können wir erst operieren, wenn Ihr Mann nüchtern ist«, sagte lächelnd ein junger, gut aussehender Arzt. »Entschuldigen Sie die Frage, aber ist Ihr Mann ein schwerer Alkoholiker?«

Tatsächlich erforderte der Splitterbruch des rechten Handgelenks eine mehrstündige Operation, gefolgt von einem fünftägigen Aufenthalt im Krankenhaus. »Dein Essen, dein fettes, schweres Essen war es!«, keuchte der Patient, als es ihm ein wenig besser ging, er aufstehen durfte und in meiner Begleitung, mühsam gestützt auf eine Krücke, nunmehr auch den rechten Arm genagelt, vergipst und in einer Schlinge, auf dem Gang ungelenk auf und ab humpelte. »Du bist schuld. Zur Verdauung deines Fraßes habe ich Alkohol gebraucht. Und was hatte das blöde Katzentier im Treppenhaus herumzuliegen?«, fauchte er trotz der ungewohnten

Anstrengung böse, als sich niemand in Hörweite befand. Kamen wir an seinem Zimmernachbarn vorbei, der einen traumatischen Schädelbruch erlitten hatte und wehmütig aus einem turbanähnlichen Verband hervorlugte, änderte sich sein Ton. Freundlich und voll Jovialität säuselte er: »Aber heute geht es Ihnen doch viel besser. Sie schauen wesentlich frischer aus! Das wird schon wieder!«

Zu Hause erwies sich Leopold als ungeduldiger und unleidlicher Patient, dem ich nichts recht machen konnte. Die Unfähigkeit, seine rechte Hand zu gebrauchen, und die Aussicht, dass dieser Zustand lange anhalten und nach Abnahme des Gipses eine physikalische Therapie in einem Rehabilitationszentrum erfordern würde, machte ihn Murli und mir gegenüber bitter und gemein. Oft lockte er den Kater, in dem er den Urheber seines Unglücks sah, zu sich. Kam dieser freundlich heran, um arglos das Gipsbein zu beschnuppern, trat er nach ihm und verscheuchte ihn mit seiner Krücke und derben Flüchen, wie ich sie von dem feinen Mediävisten nie erwartet hätte. Da Leopold ständig Schmerzen peinigten und er auch nachts meiner Hilfe bedurfte, gestaltete sich das Zusammenleben mit ihm von Tag zu Tag schwieriger.

Ich merkte auch, dass er, der Alkohol immer verabscheut hatte, heimlich zu trinken begann. In Windeseile sank der Spiegel in den Flaschen mit Slibowitz und Whisky, die bis dahin in einem Winkel des Glasschranks unseres Wohnzimmers unbeachtet gereift und verstaubt waren, auf ein Drittel. Wenn ich tagsüber arbeitete, las Poldi so lange, bis ihn Kopfschmerzen peinigten, um dann dumpf vor sich hin zu stieren. Kam ich müde nach Hause, überschüttete er mich mit Vorwürfen. »Ich lese die miserablen und falschen Artikel meiner Kollegen und bin machtlos. Ich kann keine Entgegnung auf ihre stumpfsinnigen Thesen schreiben, sie nicht widerlegen, weil du mich zum Krüppel gemacht hast!« Mizzi, der ich mein Leid klagte und die alles sozusagen aus zweiter Hand miterlebte, hetzte mich auf: »Lass dir nicht alles gefallen! Je mehr du für ihn tust, desto mehr wird er dich sekkieren.«

Drei Wochen, nachdem man Poldi in meine Obhut entlassen hatte, riss mir der Geduldsfaden – es war, wie ich mich erinnere, ein Sonntagnachmittag. Ich hatte Poldi gerade Kräutertee zubereitet und schickte mich an, ihm diesen im Wohnzimmer zu servieren, wo der Patient tagsüber auf dem von Zeitungen und Büchern überquellenden Sofa zu ruhen pflegte. »Mit wem redet er denn?«, wunderte ich mich, als ich leise näher kam. »Du Mistvieh«, hörte ich zu meiner Verwunderung. »Das wirst du büßen. Dich bring ich um. Und zwar auf die Art des Gogol!« Und zu wem sprach mein Gatte diese Worte? Derjenige, den der Widerling da mit dem Tod bedrohte, war Murli, der harm- und ahnungslos auf einem gepolsterten Sessel ruhte.

Ich erstarrte vor Schreck. »Meinst du das im Ernst?«, brüllte ich außer mir vor Wut. Leopold verzog das Gesicht, sein unbeherrschter Ausbruch war ihm peinlich.

»Es sind die Schmerzen! Du weißt doch, ich könnte unserem lieben kleinen Murli niemals ein Haar krümmen!«, log er voll Scheinheiligkeit und ohne Scham, wie sich später herausstellen sollte.

Es dauerte eine Ewigkeit, bis Leopold nach Ablauf der vorgesehenen Wartefrist zu einer dreiwöchigen Kur auf Kosten der Krankenkasse aufbrechen konnte. Die bekannte Heilstätte von Ober-Stinkenbrunn sollte ihn, wie es das ärztliche Begleitschreiben unverblümt ausdrückte, durch Physiotherapie und Unterwassergymnastik rasch für den Wiedereintritt in den Arbeitsprozess mobilisieren. Endlich erschien doch ein kleiner Bus, aus dessen Fenstern ähnlich Unfallgeschädigte traurig herausschauten, um den Patienten und seine drei mit vielen Büchern, aber wenig Kleidung vollgestopften Koffer abzuholen. Poldi verzögerte die Weiterfahrt des Sammeltransports, da er noch ein paar Mal hastig ins Haus zurückhumpelte, um weitere historische Zeitschriften an sich zu raffen. Doch auch dies ging vorüber. Ich murmelte noch ein paar aufmunternde Worte, winkte dem entschwindenden Gefährten kurz mit krampfhafter Fröhlichkeit nach.

Dann wich die Hektik himmlischem Frieden. Ich konnte ausruhen, meine Nerven erholten sich, und meine Lebensgeister kehrten zurück. Bald dürstete mich nach Unterhaltung, und ich animierte einige meiner weiblichen Bekannten zu einem Casino-Besuch in der Wiener Innenstadt. Wir – Gitta, mollig, hübsch und lieb, immer zum Einsatz für ihre Freundinnen bereit, Mizzi, mein Lebensmensch, Heidi, eine dunkelhaarige Zynikerin, Elisabeth, extravagant, überlegen und humorvoll, und meine Wenigkeit – wählten einen Mittwoch, den sogenannten »Damentag«, an dem man uns in der schummrigen Spielhölle kostenlos Sekt kredenzte. Elegant in Schwarz gekleidet, prosteten wir einander fröhlich zu, bevor wir, jede mit Jetons im Wert von 300 Schilling bewaffnet, zu den um 18 Uhr bereits umlagerten Roulettetischen eilten. Es war kaum Platz. Ich drängte mich vor und platzierte unter den Augen der wie misstrauische Adler spähenden Croupiers meinen kleinen Einsatz. An meine Ohren schallte es unaufhörlich: »Bitte, auf 3, 7, 12! Auf das Karree mit 20 und Zero! Cheval 11 und 12!« Und schließlich eine strenge Stimme: »Keine Einsätze mehr. Bitte, keine Einsätze mehr! Rien ne va plus!« Trotzdem warfen einige besonders Nervöse ihre Jetons erst im letztmöglichen Moment auf den Tisch, lange nachdem sich die Scheibe des Roulettekessels in Bewegung gesetzt hatte. Sie suchten die magischen Momente des Bangens um ihr Geld möglichst zu verkürzen.

Das im Casino versammelte spielwütige Publikum erstaunte mich sehr. Niemand hatte auch nur die geringste Ähnlichkeit mit jenen eleganten Gestalten, wie ich sie aus James-Bond-Filmen kannte, die meisten sahen nach kleinen Gewerbetreibenden und Pensionisten aus. Viele der krampfhaft ihre Münzen umklammernden Glücksritter waren, wie ich erstaunt sah, ältere Damen, einige sogar mit Gehstock, den sie neben sich an den Tisch lehnten. Fiel die Kugel nicht auf die erhoffte Zahl und fegte der Croupier mit entspannter Miene und einem kleinen Rechen unerbittlich das mit grünem Tuch bespannte Spielfeld leer, verhärteten sich ihre Züge. Die Enttäuschung währte jedoch nur kurz, dann öffneten sie flink ihre Handtaschen. Mit verwelkten, brillantengeschmückten Händen förderten sie große Geldscheine zutage, die sie zum Wechseln weiterreichten. Manche notierten sich lange Kolonnen von Gewinnzahlen. Ich hörte gemurmelte Selbstgespräche: »Aha, dreimal 16, das deutet jetzt auf 20. Fünfmal Rot, da muss gleich Schwarz kommen!«

Auch ich hatte mir eine Strategie ausgedacht. Roulette umfasst 36 Zahlen. Man kann auf das erste, zweite und dritte Dutzend, also die Nummern von 1–12, 13–24 und 25–36 setzen. Um das Risiko zu minimieren, wählte ich jeweils zwei der drei Kolonnen. Oder ich versuchte es mit Rot und Schwarz. Auch Gerade und Ungerade sagte mir zu. Sogenannte »Einfache Chancen«, bei denen man auf eine bestimmte Zahl setzt, riskierte ich nicht. Wie sollte ich von 36 Möglichkeiten die richtige erraten? Das schien mir absurd. War ich Nostradamus? Also keine sinnlose Geldvernichtung! Meine Methode bewährte sich. Langsam, aber stetig gewann ich kleine Sümmchen. Auch an den anderen Spieltischen – wir waren abergläubisch und hatten uns getrennt – machte ich bei meinen Freundinnen frohe Gesichter aus.

Nach einer Stunde verglichen wir unsere Erlöse. Mit insgesamt 3000 Schilling hatten wir den Einsatz verdoppelt. »Was tun wir mit dem Geld?«, fragte Gitta, denn der Abend war noch jung. »Das genügt für das Sacher«, meinte die kundige Heidi. Als Fremdenführerin, die in jeder Saison Hunderte amerikanischer Touristen durch Wien schleuste und sie in den Nobelherbergen betreute, kannte sie sich aus. Der Vorschlag wurde mit Begeisterung aufgenommen, und wir eilten in Wiens vornehmstes Traditionshotel. Genüsslich nahmen wir im edlen Plüschambiente des »Roten Salons« Platz, das für seinen Charme berühmte Sacher-Personal umschwirrte uns. Die zarten Klänge eines Pianisten, der populäre, einschmeichelnde Walzermusik zum Besten gab, versetzten uns in angeregte Laune.

Bezüglich unserer Menuwahl wurden wir von Heidi genauestens instruiert: »Zuerst leisten wir uns jede ein Glas Sekt. Keine Vorspeise! Man serviert als Geschenk des Hauses sowieso ein Amuse-bouche, Gebäck und Butter. Das reicht. Dann jede eine Hauptspeise, dazu den guten offenen Blaufränkischen oder Weißburgunder – der Inhalt der Flaschenweine ist auch nicht besser, aber sündteuer! Abschließend Kaffee, selbstverständlich die berühmte Sacher-Mischung. Denn dazu gibt es, obligatorisch serviert auf einem schönen kleinen Tafelaufsatz, köstliche und gleichzeitig kostenlose Petits Fours. Die sparen uns den Nachtisch.«

In diesem Sinne tafelten wir üppig, aber preisgünstig, inmitten von Wiens bester Gesellschaft. Riesige Porträts von Mitgliedern der Habsburger-Dynastie sowie das überdimensionale Bild eines freundlichen weißen Hundes mit rotem, neckisch gebundenem Halsband – vermutlich der Liebling eines Mitglieds des Herrscherhauses – blickten wohlwollend auf uns herab. Wir ließen die Zeugen vergangener Tage mit Sekt-Orange hochleben, schmausten Wiener Schnitzel, gebackene Leber, Tafelspitz und Backhuhn – alles vom Feinsten –, lachten viel und genossen unseren Triumph über die »Austrian Casinos«. Es war eine Wonne.

Heidi unterhielt uns mit amüsanten Anekdoten aus ihrem Fremdenführerdasein: »War ich doch unlängst mit einer Gruppe älterer Amerikaner in der Hofburg. Sie wollten die Appartements von Kaiser Franz Joseph und seiner schönen »Sisi« mitsamt der großen, für ein Galadiner von anno dazumal gedeckten k. und k. Hoftafel besichtigen. Damit das ganze mehr historisches Flair bekommt, hat der Touristenverband beim Eingang in die Prunkgemächer zwei junge, als Kaiser und Kaiserin kostümierte Schauspieler postiert. Er trägt eine Uniform wie einst Franz Joseph, sie eine schulterfreie Abendtoilette. Mit ihrer lang wallenden Perücke ähnelt sie wirklich der Elisabeth. Und stellt euch das vor! Die Amis werden verlegen, schauen an ihren T-Shirts und Bermudas hinunter, spucken ihre Kaugummis aus. Ein Dicker versteckt seinen Hamburger, an dem er bis dahin schmatzend gekaut hat, nimmt sein Baseball-Kapperl ab, geht mutig auf den ihm huldvoll zunickenden, ganz in seiner Rolle aufgehenden Pseudomonarchen zu und sagt: ›Majesty, we are from Oakland!‹ Seine Frau macht einen ungelenken Hofknicks, die anderen Frauen machen ihr das nach! Sie haben geglaubt, in Austria regieren noch die Habsburger, und die Begrüßung durch die Herrscher gehöre als besondere Ehre für die Oakländer zum Programm!« – »Net möglich, fast achtzig Jahr nach dem Ende der Monarchie«, wunderte sich Gitta. »Na ja, man erlebt schon einiges. Ich hab sie jedenfalls nicht enttäuscht. Solln's glauben, was sie wolln«, meinte Heidi lakonisch. »Nur wann's immer wieder Austria mit Australia verwechsln, werd i wüid. I trag jetzt oft a Leiberl mit der Aufschrift ›There are no kangaroos in Austria‹. Ob's a derartige Subtilität verstehn, waas i net.«

Beim Verlassen des Roten Salons betrachteten wir noch das Bild der legendären zigarrenrauchenden Anna Sacher, deren eisernes Regime im 19. Jahrhundert den Ruhm des Hauses begründete. Wir gingen durch die kleine Galerie, in der Unmengen signierter Fotos und Aquarelle eine glanzvolle Vergangenheit dokumentierten. Prominente aller Gesellschaftsschichten, die während der letzten 120 Jahre das »Sacher« beehrten, hatten voll Dankbarkeit persönliche, oft schwülstige Widmungen verfasst. Darunter waren habsburgische Erzherzöge, die oftmals in Damenbegleitung, diskret in den kleinen, intimen – inzwischen aufgelassenen – Separees gespeist hatten, Adelige aus allen Teilen der österreichisch-ungarischen Monarchie, Politiker und weltberühmte Künstler. Vom Portier höflich verabschiedet, traten wir beschwingt den Heimweg an – Mizzi und ich, im Hinblick auf die Noblesse des Hauses, voll Zurückhaltung sogar ohne die üblichen Souvenirs. Nicht einmal einen der kleinen, zierlichen Sacher-Aschenbecher nahmen wir mit!

Kurz darauf brachte ich Schwung und Unterhaltung in unsere Siedlung – ich veranstaltete die von mir schon lange geplante, aber bislang von Poldi verhinderte »Schneckenolympiade«. Die Regeln waren ganz einfach. Jeder Teilnehmer bekam einen Kübel, ließ die Größe seines Gartens beim Schriftführer registrieren und begab sich nach dem Anpfiff in der Dämmerung auf Schneckenjagd. Ein weiterer Pfiff nach vierzig Minuten beendete die emsige Sammeltätigkeit. Stichproben des mit Gummihandschuhen ausgestatteten Obmanns unseres Siedlungsvereins überprüften die korrekten Angaben der Teilnehmer.

Schließlich stand der Sieger fest. Es war Helmut Widder, der in einem Kopf-an-Kopf-Rennen tatsächlich 187 der Undinger aufgelesen hatte. Ein kleines Mädchen überreichte ihm den 1. Preis: eine große, blau schimmernde Keramikschnecke und einen Gutschein für ein Essen in einem auf Weinbergschnecken spezialisierten Haubenlokal. Der Obmann schickte sich gerade an, Herrn Widder zu gratulieren, als sich ein kleiner rothaariger Bursche vordrängte: »Opfeschoin!

Opfeschoin!« – »Sag, siehst net, dass du störst? Was willst denn? Und red ordentlich!«, wies ihn der Gratulant brüsk zurecht. »Herr Obmann, er hat in der Früh Apfelschalen g'streut!«, rang sich der Zurechtgewiesene in mühevollem Hochdeutsch ab. »Wer, was?« – »Na, der Herr Widder, heut in der Früh. Ich hab's g'sehn. Des fressen die Schnecken gern! Es lockt sie an!« – »Oho, wenn das wahr ist, wäre das ja unlauterer Wettbewerb. Stimmt das, Herr Widder?« Den Angesprochenen, der verlegen zu Boden blickte, verriet die Schamesröte, die sein Gesicht verfärbte. Schließlich wurde er disqualifiziert, und Alfred Horvath – mit 175 gefangenen Schnecken an zweiter Stelle – wurde zum Sieger gekürt.

Die kleine Panne mit Widder sorgte zwar für lautstarke Empörung, störte aber unsere gute Laune nicht nachhaltig. Mit einem lustigen Umtrunk und dem Verzehr vieler Schmalzbrote klang die »1. Bierhäusler Schneckenolympiade« aus. Einem allgemeinen Wunsch zufolge wählten wir gleich das Personenkomitee zur Organisation der Rallye im darauffolgenden Jahr.

Als ich Poldi wenig später pflichtschuldigst in seiner »Rehab« aufsuchte, kam er mir bereits wie ein seltsames Wesen von einem fremden Stern vor. In dem befreienden Bewusstsein, ihn in dem muffig riechenden, da kaum gelüfteten Heim mit Ostblockflair zurücklassen zu können, wo graugrüne Kunststoffböden die düsteren Gänge bedeckten, billige Waschmittel einen unangenehmen Geruch verbreiteten und harsche, ungeduldige Pfleger die Patienten herumscheuchten, ertrug ich geduldig seine mit weinerlicher Stimme vorgetragenen Tiraden. Das Billigste schien dem Heim zu genügen, denn wir saßen auf klapprigen Sesseln an einem kleinen, wackeligen Tischchen in der für Besucher reservierten, zugigen und nur schwach beleuchteten Ecke des Ganges. Ich sehnte mich nach dem Sacher. »Wirklich schrecklich«, kommentierte ich, automatisch und ohne richtig hinzuhören, Poldis Erzählungen, die Klagen über seine Schmerzen und weitere arge Unbillen. Drohten dem Pechvogel doch ein abermaliges Ruhigstellen seiner verletzten Gliedmaßen, roh ausgedrückt neue Bandagen aus Gips. Der Heilungsprozess war, wie ihm die Ärzte geradezu vorwurfsvoll und bar jeder falschen Gefühlsduselei mitgeteilt hatten, gar nicht zufriedenstellend verlaufen.

10

Mein ruhiges, friedliches Bierhäusl-Arkadien mit Murli, der nicht nur aufblühte, sondern auch, da ich ihn nach Strich und Faden verwöhnte, weiter an Gewicht zulegte, währte daher nicht allzu lange – Leopold kehrte samt neuen blendend weißen Gipshüllen zurück. Weiter im Krankenstand und ans Haus gefesselt, widmete er sich erneut voll Verbissenheit der Genealogie des niederen mittelalterlichen Adels im Bezirk Amstetten. Mich interessierte das schon längst nicht mehr.

Schwerer wog, dass mein Mann begann, Murli nachzustellen. Bald wurde es klar, dass er sich an dem unschuldigen Tier, das er für seinen Unfall verantwortlich machte, zu rächen gedachte. Mit Argusaugen und tiefer Abscheu beobachtete und verhinderte ich seine plumpen, als Unfälle getarnten Versuche zur Beseitigung meines über alle Maßen geliebten Katers. Einmal wollte er ihn doch tatsächlich in einem unbeobachteten Moment nach Gogol'scher Manier mit seiner Krücke in das Biotop unseres kleinen Gartens stoßen, ein anderes Mal trat er mit seinem Gipsbein nach ihm, wobei er ihn nur um Haaresbreite verfehlte. Dies in der bitterbösen Absicht, ihm das Rückgrat zu brechen. Die Mordattacken blieben nur dank meiner ständigen Wachsamkeit erfolglos. Wir diskutierten erbittert, Poldi leugnete alles. Mit unerhörter Frechheit warf er mir krankhafte Hysterie und übertriebene Einbildungskraft vor.

Daraufhin wechselten wir tagelang kein einziges Wort. Schließlich nahm Poldi Vernunft an und brachte eine halbherzige Entschuldigung vor. Es täte ihm leid, er wäre zu weit gegangen. Sein Einlenken führte ich auf meinen bevorstehenden 50. Geburtstag zurück. Geheimnisvoll tuschelte er mit Mizzi, telefonierte er mit meiner Mutter und meiner Schwiegermutter. An dem Tag, an dem ich ein halbes Jahrhundert vollendete, war mir nicht fröhlich zumute. Visionen von Alter und Tod stiegen in mir auf: Ab heute stehe ich im sechsten Lebensjahrzehnt. Wie viel Zeit bleibt mir noch? Werde ich bald sterben? Es ist schrecklich!

Die Worte meiner Mutter klangen mir im Ohr: »Du wirst seh'n, was da auf dich zukommt. Alt zu sein ist ein Fulltime-Job.« Ich wollte nur allein sein, aber Poldi überredete mich am Abend, ganz gegen meinen Willen, zu einem Gasthausbesuch. Er wolle doch mit mir beisammensitzen und ein wenig feiern. Zu meinem Erstaunen führte uns der Wirt vom »Schwarzen Bären« in sein für größere Gesellschaften reserviertes Extrazimmer.

Die Überraschung war perfekt! Lautes Hallo begrüßte mich. Da saßen sie alle: meine Eltern und Schwiegereltern, Mizzi und ihr Mann, unser »Sir«, zwei Kollegen aus der Bank, auch die dicken Pollatscheks grinsten mir entgegen. Ich dankte Poldi, freute mich, vergaß mein Alter, auch meine ungewaschenen Haare, und nahm an der festlich geschmückten Tafel Platz. Ich bekam wunderschöne Blumen und vielversprechend aussehende Päckchen, die ich auf einem kleinen Beistelltischchen neben mir deponierte.

Poldi hielt mich vom Auspacken zurück. »Wart noch ein bisschen – ich möchte ein paar Worte sagen!« Er schlug mit seiner Gabel gegen ein Weinglas. »Ich habe ein Gedicht von Hermann Hesse gefunden und es speziell für dich adaptiert.« Die Runde blickte auf. Sie erwartete eine scherzhafte Rede über ewige Jugend, blendendes Aussehen oder Ähnliches, wie man sie eben zu diesem Anlass zu halten pflegt. Mein lieber Mann hüstelte, dann begann er langsam und theatralisch: »Die Frau von fünfzig Jahren. Von der Wiege bis zur Bahre sind es fünfzig Jahre. Dann beginnt der Tod. Man vertrottelt, man versauert, man verwahrlost, man verbauert und zum Teufel gehen die Haare. Auch die Zähne gehen flöten. Und statt dass sie mit Entzücken …« Weiter kam mein unglückseliges Gespons nicht – Protestschreie setzten seiner Rezitation ein abruptes Ende. »Ja, is er denn vollkommen verblödet? So eine Frechheit!«, rief mein Vater. »Aber Leopold! Was meinst du denn?«, tadelte meine Mutter sanft. »Ich hab's immer g'sagt, er spinnt, und es wird ärger«, kommentierte meine Schwiegermutter emotionslos.

Alle anderen schüttelten missbilligend den Kopf. Nur »Sir« meinte lachend: »Wirklich nicht schlecht. Man kann dem Gedicht eine gewisse Originalität nicht absprechen!«

Trauer stieg in mir auf, und ich begann still zu weinen. »Findet ihr es denn nicht lustig? Es ist doch ein literarischer Scherz!«, fragte Poldi verwirrt. »Das tut mir leid, das wollte ich nicht.« – »Halt endlich den Mund«, fiel ihm meine Schwiegermutter ins Wort, als er Atem holte, um zu weiteren Erklärungen anzusetzen. Beim anschließenden Essen herrschte Grabesstille, früh gingen wir nach Hause.

Bald sah ich, wie Poldis Blicke erneut voll Bösartigkeit auf unserem Kater ruhten. Mir schwante nichts Gutes. Schließlich reduzierte sich die Situation für mich auf eine simple Frage: »Poldi oder Murli?« Eine winzige Kleinigkeit entschied das Dilemma und brachte das Fass des Leopold zum Überlaufen.

An einem späten Nachmittag hinkte mein Mann nach einem kurzen Spaziergang – der Arzt hatte ihm Bewegung verordnet – heim in unsere Siedlung. Vielleicht gedachte er der niederen mittelalterlichen Adelsgeschlechter, vielleicht bewunderte er auch die Weihnachtsdekoration in unserer Gasse, die in diesem Jahr besonders üppig ausgefallen war, auf jeden Fall tappte Leopold in die vom Schnee nur dürftig bedeckten Exkremente der Hunde, die sich vor unserem Haus in großer Zahl erleichterten. Selbst ihn musste der bestialische Geruch an seinen Sohlen gestört haben, denn er begab sich schuldbewusst in die Küche, wo er seine Schuhe sorgfältig über dem sauberen, bereits trockenen Geschirr im Spülbecken putzte. Ermattet von der ungewohnten physischen Anstrengung, gönnte er sich dann zur Stärkung ein Stamperl Eierlikör, das er, mühsam in der linken Hand balancierend, in den ersten Stock trug, wobei es aus dem randvoll gefüllten Glas auf jede einzelne Stufe der mit einem Teppichboden bedeckten Stiege tropfte.

»Es ist genug«, dachte ich mir, als ich nach einem anstrengenden Arbeitstag, ermüdet und mit Einkäufen bepackt, nach Hause kam und die stinkende Bescherung in der Küche sowie die klebrigen Spuren im Stiegenhaus sah, an denen ein leicht betrunkener, schwankender Murli mit Wonne herumschleckte, während sich ihm ein lautes, behagliches Schnurren entrang. »Es ist genug! So kann es nicht weitergehen«, entrang sich mir, als ich den Stapel von Tellern nochmals säuberte. Während ich meine Hände in die Sodalauge tauchte – herkömmliche Geschirrspülmittel erlaubte mein Gatte nicht –, schimpfte ich vor mich hin: »Fix Teufel noch einmal, warum können wir nicht, wie alle anderen Leute auch, einen Geschirrspüler kaufen?« Poldis Argumente, dass derartige Küchenhilfen nicht nur Stromfresser, sondern aufgrund der giftigen Spülmittel umweltschädigend seien, fand ich lächerlich – eine absurde Marotte, der ich mich nur unwillig unterwarf und die mir den Spott meiner Freundinnen eintrug, die über glänzend sauberes Geschirr verfügten. Beim Schrubben des Teppichs auf den Treppenstufen machten sich ketzerische Überlegungen in mir breit: »Ist nicht mein Ehegespons schuld an meiner Misere? Wäre ich nicht ohne ihn besser dran? Könnte ich dann nicht ein frohes, heiteres und freies Leben führen? Und dieses nicht aus zweiter, dritter Hand aus Illustrierten beziehen? Für Kinder ist es leider zu spät, um aufregende Männer kennenzulernen, nicht. Mit 50 tatsächlichen und 44 eingestandenen Jahren ist man heutzutage doch nicht alt.«

Lange drehte ich meine Gedanken hin und her, schmiedete Pläne und beobachtete Leopold, der mir täglich widerlicher wurde, genau. Dann traf ich sorgfältige Maßnahmen, wobei ich mit Methode vorging.

Dabei erwies es sich als überaus opportun, ja, wie von der gütigen Vorhersehung bestimmt, dass mein Mann immer eindringlicher klagte: »Baden, ich möchte endlich baden!« Das leuchtete mir ein, denn seit seinem Unfall hatte er nur oberflächliche Waschungen erfahren. »Merkst du nicht, wie ich stinke? Mir graust vor mir selbst.« Schließlich gab ich Poldis Drängen nach. Schon lange hatte er, der warme Vollbäder sehr liebte und sich gern in unserer kleinen Wanne räkelte, diesen Luxus entbehren müssen. Als ich ihn zu wiederholten Malen, seine Verbände zum Schutz gegen Feuchtigkeit notdürftig in Plastiksäcke gehüllt, umständlich in die Dusche steigen sah, wo er, an die Brause geklammert, nur labilen Halt fand, heuchelte ich Mitleid und machte einen konstruktiven Vorschlag: »Wenn du dich seitwärts an den Wannenrand setzt, dich in das Wasser gleiten lässt und sowohl den Gips am Bein als auch den am Arm hinausstreckst, damit nichts nass wird, geht es schon. Pass nur auf, dass du nicht ausrutschst!« Ich assistierte gerne, ließ häufig warmes Wasser nachlaufen und beobachtete, wie sich mein Mann trotz der notwendigen Verrenkungen vollkommen entspannte und vor Behagen seufzte.

Von da an nahm Poldi mit meiner Hilfe täglich wohltuende Bäder, wobei er akrobatische Fähigkeiten – man könnte auch sagen, die Geschicklichkeit eines Affen – entwickelte, die ich ihm als dicken Menschen nicht zugetraut hätte. Sein fetter, von dünnen Beinchen getragener Körper, der kugelförmig gewölbte Bauch, die mageren Schultern und seine schütteren, schweißnassen, zwecks Verbergung einer sich rapide vergrößernden Glatze kunstvoll auf dem Kopf drapierten recht langen Haare boten keinen schönen Anblick. Die kleine Narbe an seiner Stirn, die er sich beim ungelenken Stutzen seiner buschigen Augenbrauen zugefügt hatte, leuchtete tiefrot. »Ah, das tut gut! Wasser, warmes Wasser!«, seufzte der arme Hässliche, bevor ich ihn mit größter Anstrengung sozusagen wieder an Land zog. Eine Prozedur, die mir bald unerträgliche Kreuzschmerzen eintrug.

Nachdem dieses Ritual schon einige Zeit stattfand, besorgte ich mir einen »Ratgeber für den Todesfall. Servicefaden für schwierige Stunden«, den die im Eigentum der Gemeinde stehende »Bestattung Wien« auf Verlangen gratis zusandte. Zu seinem großen Bedauern hatte das Unternehmen aufgrund eines Gesetzes über unlauteren Wettbewerb das Monopol auf die Verstorbenen verloren, befand sich seither in harter Konkurrenz mit privaten, überaus agilen Instituten wie »Charon«, »Pax«, »Vita Eterna« oder »Zum Licht« und suchte mit allen Mitteln den rapiden Kundenschwund aufzuhalten.

Zu diesem Zweck hatte man auch einen Gag der besonderen Art ersonnen, auf den der Prospekt mit der Bitte um Vormerkung des Termins hinwies. Es handelte sich um die einmal im Jahr von der städtischen Sargfabrik veranstalteten makabren »Nacht im Jenseits«. Alle potenziellen Kunden – und wer zählte nicht dazu? – waren herzlich eingeladen. Man konnte die Werkstätten besichtigen, die angepriesenen Erzeugnisse überprüfen: »Probieren Sie doch, wie man sich in einem Sarg fühlt!« Die Veranstaltung fand, wie ich las, stets großen Zuspruch. Alles war da für die den echten Wienern so wichtige »schöne Leich«. Hunderte Ausstellungsstücke dokumentierten die Geschichte der Bestattung, der einstigen »Pompfüneberer«. Man konnte einen mehrfach verwendbaren »Sparsarg« bestaunen, den Rettungswecker für Scheintote ausprobieren und in einem praktischen »Sitzsarg« Platz nehmen. Für alkoholische Getränke war gesorgt. Ihr reichlicher Konsum sollte die nüchterne Atmosphäre der Industriehallen auflockern und etwaige trübe Gedanken an die unvermeidliche Zukunft verscheuchen. Zu fortgeschrittener Stunde forderte man zum »Probeliegen« auf. Es dauerte eine Weile, bis die ersten Mutigen ihre Scheu überwanden. Dann jedoch bestiegen sie die Särge, wo sie sich unter allgemeinem Gelächter der Zuschauer räkelten, die Hände falteten, fromme Tote mimten und dem Treiben den burlesken Charakter eines Volksfestes verliehen. Sozusagen ein »Jedermann« für kleine Leute. Nur ein beamtetes Gehirn kommt auf eine derartig geschmacklose Idee!, dachte ich. Wie kann man das lustig finden? Der bloße Gedanke, mit einem Glas Wein durch die Reihen der aufgestellten Särge zu gehen, jagte mir kalte Schauer über den Rücken. Selbst an einen traditionellen »Leichenschmaus« war gedacht. Um 20 Uhr sprach ein Geistlicher das Tischgebet, dann begann ein Gelage, das die ganze Nacht anhielt.

Abgesehen von der Einladung zu dem in meinen Augen widerlichen Spektakel enthielt der Ratgeber jedoch viele wichtige Informationen über die Abwicklung eines Todesfalls. Die Menge der vom Dahingeschiedenen geforderten Dokumente verblüffte mich. Wozu musste denn ein Toter seine Geburt beweisen? Staatsbürgerschafts- und Heiratsurkunde, Meldezettel und – ein österreichisches Phänomen – bei Akademikern den Nachweis über die Berechtigung zur Führung des akademischen Grads: Der Weg ins Jenseits war mit Identitätspapieren gepflastert. Gab es vielleicht in logischer Fortsetzung des irdischen Bürokrams ein extraterrestrisches Abkommen, das den Eintritt in Himmel, Hölle oder Fegefeuer genau regelte? »Greifen Sie auf die Dokumentenmappe zurück«, lautete ein guter Ratschlag. Der sicherlich nützliche Hinweis »Sie können die Kleider des Verstorbenen (außer Schuhe!) in der Kundenservicestelle der Bestattung Wien während der Dienstzeiten abgeben!« gab mir zu denken, blieb mir jedoch unverständlich. Glaubten die Beamten, dass man im Himmel zwar bekleidet, aber ohne Schuhe umherging? Ich unterließ es, meinen Mann zu fragen.

11

Genau nach Plan kochte ich dem Leopold an einem der folgenden Samstage sein Lieblingsessen, Marillenknödel mit Zwetschkenröster. Danach schenkte er sich selbst, zur besseren Verdauung, flott einige Stamperl Schnaps ein. Dazu benötigte es keiner Ermutigung von meiner Seite, denn seine alkloholfreien Zeiten gehörten schon längst der Vergangenheit an. Seit dem Unfall griff Poldi häufig und regelmäßig zur Flasche, wobei sich Murli – zu meinem großen Missfallen – an seine Seite schmiegte, ihn aufmerksam, ja fast gierig betrachtete und sich mit der Zunge über das Mäulchen schleckte. Seit sich ihm mit der unerwarteten Kostprobe von Eierlikör auf dem Teppich der Treppe eine neue, aufregende Genusswelt erschlossen hatte, war mein sorgsam gepflegter und erzogener Kater auf den Geschmack gekommen. Nicht ohne Grund argwöhnte ich, dass Poldi voll Bosheit diese kätzische Unart förderte, indem er den Inhalt von Murlis Milchschälchen heimlich mit süßem Alkohol versetzte. Er hatte das unschuldige Tier zu einem Lasterleben verführt und zu seinem Kumpan erkoren – zwei Säufer in einem Haus!

Manchmal ertappte ich den Kater, wie er sich, offenkundig betrunken, unter Poldis heiterem Lachen laut grollend und mit komisch steifem Gang einem als Feind erkannten Sessel näherte, den er mit seinen Krallen wild attackierte. Oder er lief ohne erkennbaren Anlass in rapider Folge ein paar Runden im Kreis, um dann, lang ausgestreckt und wohlig schnarchend, stundenlang mitten auf dem Wohnzimmerteppich seinen Rausch auszuschlafen. Beim Anblick der beiden Betrunkenen stiegen Vorahnungen in mir hoch. Unwillkürlich sah ich Parallelen zu jenem berühmten Kater Arthur, der sich in einem amerikanischen Seniorenheim durch seinen fast hellseherischen Instinkt großen Ruhm erworben hatte. Das Tier ahnte nämlich, wenn die letzte Stunde eines Senioren nahte, schloss sich dem Todgeweihten in rührender Weise an, legte sich zu ihm ins Bett und wich ihm bis zu seinem Ende nicht mehr von der Seite. Diese traurige Geschichte kam mir jedes Mal in den Sinn, wenn ich Mann und Haustier in gemeinsamer Eintracht durchs Haus wanken sah.

Nachdem Poldi an besagtem Samstag, wie er es sich angewöhnt hatte, einen ausgiebigen Schlaftrunk zu sich genommen hatte, bereitete ich ihm sein gewohntes abendliches Bad, wobei ich zur Steigerung des Wohlbehagens duftende, ölige Badeessenzen beifügte. »Was soll denn das?«, knurrte Poldi, während er umständlich in das schäumende, glitschige Wasser hineinrutschte. »Du sollst es doch genießen, es wird dir guttun«, meinte ich geheimnisvoll.

Und dann war es nur ein Kinderspiel! Als es vorbei war, richtete ich mich, genau wie ich es in meinem Romanfragment beschrieben und vorhergesehen hatte, erleichtert auf.

Die Anspannung machte sich trotzdem bemerkbar, denn ein stummes, leicht hysterisches Lachen erschütterte meinen Körper. Ein wenig nass geworden, trocknete ich mir sorgfältig die Hände, um mich dann im Spiegel des Badezimmers zu betrachten. Hinterließ die Tat vielleicht Spuren, verräterische Änderungen in Ausdruck und Mimik, wie man das immer behauptete? Nichts davon war der Fall. Ein bleiches Gesicht schaute mir entgegen. Meine Augen blinzelten, wie es mir vorkam, froh. Ich fühlte mich gut und reizvoll zugleich.

Mich seitwärts drehend, nutzte ich die Gelegenheit zur kritischen Betrachtung meiner Figur. Ich war schlanker geworden! Die abstoßenden Fettpolster um die Hüfte waren tatsächlich der letzten strengen Krautsuppenkur zum Opfer gefallen. Eine Mühe, an die ich mit Stolz zurückdachte! Fünf Tage nichts anderes als dünne Süppchen und Wasser. Doch alles war gut verlaufen, und wie nach der Affäre mit dem unglücklichen Dr. Wegner durchströmte mich auch diesmal ein angenehm prickelndes Wohlgefühl von Kopf bis Fuß.

Alles war nach Plan und genau so geschehen, wie ich es in dem Buch über die Badewannenmorde gelesen hatte. Dort stand nämlich, für jedermann leicht begreiflich: Der Mörder – oder wie in diesem Fall ich, die Mörderin – nähert sich unverdächtig dem Opfer, das sich arglos in der Badewanne räkelt. Lässt vielleicht etwas warmes Wasser ein. Spricht freundliche Worte, erzählt Alltägliches, scherzt ein wenig. Um dann dem ahnungslos das Vergnügen eines Vollbades Genießenden die Füße anzuheben und diese ganz plötzlich über den unteren Rand der Wanne hinwegzuziehen. Dadurch gleitet der Oberkörper des Opfers zwangsläufig unter Wasser, dessen jähes Eindringen in Nase und Mund einen Schock mit sofortigem Bewusstseinsverlust verursacht. Gegenwehr ist, so unglaublich das auch klingt, praktisch ausgeschlossen. Ohne Anzeichen von Gewaltanwendung erleidet der Attackierte innerhalb von Minuten den Erstickungstod. Gerichtsmedizinische Untersuchungen bestätigten diese Art des Ertrinkens, besser gesagt des Ertränkens. Wie ich bezeugen konnte, stimmte das alles mit meiner eigenen Erfahrung überein. Eine leichte Prozedur, die man nur jedermann empfehlen kann!

Allerdings hatte ich den wissenschaftlichen Fortschritt seit 1915 berücksichtigt und auch den jüngsten Streit um den Weiterbestand der Gerichtsmedizin genauestens verfolgt. »Es ist Verschwendung, in Österreich fünf derartige Institute zu unterhalten«, schrieben die Zeitungen. Und der Rechnungshof der Republik hatte bei einer Finanzkontrolle bemängelt: »Der Bauzustand der Wiener Gerichtsmedizin ist skandalös.« In Wien trug man der Kritik Rechnung, senkte aus Kostengründen drastisch die Zahl der – bei Verdacht auf Verbrechen – behördlich angeordneten Obduktionen, schloss das uralte, aus dem 18. Jahrhundert stammende, baufällige Gerichtsmedizinische Institut, in dem – wie man munkelte – des Öfteren Ratten gesichtet worden waren, und verteilte die Leichen auf vier dafür nur schlecht ausgerüstete und infolge der Zwangsbeglückung nur wenig kooperative Spitäler.

Die Empörung der Mediziner blieb nicht aus: »Früher gab es 750 Obduktionen pro Halbjahr, jetzt sind es nur mehr 60! So lässt sich keine vernünftige Todesursachenstatistik mehr erstellen!« Dies hatte mir, wie vermutlich allen, die gewisse Absichten hegten, sehr lieblich in den Ohren geklungen, war aber in der Öffentlichkeit vollkommen ungehört verhallt, denn die Mehrzahl der Bürger interessierte dieses Thema ja nicht.

Obwohl man also in entgegenkommender Weise das Risiko der Feststellung der genauen Todesursache auf ein Minimum reduziert hatte, empfahl es sich trotzdem, jeden Anschein eines Verbrechens tunlichst zu vermeiden. Doch wer sollte beim Anblick eines friedlichen toten Gipsträgers, eines Säufers, dem der Alkohol zum Verhängnis geworden war, Verdacht schöpfen? Wer hätte über jene riesigen Kräfte verfügt, die nötig waren, um die fast hundert Kilogramm des Dr. Leopold E. unter Wasser zu drücken? Und warum sollte dies jemand dem harmlosen Historiker antun wollen? Wer hätte dazu ein Motiv besessen? O nein, der Arme war nach zu viel Schnapsgenuss einfach mit seinem unversehrten Bein ausgerutscht, hatte das Gleichgewicht in dem mit glitschigem Badeöl angereicherten Wasser verloren, sich vielleicht den Kopf leicht angeschlagen und war schließlich, benommen durch seinen Rausch, im »Dusel« hilflos im Wasser ertrunken. Ein schöner Tod. Das halb volle Glas neben der Schnapsflasche auf dem Boden des Badezimmers sprach eine mehr als deutliche Sprache!

Ermittlungen im Meidlinger Unfallkrankenhaus konnten den Eindruck nur verstärken. Enthielt doch die ausführliche Akte des Dr. E. die kleine, aber wichtige Notiz, dass der Patient schon einmal nach einem Alkoholexzess verunglückt und in volltrunkenem Zustand in das Spital eingeliefert worden war. Außerdem rechnete ich damit, dass die überlasteten Krankenhäuser nicht gerade am Sonntag nach zeitaufwändigen Obduktionen gierten. Sehr intelligente Überlegungen, nicht wahr? Und dies, obwohl mein seliger Mann des Öfteren beleidigend zu mir gesagt hatte: »Dein Gehirn ist quasi unbenutzt!«

Im Anschluss an die unangenehmen, aber unausweichlichen Ereignisse zog ich mich an und verließ das Haus, um Mizzi, wie ich es ihr einige Tage zuvor versprochen hatte, Kochrezepte und Zeitschriften vorbeizubringen. »Dank dir«, meinte Mizzi. »Du bist a

Schatz. Aber a bisserl blass bist. Es war doch net so dringend. Hätt je net heut sein müssen.«

Damit irrte sie natürlich. Ich blieb nur kurz, ging bald nach Hause und bereitete mich zum Schlafengehen vor.

Meine Tat hatte sich als einfach entpuppt – sie ließ mich aber trotzdem sehr müde zurück. Ich beschloss, mich hinzulegen und alles Weitere auf den nächsten Tag zu verschieben. Ein warmes Bad wäre gut gewesen, das konnte ich mir aber leider nicht gönnen – die Wanne war besetzt. Unter der Dusche genoss ich das an meinem Körper entlangströmende heiße Wasser, dann cremte ich mich sorgfältig von Kopf bis Fuß ein. Das war wichtig, denn meine allmählich trockener werdende Haut bereitete mir großen Kummer.

Nur kurz ließ ich mich auf dem geflochtenen Hocker des Badezimmers nieder. Dessen gediegene moderne Einrichtung hatte zwar viel Geld gekostet, erfüllte mich aber mit großem Stolz. Keine altmodischen Fliesen, sondern holzverkleidete rustikale Wände, der Waschtisch mit dem eingelassenen Becken in beigerosa Kunststoff. Und vor allem die nicht sehr große Einbauwanne – die in der Fachliteratur beschriebene ideale Voraussetzung für einen sogenannten »Badewannenmord«. Weiße, mit chinesischen Schriftzeichen – was mochten sie wohl bedeuten? – bedruckte originelle Jalousien filterten das grelle, durch das große Fenster eindringende Licht in überaus angenehmer

Weise. Das gedämpfte Ambiente, der milde Schein der raffiniert angebrachten Beleuchtung wirkte sehr schmeichelnd auf mich und ließ vor allem meine, wie ich fand, wenigen Falten ganz verschwinden.

Die nur angelehnte Tür öffnete sich ohne Laut. Murli schlich herein, hüpfte auf die Badewanne, wie er es gern zu tun pflegte, ging mit weichen Pfoten den breiten Rand entlang und starrte in das Wasser mit dem ruhigen, stillen, ungewohnten Objekt. Niemand lockte und streichelte heute den Kater, ließ die Finger an der nassen Wannenkante entlanggleiten, um ihn zum Spielen zu animieren. Als sich Murli voll Neugier anschickte, die leblose Masse zu besteigen, nahm ich ihn mit sanfter Hand auf, sprach beruhigend auf ihn ein und beförderte ihn schließlich zart ins Vorzimmer. Ich liebte ja Murli, wie überhaupt Tiere, allen voran Katzen, ganz ungemein.

Ich holte Agatha Christies »Mord im Orientexpress« hervor, ein Buch, das ich fast auswendig kannte, wegen seiner verschlungenen, voll mathematischer Akribie konstruierten Handlung überaus bewunderte und immer wieder aufs Neue las – ohne Lektüre konnte ich noch nie einschlafen, egal, wie spät es war. Das Buch unter dem Arm zog ich mich in das Doppelbett meines behaglichen Schlafzimmers zurück. Nach getaner Arbeit war gut ruhen. Niemand würde mich durch Keuchen und Schnarchen in meiner Nachtruhe stören, und morgen war auch noch ein Tag!

Die Nacht verlief angenehm, denn in dieser Nacht der Nächte, die ich mir oft in langen Fantasien vorgestellt hatte, blieb ich von allen unangenehmen Träumen verschont. Ich schlief ruhig, den Kater an meiner Seite, sein Kopf lag in der Beuge meines Armes. Sein sanftes, angenehmes Schnurren begleitete mich in den Schlaf.

Erfrischt wachte ich auf. Ausgeruht und hungrig setzte ich mich an den Küchentisch und drehte das Radio an. Die Welt präsentierte sich voll schrecklicher Gewalttaten. »Ist es wahr, dass die Menschen zunehmend verrohen?«, fragte ich mich beim Frühstück. Diese meine Lieblingsmahlzeit zelebrierte ich ausgiebig. Mit hübschem Gedeck, schönem Designer-Geschirr, einem Blümchen in einer Glasvase. Orangensaft, ein weiches Ei, köstliche fünffach gekerbte Semmeln – wir in Wien nennen sie »Kaisersemmeln« – und echter, starker Meinl-Kaffee belebten meine Sinne. Während ich mir Butter auf das knusprig geblähte Gebäck strich, rekapitulierte ich schon im Geiste den Ablauf des kommenden Tages, ging noch einmal voll Akribie die durchdachte Planung durch.

Seufzend stand ich auf, gerne wäre ich noch ein wenig länger gesessen. Aber die Arbeit ging natürlich vor. Beim gründlichen Putzen der Zähne, die ich wie stets ordentlich und lange säuberte, warf ich einen verstohlenen Blick auf die Leiche meines einst – wenn auch nur wenig – geliebten, jetzt aber toten Leopold. Nichts hatte sich geändert – alles beim Alten. Ich verschüttete noch eine Portion Schnaps auf dem Boden.

Dann trug ich sorgfältig grünen Lidschatten auf, verwischte die Konturen ordentlich und erhielt das gewünschte bleiche Aussehen. Etwas »Cleaner for dry Skin« nicht auf die Haut, sondern in die Augen geschmiert, ließ diese – auch das hatte ich ausprobiert – in erfreulicher Weise rot anschwellen. Den Bademantel enger gezurrt, zum Handy gegriffen, und Kapitel zwei meines raffinierten, jedoch einfachen Komplotts konnte beginnen.

Einfach! lautete die Devise. Einfach und plausibel! Diese Lehre hatte ich aus den Hunderten von Kriminalromanen gezogen, die ich im Laufe der Zeit gelesen habe. Sosehr ich Agatha Christie und viele andere Kriminalautoren auch liebte: Sie neigten zu absurd komplizierten Morden, deren Gelingen an einem seidenen Faden und vielen unvorhersehbaren Faktoren hing, mit einem Zeitplan, bei dem es um Sekunden ging, mit verschlungenen Zusammenhängen, Alibis und Zeugen. Und dann musste man die Leiche vielleicht auch noch in einen Teppich rollen, in kleine Teile zersägen, auf jeden Fall aber heimlich im Schutz der Dunkelheit fortschaffen, verstecken oder gar im Wald begraben. Welche schweißtreibende Mühsal, in einem von Wurzeln durchzogenen harten Boden des Nachts ein Grab zu schaufeln! Schaurig! Patricia Highsmith hatte dies in ihren Büchern genau beschrieben. Ich besaß nicht die Kräfte und die Nerven ihres talentierten Helden Tom Ripley. Dazu war ich wirklich nicht imstande! Oder im Keller verscharren? Wer möchte schon mit einer Leiche im Haus leben?

Nein, sinnierte ich vor mich hin, während ich meine Haare zuerst frisierte und dann, dem Anlass entsprechend, etwas zerwühlte, nein, wie käme ich denn dazu? So viel Arbeit, die einem doch von den zuständigen staatlichen und dafür bestens ausgerüsteten Institutionen abgenommen werden konnte. Wofür zahlte man schließlich seine Steuern? Konnte man bei über dreißigjähriger Berufstätigkeit, wie in meinem Fall, denn gar keine Ansprüche an Vater Staat stellen, keine Hilfe erwarten? Andere gingen schließlich jedes Jahr auf Kosten der Allgemeinheit auf Kur.

Ich wählte den ärztlichen Notruf, verharrte eine Zeit lang in der Warteschleife, bis sich eine nicht besonders freundliche Stimme meldete. »Er rührt sich nicht, was soll ich tun?«, schrie ich bewusst konfus. »Rührt sich nicht, bitte helfen Sie mir«, japste ich atemlos ins Telefon. »Schnell, schnell!« Ich brach in unkontrolliertes hysterisches Schluchzen aus.

»Name, Adresse, worum geht es? Wir kommen.«

Und sie kamen. Wenig später läutete es an der Sprechanlage, ich öffnete. Zwei junge, fesche, von einem Arzt begleitete Sanitäter eilten herbei. Mit letzter Kraft »da, da« stammelnd, wies ich den Weg ins Bad. Schon packten mich Schwindel und Übelkeit. Das war auch kein Wunder. Hatte ich doch nach dem Frühstück in kluger, vorausschauender Weise mehrere starke und – wie es auf der Packung hieß – die Verkehrstüchtigkeit beeinträchtigende Beruhigungspillen geschluckt. »Warum hat er das nur getan?«, fragte ich verzweifelt den Notarzt, der sich über die Leiche beugte, wobei ich keine Antwort erwartete. »Warum? Ich hab ihm gesagt, ohne meine Hilfe kannst du nicht baden. Das geht einfach nicht. Allein geht das nicht. So ein Unglück! Und warum hat er immer gar so viel getrunken?«

Nachdem ich dermaßen geschickt das Terrain vorbereitet hatte, wankte ich kreidebleich und einer Ohnmacht nahe aus dem Bad, um mich, nicht ohne zuvor noch Mizzi zu verständigen, auf die Couch im verdunkelten Wohnzimmer zu legen. Unterdessen hatte man, wie mir der Notarzt später mit einem Anflug von Bedauern erklärte, mit der Überprüfung von Poldis Vitalfunktionen begonnen. Reine Routine vonseiten der erfahrenen Mannschaft des Notdienstes, denn wie klar ersichtlich war, gab es natürlich keine mehr: Der Mann war tot! Vielmehr zeigten sich bereits Anzeichen von Leichenstarre.

»Pfui Teufel, wie's da nach Fusel stinkt. Der muss schon gestern Abend in seinem Suff ersoffen sein«, meinte der Notarzt, der mich außer Hörweite wähnte, emotionslos zu den Sanitätern. Es freute mich zu hören, dass er der von mir ausgelegten Fährte folgte. »Des wor a Unfall. Hat Pech g'habt, der arme Teufel. Mit an Gips und an Rausch badet man halt net! Rufts an!« Damit meinte er, wie ich von dem Ratgeber der städtischen Bestattung her wusste, seinen Kollegen, den Totenbeschauarzt. Ich wusste auch genau, wie es weitergehen würde und dass zwei Möglichkeiten bestanden: Der Beschauarzt gibt die Leiche frei, die Bestattung holt den Verstorbenen ab und bereitet ihn für die Beerdigung vor. Wird die Leiche nicht freigegeben, dann, ja dann, kommt der Tote zur Untersuchung in die Gerichtsmedizin. Naturgemäß gefiel mir die zweite Variante erheblich weniger als die erste. Dass sie nur nicht die Totenruhe stören!, hoffte ich im Stillen.

Der Totenbeschauer, ein gemütlicher ältlicher Arzt mit rundem, leicht gerötetem Gesicht, der im Dienste der Gemeinde Wien alle Aussichten auf Karriere und Erfolg gegen ein bequemes Leben mit sicherem Gehalt und Pensionsberechtigung eingetauscht hatte, startete eine flüchtige, oberflächliche Routineuntersuchung der Leiche auf Spuren von Gewaltanwendung und Blutergüssen. Er ließ auch die Fingernägel nicht außer Acht. Du wirst nichts finden, beruhigte ich mich, als kurze Panik in mir aufstieg, obwohl von Fremdverschulden oder gar Mord nie die Rede war. »Ja, wo warn denn Sie gestern Abend bei dem Unglück?«, fragte er mich schließlich. Ich nickte tapfer und gab zu Protokoll, was ich mir genau zurechtgelegt hatte: »Ich habe an dem fraglichen Abend meine Freundin Mizzi, das heißt Frau Eva Maria Horvath, in Hietzing in der Auhofstraße 36 besucht. Als ich gegen zehn Uhr abends heimgekommen bin, war es im Erdgeschoss bereits ruhig und finster. Ich habe angenommen, dass mein Mann, der seit seinem schweren Unfall im Wohnzimmer schläft, bereits zu Bett gegangen war. Ich wollte ihn nicht stören, duschte kurz in dem kleinen Bad im ersten Stock und hab mich dann hingelegt. Am Morgen, ja am Morgen die grässliche Entdeckung! Ich habe versucht, ihn aus dem Wasser zu ziehen, aber er war kalt, ganz kalt!« – »In Ihrer Abwesenheit hätte jemand ins Haus eindringen können. Haben's Spuren von Einbrechern bemerkt?« – »Nein, nein, gar nichts. Alles war wie immer.«

Hier endete mein Bericht in hysterischem Schluchzen. Mit meinem Zusammenbruch gewann ich, wie ich fühlte, das Mitleid des beamteten Arztes. »Was für ein schrecklicher, ungewöhnlicher Unfall!« – »Die arme Frau, was muss sie unter dem Säufer gelitten haben«, murmelte einer der Sanitäter leise. »Ja, der Alkohol is bei uns scho a Volksseuche.« Ein wenig enttäuschte mich allerdings, dass niemand die im täglichen Leben etwas lächerliche Standardfrage aller Krimis an mich stellte: »Wissen Sie, ob Ihr Mann Feinde hatte?« Weder Feinde noch Freunde, ging es mir durch den Kopf. Er war einfach eine Null. Niemand nahm von ihm so richtig Kenntnis, er ging unauffällig durchs und hoffentlich auch aus dem Leben!

Die Quintessenz des Totenprotokolls sollte schließlich lauten: »Dr. Leopold E. ist bei dem Versuch, trotz Rauschzustands infolge übermäßigen Alkoholkonsums und Immobilität infolge Gipsverbänden an den Extremitäten – rechtes Bein, rechter Arm – ein Vollbad zu nehmen, ertrunken. Zur Zeit des Unfalls befand sich der Betreffende, dessen schwere Alkoholsucht amtskundig ist, allein in seinem Einfamilienhaus.«

Nachdem das Offizielle abgehandelt worden war, ließ sich der Totenbeschauer schwer auf einen Korbsessel in der Küche fallen, öffnete umständlich seinen Arztkoffer und entnahm ihm seufzend einige Formulare, die er nach meinen Angaben hin, ausfüllte. »Immer ich hab am Sonntag Dienst«, erklärte er mir seine düstere Miene. »Das da ist die Anzeige des Todes, die brauchen's für die Eintragung ins Sterbebuch. Und das da ist der Leichenbegleitschein. Den brauchen's fürs Begräbnis. Geben's halt einfach alles der Bestattung, die erledigt das für Sie. Was für eine haben's denn?« Ich gab an, über Bekannte nur Gutes von »Charon« gehört zu haben.

Tatsächlich war mir die »Bestattung Charon« beim Vergleich verschiedener Institute durch ihr umfangreiches Serviceangebot positiv aufgefallen. Dazu zählte die Abholung der Leiche innerhalb von zwei Stunden mittels Holzsarges, wie es auch im Fall des Dr. Leopold E. geschah.

Zu diesem Zeitpunkt war Mizzi auf meinen Anruf hin herbeigeeilt, um mir beizustehen. Aufgeregt erzählte sie den herumstehenden Anwesenden von meinem Besuch am Abend des Vortages. Ungefragt und wahrheitswidrig meinte sie: »Sie hat ihn so gern g'habt. Jetzt ist sie ganz allein. Eine Tragik!« Womit sie mir einen großen Gefallen erwies.

Tags darauf erschien ein in schwarzes Tuch gekleideter Herr von »Charon« bei mir. Ich beobachtete ihn, wie er gemessenen Schritts mit Trauermiene durch unseren – pardon – meinen Vorgarten schritt. Er verbreitete jene »beruhigende Atmosphäre«, die seine Firma anpries, und ich passte meine fröhliche Physiognomie hastig den Umständen an. Tieftraurig schluchzend kochte ich dem Besucher Kaffee, während dieser in sanftem Tonfall kluge, gut gewählte »Worte des Trostes, der Zuversicht und der Hoffnung« sprach. Das macht er jeden Tag, muss sich bald auf sein Gemüt schlagen, dachte ich mir.

Nach einer angemessenen Pause begann das Geschäftliche. Der Trauerspezialist belebte sich, flugs schlug er seine Mappen mit Fotos vieler Särge auf, die sinnigerweise alle die Namen schöner Städte wie Salzburg oder Florenz trugen. Behutsam erklärte er mir die Vor- und Nachteile jedes einzelnen, diskret flüsterte er mir die – exorbitanten – Preise zu. »Alle unsere Produkte sind garantiert aus einheimischem Holz. Die Innenausstattung aus Damast wird per Hand genäht. In Graz.«

Als musikalische Begleitung wählte ich Partien aus Gustav Mahlers fünfter Symphonie, grandiose weichsentimentale Klänge, die mich meist, wie in dem Film

»Tod in Venedig«, zum Weinen brachten. Außerdem bestand ich, einen Wunsch des teuren Verstorbenen vortäuschend – tatsächlich wollte ich natürlich auf Nummer sicher gehen –, auf Feuerbestattung im Wiener Krematorium. Blieb nur noch die Parte. »Bevorzugen Sie ein bestimmtes Zitat aus den Evangelien? Bitte schicken Sie mir den gewünschten Text«, erklärte der Repräsentant von »Charon« dramatisch lächelnd, wobei er mir eine Mustersammlung frommer Sprüche samt Formular in die Hand drückte.

»Es hat sich ausgeschnarcht!«, schrieb ich scherzhaft an den rechten oberen Rand der Traueranzeige, bevor ich mich an die Gestaltung des Textes machte. »Plötzlich und unerwartet … mein innig geliebter Mann …« Bla, bla, bla – das Übliche halt. Dabei summte ich vergnügt das berühmte rabenschwarze Hofer-Lied von Wolfgang Ambros vor mich hin: »Schau des is makaber, da liegt ja a Kadaver! Schau, da liegt a Leich im Rinnsal, s'Bluat rinnt in Kanal!«

Zwei Tage später erreichte mich ein Anruf von »Charon« mit der elegisch vorgetragenen Bitte um Erklärung. »Wir verstehen das nicht. Soll tatsächlich ›Es hat sich ausgeschnarcht‹ am rechten oberen Rand der Parte neben dem Kreuz stehen? Dieses biblische Zitat ist uns leider unbekannt!« – »Natürlich nicht! Ein Irrtum!«, rückte ich alles im letzten Augenblick ins rechte Lot. »Ein Fehler des Computers!«

Die Nachricht vom Tod meines Mannes verbreitete sich wie ein Lauffeuer in unserer Siedlung und rührte die goldenen Wiener Herzen. In tiefem Schwarz – ich hatte Trauerkleidung angelegt, denn ich schätze Tradition – nahm ich schmerzgebeugt, aber gefasst die Kondolenzbesuche der »Bierhäusler« entgegen. Einige Frauen brachten Essen, um mich bei Kräften zu halten, andere boten sich an, bei mir zu übernachten, damit ich nachts nicht allein mit meinen traurigen Erinnerungen an dem, wie sie sagten, Ort des Schreckens zerbrechen würde.

Der hagere, durch ein nervöses Zucken seines rechten Augenlids auffallende Vorstand des Historischen Instituts erschien, drückte mir pathetisch sein Beileid aus, würdigte in unglaubwürdigem Ton die wissenschaftlichen Verdienste des allzu früh Dahingeschiedenen, der eine durch niemanden zu füllende Lücke hinterlasse, und erklärte mir dann nüchtern die Wege zur Erlangung einer Witwenpension.

Nur Mizzi, mein liebster Lebensmensch, auf die ich eigentlich gezählt hatte, ließ sich gar nicht mehr bei mir blicken. Ich empfand diese offensichtliche Herzlosigkeit als höchst merkwürdig, insbesondere da sie nach Poldis Unfall sofort zur Stelle gewesen war. Immer wenn ich bei ihr anrief – und ich tat dies natürlich oft –, gab sie vor, schwer beschäftigt zu sein, wies alle meine Vorschläge zu Ausflügen, Essengehen oder auch nur Plaudern zurück und entschuldigte sich mit Zeitmangel. Diese Zurückweisung durch meine beste

Freundin kränkte und beunruhigte mich sehr. War mir ein Fehler unterlaufen? Welcher und wann? Ahnte sie etwas? Im Geist ging ich meine Gespräche, die ich mit ihr, soweit ich mich erinnern konnte, in der letzten Zeit geführt hatte, genau durch. Mir fiel kein Lapsus auf.

Das Begräbnis, beziehungsweise die Feuerbestattung, fand im Krematorium der Stadt Wien im 11. Bezirk nahe dem Zentralfriedhof statt. Der turm- und zinnenbewehrte Bau des berühmten Architekten Clemens Holzmeister aus dem Jahr 1922 sollte an das ehemalige Lustschloss »Neugebäude« Kaiser Maximilians II. erinnern, in dessen Park man die Feuerhalle und den Urnenhain errichtet hatte. Der erbitterte Streit, den die Errichtung des Krematoriums durch die sozialdemokratische Gemeindeverwaltung hervorrief, ist heute nur noch schwer nachzuvollziehen.

Die Befürworter stammten aus »roten«, antiklerikalen Kreisen, die römisch-katholische Kirche lehnte sich gegen die »Gotteslästerung« auf. Sie drohte mit der Verweigerung eines christlichen Begräbnisses. Eine schwere Waffe, denn ohne einen Pfarrer begraben zu werden war damals für viele Gläubige eine schreckliche Vorstellung! Priester horchten Sterbende auf dem Todesbett aus. Sprachen sie sich mit letzter Kraft für eine Einäscherung aus, wurden ihnen die Sterbesakramente vorenthalten. Man erklärte sie quasi zu Ketzern. Jahrzehnte vergingen, bis das Heilige Offizium den gläubigen Katholiken die Wahl ihrer Bestattung freistellte.

Das Begräbnis von Dr. Leopold E. ging an einem klirrend kalten Dezembertag mit leichtem Schneefall würdevoll vonstatten. Eine Menge teurer Kränze bedeckten den schlichten Sarg. Poldis Verwandte aus dem Weinviertel nahmen an der schönen Zeremonie teil, meine Eltern aus dem Waldviertel, viele vom »Bierhäuslberg« und auch Vertreter seines Universitätsinstituts, die an ihrem verstorbenen Kollegen zu Lebzeiten kein gutes Haar gelassen hatten. Letztere trugen heuchlerische Trauer zur Schau, während sie, wie ich wusste, bereits emsig um die Neubesetzung seines Postens rangen und ihre Favoriten in Stellung brachten.

»Sir«, dem ich die Einzelheiten vom Tod seines Großneffen rücksichtsvoll vorenthalten und nur von »Herzversagen« erzählt hatte, saß aufgrund seiner Gehbehinderung in einem Rollstuhl. Seine Schwerhörigkeit beruhigte mich, denn der katholische Pfarrer fand nicht nur würdigende Worte, sondern hob auch die tragischen Umstände des Todes hervor. Zur Sicherheit hatte ich allerdings aus dem Hörgerät des alten Herrn die Batterien entfernt. Ich hörte ihn murmeln: »Zu blöd, ausgerechnet jetzt funktioniert es nicht!« Bei den tief berührenden Klängen von Mahlers Fünfter Symphonie heulte ich wie ein Schlosshund. Aus den Augenwinkeln sah ich Mizzis forschenden Blick.

Der von mir bestellte Leichenschmaus fand in einem benachbarten rustikalen, auf Leichenfeiern spezialisierten Gasthaus statt. Der Schweinsbraten mit Waldviertler Knödeln mundete den lustig plaudernden Gästen hervorragend, lag mir aber noch tagelang wie ein Stein im Magen.

12

Danach kehrte für mich und Murli, der sichtlich unter dem Alkoholentzug litt und mir oft bittere, vorwurfsvolle Blicke zuwarf, ein sehr geruhsamer – für den Kater asketischer – Alltag ein. In meiner Bank hatte ich einen vorgezogenen vierwöchigen Jahresurlaub beantragt, der mir, im Hinblick auf die Umstände und die Jahreszeit – alle anderen gingen im Sommer in die Ferien – auch anstandslos gewährt wurde.

Ich genoss die freie Zeit und die mustergültige, durch nichts und niemanden gestörte Ordnung in meinem Heim, aus dem ich zuallererst den persönlichen Kram Poldis, darunter Stapel von Wissenschaftsblättern und verstaubte Geschichtsbücher, entfernte.

Danach hielt ich nach verborgenen Sparbüchern und Goldmünzen Ausschau. Ich wusste, dass manche Leute ihre eiserne Reserve geschickt verstecken: in Polsterüberzügen, hinter Schränken, zwischen Büchern. In einem konkreten Fall hatte jemand, wie ich in der Zeitung las, sogar die Furniere seiner antiken Möbel gelockert und seine Ersparnisse dazwischengeklemmt. Unter den gekränkten Augen des Katers warf ich auch die vielen leeren Wein- und Schnapsflaschen weg. Die Klamotten des Verstorbenen trug ich zur Sammelstelle von »Humana«. Bald blitzte das Häuschen vor Sauberkeit.

Als ich mir einmal zum Verschnaufen eine kleine Pause im Café Dommayer gönnte, nahm ich dort eine eigenartig kühle, geradezu unheilschwangere Stimmung wahr. Lustlos drehten die Kellner ihre Runden. Kein huldvolles Lächeln, kein verständnisvoller Blick, kein jovialer Scherz. Endlich fragte jemand Herrn Walter, der, finster vor sich hin brütend, kleine Kärtchen mit der unheilvollen Botschaft des Lokal-Besitzers auf den Tischen verteilte: »… trete ich meinen wohlverdienten Ruhestand an und übergebe nach 43 Jahren an die privat geführte Konditorei …« Herr Walter erklärte, dass »unser« Dommayer bereits in einer Nacht-und-Nebel-Aktion verkauft worden sei.

Der Schock saß tief. Vom Sehen jahrelang bekannte, jedoch unzugängliche Gäste, die sonst mit niemanden ein Wort wechselten und, schweigsam über ihre Zeitungen gebeugt, Plaudernden oder gar Telefonierenden giftig-strafende Blicke zuwarfen, wurden lebhaft, stellten sich vor und sprachen hektisch. Ein besonders Hochmütiger, der stets alle Avancen zum Smalltalk eisig zurückgewiesen hatte, gab sich als renommierter Hausverwalter zu erkennen und rief pathetisch aus: »Was soll ich jetzt tun? Man raubt mir meine Heimat!« Eine allgemeine Verbrüderung fand statt. Eine

Dame, die meinte, eine Konditorei wäre auch nichts Schlechtes, wurde mit Zischlauten zum Schweigen gebracht, stand unter Protest auf und ging.

Die Aufregung legte sich auch in der nächsten Zeit nicht – ich konnte dies gut beobachten, denn ich war täglich dort. Immer weitere Kreise erfuhren die Neuigkeit und reagierten mit gebührendem Entsetzen. Frauen, die ihre pensionierten Ehemänner bislang gut im Dommayer aufgehoben wussten, erzählten einander im Vertrauen, dass sie zwar, wie gelobt, gern Freud und Leid mit ihrem Partner teilten, ihn aber nicht den ganzen Tag zu Hause ertragen könnten – ein Problem, das sich bei mir auf erfreuliche Weise gelöst hatte! Ein schadenfroher Mensch aus dem vornehmen, aber kaffeehauslosen Wiener Bezirk Pötzleinsdorf verbarg seine Häme nicht: »Nun sind wir gleich!« Und ein in der Blüte seiner Jahre stehender Journalist, der sich in der Hektik seines schweren Alltags damit tröstete, einst ruhigere Tage im engeren Dommayer-Kreis zu verbringen, sah seine Zukunftshoffnungen schwinden.

»Man kann sich auf nichts mehr verlassen«, lautete der allgemeine Tenor. »Ist das Kaffeehaussterben noch nicht zu Ende?« Die Besitzerin eines Stands für edles Obst am Naschmarkt fasste mit unangenehm schnarrender Stimme die Überlegungen ihrer Mitgäste zusammen: »Wo soll ma nur hingehn? Vielleicht durthin, wo immer der Dichterling g'sessn is?« In ihrer respektlosen Art meinte sie Thomas Bernhard im Café Bräunerhof.

Wenige Wochen später stand die Schließung des Paradieses zwecks Neugestaltung unmittelbar bevor. Berührende Szenen spielten sich ab. Einige nostalgische Gäste wollten die Sitzgelegenheiten, auf denen sie jahrelang viel Zeit zugebracht hatten, gern erwerben. Als ein Schild beim Eingang verkündete: »Heute ab 18 Uhr geschlossen!«, wusste man Bescheid. Normalerweise war bis 24 Uhr geöffnet und dies, mit Ausnahme des 24. Dezember, täglich. Im gedrängt vollen Lokal schlürfte auch ich bis zum letzten Augenblick Dommayer-Kaffee. Um 18 Uhr wurden wir alle vertrieben!

Drei Wochen nach dem Begräbnis fand ich die Zeit reif für den nächsten Schritt in ein neues und schöneres Leben. Ich entnahm Leopolds Schreibtisch die kostbare, mich begünstigende Lebensversicherungspolice, machte eine Kopie – Originale dieser Art gibt man nicht aus der Hand – und reichte sie bei der »Städtischen Versicherung« ein. Mein kindlich-naiv gehaltenes Begleitschreiben lautete:

Nach dem Tod meines innig geliebten Gatten fand ich beiliegendes Dokument unter seinen persönlichen Sachen. Mit der Bitte um Aufklärung, bzw. Anweisung für weiteres Vorgehen zeichne ich

Ihre Hermine E.

Die Versicherung hetzte sich nicht mit einer Antwort, und ich drängte sie auch nicht, sondern übte mich in weiser Geduld. Zu gut erinnerte ich mich an die Causa des Udo Proksch. Der in Wien Unvergessene, ein trotz kleiner, korpulenter Statur, hässlichem Äußeren und schütteren fetten Haaren erklärter Liebling der Damenwelt, brillierte als Initiator des »Vereins der Senkrechtbegrabenen« zur Schaffung von mehr Platz auf den Friedhöfen, aber auch als Gründer des elitären »Club 45«, dem viele Politiker mit großem Vergnügen angehörten. Darüber hinaus hatte er, gänzlich ohne Barmittel, auf mysteriöse Weise die einstige k. u. k. Hofzuckerbäckerei Demel erworben. Dort ging es sehr vornehm zu. Das Personal sprach die Gäste nur in der dritten Person an: »Haben der Herr schon gewählt? Wünschen die Dame …?« Den ersten Stock des Etablissements für feinste Wiener Backwaren reservierte Proksch für die manchmal ebenfalls feinen, aber auch die weniger feinen, jedoch stets unterhaltsamen Events des »Club 45«.

Nicht ausgelastet durch seine regen skurrilen gesellschaftlichen Aktivitäten, mit denen er zahlreiche Mitglieder der österreichischen Regierung amüsierte und unterhielt, plante der rastlose, originelle und kriminelle Society-Liebling einen klassischen Versicherungsbetrug größten Ausmaßes samt Mord. Im Vertrauen auf seine Beziehungen zu den höchsten politischen Kreisen charterte der Fantasievolle mit morbidem Humor die »Lucona«, ein hochseetaugliches Schiff, ließ sie mit wertlosem Schrott beladen, den er als eine wertvolle Uranerzmühle deklarierte, und schloss auf die »kostbare« Ladung eine hohe Versicherung ab. Ein kleiner, aber nicht unbedeutender Teil der Fracht bestand allerdings aus Sprengstoff samt Zeitzünder. Proksch ließ es sich nicht nehmen, die Crew im Hafen von Triest höchstpersönlich mit einer köstlichen »Demel«-Torte charmant und herzlich zu verabschieden, ehe sie ins ferne China aufbrach, den fiktiven Bestimmungsort der fiktiven Uranerzmühle.

Wenig später stach die »Lucona« in See, an einer tiefen Stelle des Indischen Ozeans fand eine mysteriöse Explosion statt, und das Schiff versank in den Fluten. Es gab sechs Tote. Prokschs Rechtsanwalt, ein kühner Mann der Tat, zauderte nicht lange. Auf Drängen seines prominenten Klienten meldete er den Verlust des Schiffes umgehend der Versicherung, wobei er unter Androhung des Rechtswegs in rüder Weise die sofortige Auszahlung der Schadenssumme in der Höhe von 212 Millionen Schilling forderte. Er räumte dafür kurzerhand eine Frist von vierzehn Tagen ein.

Erfolg, Reichtum und Mega-Honorar zum Greifen nah, waren Klient und Rechtsvertreter geblendet. Im Vertrauen auf mächtige Gönner hatten sie bei dem mörderischen Coup eine winzige, jedoch nicht ganz unwichtige Kleinigkeit übersehen – zu dem Zeitpunkt, als sie ihre Forderungen erhoben, galt das Schiff nämlich weder als vermisst, noch lag eine offizielle Meldung vom Untergang der »Lucona« vor. Die Versicherungsgesellschaft reagierte mit kleinlichem, aber berechtigtem Misstrauen, und die Rechtsangelegenheit erfuhr, trotz langer Behinderung und Verzögerung durch mit Proksch eng befreundete Politiker, eine entschiedene Wendung zum Dramatischen. Udo Proksch wurde des mehrfachen Mordes angeklagt und verurteilt. Den Rest seines Lebens verbrachte er in der Männer-Strafanstalt von Karlau.

Derartig plumpe Fehler würden mir nicht passieren. Geduld, Geduld, keine Gier! Trotz großer Nervosität und schlafloser Nächte hielt ich still, bis ich nach mehr als sechs Wochen eine Aufforderung erhielt, unter Vorweis der Police bei einer namentlich genannten Referentin der »Wiener Städtischen« zu erscheinen.

An einem schönen Frühlingstag, als ein sanftes Lüftchen über die Stadt strich, machte ich mich auf den Weg in die Innenstadt. Ruhig, gefasst und sehr korrekt in Dunkelblau fuhr ich samt allen möglichen und unmöglichen Papieren zum Gebäude der Versicherung am Schottenring. Eine ältliche Dame, der ihr Griesgram tiefe Falten in das Gesicht gezogen hatte, empfing mich in ihrem nüchternen Büro im 5. Stockwerk mit Blick auf die schmutzig grauen Gewässer des Donaukanals. In einer Ecke des kleinen Zimmers mit dem abgenützten Schreibtisch vegetierte ein kümmerlicher, fast blattloser Philodendron vor sich hin, der anscheinend weder leben noch sterben konnte. Frau Mag. Krassolter-Schlupenskys kühle stahlblaue Augen taxierten mich stumm. Innerlich musste ich lachen: Was für ein Name! Manche kriegen nie genug!

Dann sprach sie mir zum allzu frühen Tod meines Ehemanns ihr inniges Beileid aus. Mir wurde schnell klar, dass sie die primitive Masche »von Frau zu Frau« spielte. »Sie Ärmste, mir scheint gar, Ihr armer Mann wollte freiwillig aus dem Leben scheiden. Sie haben doch auch diesen Verdacht?«, fragte sie listig, denn die Police enthielt eine infame Klausel, wonach bei Selbstmord des Kunden keine Leistung zu erbringen sei.

Oho, so plump geht es nicht, du Trampel! Ich senkte nur traurig den Blick und überreichte ihr wortlos das amtliche Totenprotokoll. Sie gab nicht auf. »Hat Ihr Gatte nie unter Depressionen gelitten? War er nicht nach dem Unfall und der langen Rekonvaleszenz entmutigt und zum Aufgeben bereit? Das ist häufiger, als man vermutet!« – »Nein, niemals, wie kommen Sie darauf?«, antwortete ich ruhig, worauf sie mich aus bösen Augen gleichsam mit Giftpfeilen beschoss – wahrscheinlich kassierte sie im Erfolgsfall einen Bonus.

Unwillig und nur teilweise resignierend machte sie mir klar, dass eine genaue Prüfung aller Fakten und deren Vergleich mit den vielen kleingedruckten Klauseln des Vertrages unerlässlich sei. Bei dieser Erklärung schöpfte sie selbst, wie ich bemerkte, neue Hoffnung: »Oft, sehr oft liegt dann gar kein Versicherungsfall vor. Das heißt, Ihre Ansprüche wären dann aus der Luft gegriffen.« Nur mit Mühe enthielt ich mich jeder Äußerung. »Auf jeden Fall hören Sie von uns!« Huldvoll und gnädig-herablassend nahm die Dame meine Unterlagen entgegen, gab mir im Sitzen die Hand, und nur ihr säuerlicher Blick geleitete mich zur Tür. Ich war entlassen und wartete – im Inneren bebend, jedoch Ruhe vortäuschend – den weiteren Lauf der Dinge ab.

In diesen nervenaufreibenden Tagen kränkte es mich umso mehr, dass mich meine beste Freundin mied. Warum nur?

Das Rätsel löste sich, als mich Mizzi eines Tages unangemeldet besuchte. Sie vermied es, mich anzuschauen, streichelte Murli, der sie voll Freude begrüßte, druckste ein bisschen herum, um dann plötzlich herauszuplatzen: »Du, ich habe mir ein Buch in der städtischen Leihbibliothek besorgt.« – »Ja, und?«, fragte ich verwundert. »Das Jahrhundert der Detektive, von dem du geredet hast. Ich weiß alles.«

Wir starrten einander sprachlos an. »Ich muss jetzt gehen«, wollte sie abrupt Abschied nehmen, doch ich hielt sie zurück. »Erklär mir das. Was willst du mir sagen?« – »Ganz einfach, ich glaube, dass du nachgeholfen hast. Oder war es nicht so?« – »Du bist eine dumme Gans. Wobei soll ich nachgeholfen haben?« – »Hast du den Poldi nicht ertränkt, wie der Badewannenmörder von 1915?« – »Um Gottes willen! Diese grausige Idee! Das mutest du mir zu? Soll es ein makabrer Scherz sein? Dafür ist es zu früh! Wenn du dich nicht sofort entschuldigst, sind wir geschiedene Leute. Du weißt doch, dass es ein Unfall war. Du weißt auch, dass Poldi zuletzt ein Säufer war!«

Mizzi blickte mich an. »Ich glaub, du warst schon immer ein Luder. Das mit dem Hahn Peter, da warst du doch auch dabei!« Dann ging sie.

Ich ärgerte mich, vermisste sie jedoch sehr, ebenso wie mir meine Freundinnen Gitta und Heidi fehlten, die sich, vermutlich aufgehetzt von Mizzi, ebenfalls von mir fernhielten.

Endlos lange Tage verstrichen, und das Frühjahr neigte sich schon dem Ende zu, als endlich ein amtliches Schreiben mit der Nachricht eintraf, dass mir die gesetzlich vorgesehene Witwenpension nach einem pragmatisierten Beamten der Dienstklasse A, Gehaltsstufe 5 zustehe. Der genannte, ab dem Stichtag des Todesfalls monatlich fällige Betrag war nicht groß, denn mein Mann hatte ja bedauerlicherweise kein hohes Alter erreicht. Aber der österreichische Staat sorgte doch für die Seinen – Pensionen und Gehälter werden in Österreich vierzehn Mal jährlich ausbezahlt, zwei Mal davon sogar fast steuerfrei –, und ich war es zufrieden.

Wiederum verstrich geraume Zeit. Dann jedoch teilte mir auch die »Städtische Versicherung« in dürren Worten, aus denen eine gewisse Enttäuschung herausklang, mit, dass mir als Witwe des eines natürlichen Todes verstorbenen Dr. Leopold E. aufgrund der vor fünfundzwanzig Jahren abgeschlossenen Lebensversicherung die unglaubliche Summe von fast zwei Millionen Schilling, genauer 1 987 423 Schilling und 50 Groschen, zustand. Ich möge eine Kontonummer für die Überweisung des Betrages angeben.

Ich jubelte laut auf, las mir das Schreiben mehrmals laut vor, ließ mir den Betrag inklusive Groschen auf der Zunge zergehen, legte den Brief auf den Couchtisch im Wohnzimmer und holte zwei Flaschen aus dem Keller. Einen Champagner der dem Anlass entsprechenden Marke »Veuve Clicquot« für mich, Eierlikör für Murli. Mit »Heute feiern wir« weckte ich den Kater, der wie immer am Nachmittag schlummerte, um Kräfte für seine nächtlichen Abenteuer zu sammeln. Sein Glück, nach langer Zeit völliger Abstinenz wieder das geliebte süße, in unerreichbare Sphären entschwundene alkoholische Getränk schlecken zu können, war unüberseh- und -hörbar. Ich wiederum betrachtete in Gedanken versunken die aufsteigenden Perlen der »Witwe Clicquot«, während ich an meinem schön geschliffenen Glas nippte. Poldi mit seinem Faible für die Aristokratie hatte die alten, mit Monogramm und Krone gezierten Sektkelche einst im Wiener Dorotheum erworben. Ich schenkte mir und Murli, der mich aus großen grünen Augen flehentlich ansah, ein paar Mal nach.

Wehmütige Melancholie breitete sich in mir aus, ich fühlte einen Stich in meiner beschwipsten Brust. Eigentlich sehr nobel von Leopold, mich derart großzügig zu versorgen. Meine Gedanken an den Verblichenen grenzten fast an Nostalgie, und ich beschloss sein Grab oft zu besuchen, es mit einer teuren, lebensgroßen Steinskulptur – mir schwebte eine klassische griechische Frauengestalt in wallenden Trauergewändern vor – zu verschönern und nurmehr freundlich an ihn zu denken. Hatte ich nicht in der Schule gelernt: »De mortuis nihil nisi bene?« So würde ich es in Zukunft halten.

Gerührt über mich und meine Selbstlosigkeit vergoss ich noch einige Tränen, dann jedoch gab ich mich regelrechten Genussfantasien hin. Was würde ich mir jetzt alles gönnen! Ein neues Auto und Ciao dem alten Puch, Klamotten nach dem Motto »Der Teufel trägt Prada«, Luxus-Reisen an die Traumstrände dieser Welt, tollen Schmuck, eine, zwei oder mehrere Rolex-Uhren in verschiedenem Design, Kosmetik vom Feinsten, Massagen, Gesichtspflege, Liftings groß und klein und und und. Auch der Wiener Tierschutzverein würde bedacht werden. Vor allem jedoch eines: keine widerliche Arbeit mehr!

Im Besitz von genügend Moneten stand mir ein Leben mit erfrischendem Müßiggang und reichlich Selbstverwirklichung ohne Job bevor. Zu abschreckend waren für mich jene abgehärmten Frauen, die knapp vor Geschäftsschluss durch die Supermärkte hetzten, wobei sie vor Nervosität und Überanstrengung gleichsam zitterten. Viele der Armen trugen auch noch ihr eben aus der Säuglingskrippe abgeholtes Kind auf dem Arm. Eile war geboten, denn trotz eines anstrengenden und langen Arbeitstages wartete die Familie daheim auf das Abendessen. Ich wusste, dass meine Einstellung zur weiblichen Doppel-, Dreifach-, Vierfach-Belastung im krassen Widerspruch zum herrschenden Zeitgeist stand. Utopische, verlogene Plakate junger, fröhlicher, schöner – vorzugsweise alleinerziehender – Mütter mit mehreren Sprösslingen und dem Text: »Kinder und Beruf, wir schaffen das, warum nicht?« entlockten mir nur ein müdes Lächeln. Die Sucht der modernen Welt – egal, ob arm oder reich – nach Arbeit und Karriere war meine Sache nicht. Im Gegensatz zu diesen getriebenen Geschöpfen würde ich am Morgen nicht mehr außer Haus hetzen, sondern lange, lange schlafen und mein kontemplatives Leben nach Lust und Laune kreativ gestalten.

13

Zwischen der Ankündigung und der Überweisung des Geldes – alles innerhalb Wiens – verstrichen trotz des Fortschritts der Computertechnik gute zwei Wochen, denn die Versicherung krallte sich an ihren Zaster. Jeder Bote, ob zu Fuß oder zu Pferd, gehbehindert oder altersschwach, hätte den Betrag in dieser Zeit Dutzende Male überbringen können. Dafür erhielt ich fast gleichzeitig mit dem überaus erfreulichen Kontoauszug, den ich nicht müde wurde zu betrachten, das prompte Schreiben eines Finanzberaters aus der Zentrale meiner Bank.

Sehr verehrte, liebe Kollegin!
Der tragische Tod Ihres Gatten hat uns tief bewegt. Die Commerzbank als Ihr Arbeitgeber hat mich als diplomierten Berater für Asset-Management beauftragt, Ihnen in dieser schweren Lage – sofern Sie es wünschen – mit Rat und Tat zur Seite zu stehen. Für eine erste unverbindliche Besprechung Ihrer finanziellen Angelegenheiten scheint der Rahmen eines Abendessens passend. Ich möchte Sie herz-

lich einladen und schlage das Restaurant »Roma« im 1. Bezirk vor. Welcher Tag wäre Ihnen angenehm?

Mit kollegialen Grüßen
Ihr Florian Schmid

Unverzüglich klickte ich den Namen des Herrn in der internen Personalliste meiner Bank an: Mag. Florian Schmid, Kundenbetreuer, Fachbereich Aktien und Anleihen, Privat- und Geschäftskunden.

So kam es, dass ich mich an einem Donnerstagabend in ein neues hellblaues Dior-Kostüm zwängte. Es saß etwas knapp. Mein Bauch quoll über den engen Bund, denn als Folge von Müßiggang und Wohlleben mit erlesenen Speisen hatte sich ein weiterer Speckgürtel um meine Taille gelegt. Gegen etwaige Abendkühle legte ich ein schwarzes Kaschmircape bereit. Amüsiert gedachte ich meines orangenen Alpaka-Mantels. Ich hatte ihn schon längst zu Putzlappen zerschnitten, die sich im Übrigen als sehr saugfähig erwiesen.

Vorsichtig zog ich hochglänzende und hochpreisige »Wolford«-Strümpfe der Marke »Satin Touch« an, schlang das neue Täschchen mit der markanten Prägung »Prada« über die Schulter und fand mich zur vereinbarten Stunde im »Roma« ein. In dem italienischen Lokal der gehobenen Preisklasse verkehrten biedere Bürger; es war beileibe kein In-Lokal.

»Gnädige Frau, ich freue mich sehr!« Die Begrüßung des auf die Verwaltung meines Vermögens erpichten Vertreters der Commerzbank, der mich mit Handkuss empfing, hätte nicht charmanter ausfallen können. Während wir dem Kellner zu unserem reservierten Tisch in einem holzgetäfelten Alkoven folgten, musterte ich meinen Begleiter unauffällig aus raffiniert betonten blau geschminkten Augenwinkeln: Groß und schlank, ca. vierzig Jahre, dunkle Haare, grüne Augen, teures Outfit, kein Ehering, breite Schultern, schmale Hüften, schöne, männliche Hände.

Bei Prosecco, Prosciutto di Parma und Risotto con Funghi – einem Gericht, das mir Kollege Schmid als passionierter Pilzesammler und, wie er verschämt gestand, Hobbymykologe wärmstens empfahl – sowie Fegato Veneziano, alles begleitet von einem Monfernato Rosso aus den Kellereien der Villa Antinori, plauderten wir locker: über unsere Arbeit, das Bankengeschäft, die schwierige Wirtschaftslage und wie schön das Leben in Wien sei. Schön, aber doch auch teuer! Immer wieder traf mich ein bewundernder Blick, der mir trotz seiner Durchsichtigkeit schmeichelte.

Dann erwähnte der geschulte Profi die Notwendigkeit, für unser, wie er scherzend meinte, sauer verdientes Geld – er wusste zum Glück nicht, wie sauer in meinem Fall – einen sicheren Hafen zu finden: »Gerade jetzt sind die Zeiten mehr als günstig, die Fonds steigen unaufhörlich, und wir bieten, wie Sie ja selbst am besten wissen, erstklassige Finanzprodukte an.« Nach weiteren Worten über sichere, ja todsichere Anlagen mit großem Erfolgspotenzial und minimalem Risiko nahm das Gespräch wieder eine scherzhafte, belanglose Wendung. Ich formte meine Meinung, während seine Blicke, wie mir schien, unauffällig an meinem Körper auf und ab glitten: ein sympathischer, unaufdringlicher, durch und durch seriöser Mann. Auf jeden Fall war es ein angenehmer, mit leichter Erotik geschwängerter Abend!

Wir vereinbarten einen Termin für einen ernsthaften »Business-Talk«. »Vielleicht in der Nähe Ihrer Bankfiliale? Ich darf Sie anrufen!« Warum soll ich mich diesem profunden Kenner der Finanzwelt nicht anvertrauen?, überlegte ich. Immerhin standen zwei Millionen Schilling – und zwar meine – zur Disposition, die anscheinend noch vermehrt werden konnten! In Gedanken überschlug ich meine Lage und stellte eine Art »Milchmädchenrechnung« auf, die ein Finanzmanager sicher verachtet hätte: Also, die Reparatur der kaputten Dachrinnen würde mich Geld kosten. Dann wollte ich mir eine Wellness-Oase einbauen lassen. Der Tierschutzverein bekam auch eine größere Spende. Bei mir selber mochte ich auch nicht sparen – persönlicher Luxus musste sein. Wie viel sollte ich dem Mag. Schmid geben? Ich rechnete gewissenhaft. Und schließlich würde ich mich an die Börse wagen – dazu war Kapital nötig!

Schon lange hegte ich den sehnlichsten Wunsch, mit Aktien, Optionen, Futures und Derivaten zu spekulieren, ganz wie die smarten und reichen Finanzhaie, über die ich immer wieder las. Dass ich als kleine Bankangestellte von der großen, gefährlichen Finanzwelt, die nie bis in unsere Vorstadtfiliale vorgedrungen war, wenig, nein, eigentlich gar nichts verstand – die Weiterbildungskurse, zu denen mich mein Arbeitgeber genötigt hatte, hatten sich auf Basiswissen im Umgang mit Computern beschränkt –, störte mich nicht im Geringsten. Im Gegenteil, ich sehnte mich nach einem heimlichen Zockerleben! Heimlich deswegen, da ich meinem »Personal Manager« – im Innersten hatte ich mich schon dazu entschlossen, den größten Teil meines Vermögens in Florian Schmids sicherem Hafen anzulegen – nicht in meine Pläne einweihen wollte. Nichts fürchtete ich mehr als überhebliche Ratschläge, herablassende Warnungen und schlecht verhüllten Spott. Das zarte Zocker-Pflänzchen sollte gedeihen und nicht vernichtet werden!

Dies alles ging mir durch den Kopf, während mich Mag. Schmid zu meinem durch diverse missglückte Parkmanöver leicht verbeulten uralten Volkswagen-Käfer begleitete. Etwas verlegen stieg ich ein. Kurz überlegte ich, ob ich nicht eine Erklärung für das armselige Vehikel abgeben sollte. Doch mir fiel nicht ein, wie ich auf ungezwungene Art und ohne Prahlerei, quasi nebenbei, hätte mitteilen können, dass der zu meinem Reichtum eher passende schwarze Jaguar XJ6 4,0 mit stolzen 310 PS zwar bestellt, aber noch nicht geliefert worden war.

Zu Hause studierte ich die Studienangebote des WIFI, des Wirtschaftsförderungsinstituts der Stadt Wien, dann inskribierte ich kühn den Lehrgang: »Futures und Optionen I«. Lächerlich verzinste Sparbücher oder mündelsichere Anleihen reizten mich nicht. Ich suchte das Abenteuer – alles oder nichts.

Wenig später kündigte ich meinen Posten mit Pensionsberechtigung bei der Commerzbank, kassierte die mir zustehende Abfindung und zog mich, wie geplant, ins Privatleben zurück. Mag. Schmid traf ich sehr häufig. Ich stellte ihm eine Vollmacht aus, mit der ich ihm die uneingeschränkte Verwaltung von zwei Dritteln meines Vermögens übertrug. Als ich bei der Beglaubigung der Unterschrift einen Personalausweis vorlegen musste, litt ich Höllenqualen. Nein, nicht wegen des Risikos! Ich schämte mich, mein wahres Alter von nunmehr stolzen fünfzig Jahren einzugestehen, es sozusagen amtlich preiszugeben. Der Freund, Börsenguru und Mann von Welt, reagierte souverän. Er nahm die zwölf Jahre, die uns trennten, kopfschüttelnd zur Kenntnis, wobei er leise zu sich selber sagte: »Das hätte ich niemals für möglich gehalten. Sie sieht viel jünger aus!« Erst später wurde mir klar, dass er meine persönlichen Daten schon lange gekannt hatte.

Im Café Dommayer, bei »Mario« oder einem netten Bummel erläuterte mir mein Berater seine raffinierte Anlagestrategie, die mich von der reichen zur noch reicheren Frau machen sollte. Ganz wie einst mit dem seligen Poldi spazierte ich durch die farbenfrohen Blumen-Parterres des Parks von Schloss Schönbrunn – nun allerdings an der Seite eines attraktiven Mannes. Das Schicksal hat es endlich gut mit mir gemeint, frohlockte ich, als wir zum Bassin des Neptun-Brunnens kamen, wo sich die Sonne im Wasser spiegelte und der von Nymphen umringte, mit dem Dreizack bewehrte Meeresgott wie einst in seinem Muschelwagen thronte. Vor fünfundzwanzig Jahren habe ich da mit Poldi Kaffee getrunken, erinnerte ich mich beim Anblick der Gloriette. Wie dumm man doch in seiner Jugend ist. Ich hab' wirklich geglaubt, dass in dem armen Wurm das Zeug zum Bestsellerautor steckt.

Die mir seit Jahrzehnten bekannten barocken Gärten, die dichten, mit Statuen gesäumten Laubengänge, die lauschigen versteckten Rondos, die plätschernden Brunnen und künstlichen Ruinen, alles erschien mir wie verzaubert. Selbst das Gelb der Schlossfassade erstrahlte in neuem, glänzendem Licht. Dank der Belehrungen des seligen Poldi wusste ich, dass die leuchtende Farbe auf Kaiserin Maria Theresia zurückging. Diese ließ 1752 den in Rosa und Blau gehaltenen Palast auf jenes warme »Schönbrunner Gelb« umstreichen, das international Furore machte und bis zum heutigen Tag gern verwendet wird.

Was für eine erstaunliche Frau, diese Kaiserin! Wie hatte sie sich mühelos in einer Männergesellschaft durchgesetzt, siebzehn Kinder zur Welt gebracht und ein Riesenreich beherrscht, ging mir durch den Kopf.

Da sollte es mir doch möglich sein, wenigstens bescheidene Erfolge zu erringen! Wie eine adelige Dame aus einer versunkenen Epoche schritt ich an der Seite meines Kavaliers, dem, wie ich voll Befriedigung sah, sogar junge Mädchen interessierte Blicke zuwarfen, durch die langen, zu kunstvollen Dächern geschnittenen Baumreihen.

Es störte nicht, dass kichernde, stets in Gruppen auftretende japanische Touristen wie wild fotografierten, sich mit seltsam schlurfendem Gang auf den kiesbestreuten Wegen fortbewegten und manchmal zum Gruppenbild auf einer der kunstvollen Parkbänke Platz nahmen. Florian Schmid und ich entdeckten auf diesen magischen Spaziergängen viele Gemeinsamkeiten, wir diskutierten über Gott und die Welt. »Ich glaube schon, dass es einen Schöpfer gibt, der unsere Geschicke lenkt. Sonst wären wir heute nicht hier!«, gab mein Freund zu bedenken, wobei er mich bedeutungsvoll ansah. Dann erklärte er mir mit einem Anflug von Verlegenheit, dass er mit jungen Mädchen nur schlechte Erfahrungen gemacht habe. Sie seien unreif, arrogant und dumm. Sie machten ihn nervös.

Bei seiner Erzählung, wie er die Katze seiner Eltern nach einem Unfall betreut hatte, kamen mir die Tränen. Es wurde mir warm ums Herz: »Ein Autoraser hatte sie angefahren. Sie schleppte sich mit Abschürfungen, einem gebrochen Bein und einer zerbissenen Zunge nach Hause. Ich brachte sie zum Tierarzt, der sie versorgte und operierte. Danach habe ich mehrere Nächte neben dem Kisterl der Katze geschlafen.«

Wir formten eine Seelenfreundschaft, die in eine traumhafte Beziehung überging. Berührte Flo, wie ich ihn bald nannte, ganz zufällig meinen Arm, durchrieselte es mich wie elektrisiert von Kopf bis Fuß. Hörte ich seine männlich-tiefe Stimme am Telefon, schwebte ich im siebenten Himmel. Wenn von meinen Finanzen die Rede war, hörte ich nur zerstreut hin. Die geringsten Komplimente sog ich jedoch gierig auf. Zum ersten Mal in meinem Leben hatte ich mich verliebt, litt die Qualen einer Liebenden, die ich bis dahin nur aus der Literatur gekannt hatte, und suchte diesen Zustand krampfhaft zu verbergen. Bald trafen wir uns auch an Wochenenden, wanderten viele Stunden in der Nähe des Dorfes Kaltenleutgeben, wo schon Mark Twain Erholung suchte, saßen auf moosbedeckten Steinen in den einsamen Nadelwäldern. Florian zuliebe und unter seiner Anleitung lernte ich den Unterschied zwischen Speise- und Giftpilzen. Erstere wusste der passionierte Hobbykoch nicht nur raffiniert zuzubereiten, er lagerte sie auch ein, um damit die Wintergerichte zu verfeinern. Meist kehrten wir am frühen Abend, kurz vor Einbruch der Dunkelheit, bei einem Heurigen ein. Wenn wir in Perchtoldsdorf, der schönen mittelalterlichen Kleinstadt vor den Toren Wiens, im idyllischen, blumengeschmückten Garten beim »Zechmeister« an einem der grünen Heurigentische saßen, Wein tranken und Flo mir in die Augen sah, konnte ich die wunderbare Wendung meines Schicksals kaum fassen.

Eine große Freude war für mich in jener Zeit auch der Kurs am WIFI, den ich zweimal wöchentlich besuchte. Er stand unter der Leitung des witzigen Mag. Gierer, einst Analyst einer renommierten Wiener Bank, nunmehr privater Finanzberater und Lehrbeauftragter, der freimütig seine eigenen Misserfolge bei Spekulationen eingestand: »Und am nächsten Tag is dann der Dollar g'falln!« Von ihm wurde ich mit zehn anderen Amateurzockern mit mehr oder weniger Praxis über die schillernde und tückische Börsenwelt aufgeklärt. »Warum, glauben S', erfinden die Geldinstitute immer neue Anlageprodukte? Weil s' so gscheit sind? Na, na! Nur um Ihnen Sand in die Augen zu stran. Denen geht's nur um den Ausgabeaufschlag, die Verwaltungsgebühren und Nebenspesen. Ob des Papier was bringt oder net, ist denen wurscht! Sie wern immer draufzahln!« Gebannt lauschten wir dem Meister, es fiel uns wie Schuppen von den Augen! Lustige Anekdoten aus dem Finanzmilieu, einem wahren Eldorado für Groß- und Kleinkriminelle, belebten die Lektionen. Der Taschenrechner machte mir nur anfangs Schwierigkeiten, bald jedoch konnte ich die Rechenbeispiele für Gewinn, Verlust, Margen und Renditen mühelos lösen.

Nach dem Unterricht eilte ich nach Hause, setzte die Lesebrille auf, warf meinen neuen Personalcomputer an, loggte mich in mein Portefeuille ein und setzte meine Kenntnisse um. Ein Mausklick, und schon war ich online dabei. Wild »tradete«, kaufte und verkaufte ich also, was das Zeug hielt: Aktien von Banken, Futures auf Öl und Kakao, Gold und Devisen. Die Spekulation mit unbekannten Titeln des aufstrebenden chinesischen Marktes lockte mich besonders. Ebenso zogen mich kleine, innovative südkoreanische Software-Firmen magisch an.

Ich erwarb auch das von Mag. Gierer empfohlene Magazin »Der erfolgreiche Zocker«, schlug es auf und lachte über den Bericht von einem Experiment. Hatte man im alten Griechenland das Orakel von Delphi befragt und zweischneidige Antworten erhalten, so beschritt die Finanzwelt nun anscheinend ähnliche Wege. Man stattete Schimpansen mit Darts aus und ließ sie auf eine Tafel mit Firmennamen schießen. Bald verging den Profis das Lachen. Zur Verblüffung der Fachwelt erzielten die Affen eine ausgezeichnete »Performance«. Sie wählten lukrativere Aktien aus als gewiefte, jahrelang an Charts und Analysen geschulte Banker. Den Herren und Damen im Nadelstreif dürfte es nur geringen Trost bereitet haben, dass sie mit den Schimpansen 98% ihrer Gene teilten, also nah mit ihnen verwandt waren.

Nach der Lektüre des Artikels wusste ich selbstverständlich, was zu tun war. Mittels ausgesuchter Leckerbissen – »Incentives« oder »Boni«, wie das bei uns Profis heißt – sicherte ich mir die freudige Mitarbeit eines Experten. Ich schrieb eine Anzahl börsennotierter Titel auf ein kariertes Blatt Papier, jede Firma in ein

Kästchen, legte dieses auf den Boden, tauchte Murlis Pfoten in eine – selbstverständlich unschädliche – Lebensmittelfarbe und animierte ihn zu einem Spaziergang über die Aktienlandschaft. Dies stellte eine Notlösung dar, denn mir war ganz klar, dass Murli den Umgang mit Darts verweigern würde. Die vom Kater markierten Titel erwarb ich ohne Widerspruch. »Murli, solln wir wirklich China Mobile kaufen? Und Anteile australischer Goldminen? Na ja, wenn du meinst!« Murli wurde ein versierter, sehr erfolgreicher, etwas eingebildeter Börsenspekulant. Für jeden Gewinn erhielt er, wie bei Finanzgeschäften üblich, ein Erfolgshonorar, das Menschen oft, Tiere jedoch stets in Naturalien beziehen. Bald trug mein Mitarbeiter ein mit glitzernden Steinen verziertes Halsband, dessen Echtheit er nicht weiter hinterfragte. Er ruhte in einem mit einer Kaschmirdecke ausgeschlagenen Luxus-Körbchen. Für müßige Stunden stand eine mechanische Spielmaus bereit. Gourmetmenus vom Feinsten bewirkten, dass er sich bald über die Charts mehr wälzte als ging.

Vor Flo hielt ich mein aufregendes Hobby, dem ich täglich viele Stunden widmete, geheim. Ich dachte daran, ihn eines Tages mit meinen gar nicht so bescheidenen Amateurerfolgen zu überraschen. Vielleicht würden wir sogar lachend unsere Gewinne vergleichen.

14

Dem schönen Hochsommer folgte ein ebensolcher Frühherbst. Es war die glücklichste Zeit meines Lebens, und ich stellte mich, da sich, wie ich mir verschämt eingestand, Weiteres anzubahnen schien, mit einer gewissen lustvollen Gier auf ein romantisches Abenteuer und einen in der Diktion der modernen Zeit als »Lover« bezeichneten Mann ein. Dabei war mir etwas bang zumute. Erstaunlicherweise konnte ich die Nachwirkungen meiner konservativen, prüden Erziehung selbst im reifen Alter nicht abschütteln.

In meiner Kindheit hatte auf jedem Bild, jedem Wort, das sich nur irgendwie auf den Liebesakt bezog, ein Bann gelegen. Man empfand es als unanständig, wenn sich ein Paar auf offener Straße küsste. Schon im zarten Alter warnten mich meine Eltern vor einem Schicksal »in der Gosse«, wie sie es bezeichneten. All dies verlieh dem Tabuthema Sexualität unwiderstehlichen Reiz. Ich erlauschte und vernahm vieles, was nicht für meine Ohren bestimmt war, und tauschte mein Wissen mit Gleichaltrigen aus. Trotzdem glaubten wir, meine Freunde aus der Schlossergasse 14 und ich, lange an das geheimnisvolle Wirken der Störche.

Meine und Mizzis sexuelle Aufklärung fand dann auf dem Dachboden der Schlossergasse 14 statt, wo allerlei Gerümpel lagerte, das wir neugierig in Augenschein nahmen. Neben einem hübsch bemalten, etwas wackeligen Schaukelpferd entdeckten wir eines Tages auch ein altes medizinisches Lexikon. Aufklappbare Tafeln erklärten uns, die wir natürlich unsere Eltern nie nackt gesehen hatten, anschaulich und in Farbe den Unterschied zwischen Frau und Mann. Nach diesem vielversprechenden Anfang gab es kein Halten mehr. Wir schlugen bei aufgeschnappten Stichwörtern nach, komplettierten unser Wissen und gaben es – im Austausch gegen ein Mickymaus-Heft und ein gemischtes Eis mit Vanille und Schokolade – an interessierte Freunde weiter.

Seit jenen fernen Tagen hatte sich in unserer Gesellschaft ein vollständiger Wandel aller Werte und Tugenden vollzogen. Tabus gehörten der Vergangenheit an. Ich stellte mir daher die Frage: Wie konkret durfte, beziehungsweise konnte ich meine Sexabsichten äußern? Oder sollte ich einfach nur abwarten? Vollkommen »out« auf diesem Gebiet – meine miesen Erfahrungen mit Poldi zählten nicht in diesem Spiel –, »gab ich mir«, wie es nun hieß, voll Vorfreude Reportagen über Liebe & Männer. Lifestyle-Magazine – und nicht, wie man meinen könnte, Pornohefte – informierten mich ohne Scheu über One-Night-Stands, Quickies an Hauswänden, oralen Sex sowie Orgasmen und öffneten mir die Augen für eine neue, fremde und rohe Welt.

Mein Gott, was gab es da alles, das mir entgangen war! Ich lernte begierig. Direkte Äußerungen, in der Art von »Willst du mit mir Sex?« sollte ich eher unterlassen, weil das unerotisch sei. Es törne nicht an – was immer man damit meinte. Besser sei es, nonverbal vorzugehen, klare, aber diskrete Signale zu senden. Nicht den Blick zum Hosenschlitz wandern lassen oder gar dorthin greifen, sondern Augenkontakt suchen. Eine für mich unnütze Ermahnung. Florians Hose zu mustern hätte mir mein Schamgefühl nicht erlaubt, alles darüber Hinausgehende auch nicht. Lächeln, wie beiläufig seinen Unterarm streifen, dies ja. Urinstinkte beachten! Der Mann fühle sich nämlich in der Rolle des Jägers wohler als in der des Gejagten – kein Problem für mich!

Viele radikale Feministinnen widersprachen jedoch ihren gemäßigten Geschlechtsgenossinnen. Von den harten Girls erfuhr ich, dass es neuerdings sehr wohl zum guten Ton gehörte, einen Arbeitskollegen ganz beiläufig zu fragen: »Soll ich dir in der Mittagspause so zwischen eins und zwei einen blasen?« Sie plädierten für Sex zwischen den Regalen des Supermarkts: »Besorgst du es mir hinter den Teigwaren bei den Gummibärlis?« Sie empfahlen stumme One-Night-Stands. Ja, warum denn?, begehrte ich auf. Warum sollte man in dieser Situation nichts reden?

Überhaupt herrschten strenge Regeln: »Die Reihenfolge einhalten – vorstellen, kennenlernen, Bett.« Das klang logisch, aber doch eher wie die Vorbereitung eines Ringkampfes. Umso mehr, als rückständige Männer die totale sexuelle Emanzipation anscheinend nicht begriffen. Noch immer stellten sie die irrelevante infantile Frage, gegen wie viele Ex-Lover sie im Bett »anzutreten« hätten. Derartige Blödheiten lasse man unbeachtet und unbeantwortet, lautete der Ratschlag der modernen Amazonen. Ich vernahm, dass man durch männlichen Schweißgeruch »an- oder abgetörnt« werden konnte. Ekelte man sich vor Ausdünstungen und wünschte sich einen sauberen Mann im Bett, wurde zu einem eleganten Schachzug geraten: »Solltest du dich noch frisch machen wollen – hier ein Handtuch!« hieß es dann. Außerdem wäre es Mode, am ganzen Körper haarlos zu sein.

Auch das sollte kein Hindernis sein! Ich unterzog mich, obwohl es mir sehr unangenehm war, einer radikalen Body-Rasur, während der ich voll Angst, hässlich, alt und altmodisch zu sein und nicht mehr mithalten zu können, vor mich hin sinnierte: Hatten sich die Wünsche der Frauen seit meiner Jugend wirklich so drastisch gewandelt?

Die grundlose Verwendung unflätiger Ausdrücke entsetzte mich, bis ich lernte, zwischen den forschen Zeilen zu lesen. Verblüfft merkte ich: Es hatte sich rein gar nichts geändert. Die verschämten »Liebesbeichten« meiner Jugend hießen nun »Intim-Protokolle«. Statt Damen outeten sich nun Mädels und dies in einer Art, die mir die Schamröte ins Gesicht trieb. Ich bin halt nicht »in«, das muss ich überwinden!, tadelte ich mich für meine bedauerliche Schwäche. Man sprach nicht, sondern »talkte« über die große Liebe. Romantische Gefühle jeder Art waren dabei »out«.

Trotzdem begriff ich bald: »Nicht nur für eine Nacht!«, die frühere Absage an sexlüsterne Männer ohne feste Absichten, hieß nun, leicht idiotisch formuliert: »Ich will, dass ein Mann mit der kompletten Packung von mir schläft, nicht nur mit meinem Körper!« Sprach das »Blatt für die Hausfrau« einst verschämt von »Erfüllung«, »großer Liebe« und »Wie erobere ich einen Traummann?«, so lautete dies nun: »Richtig guten Sex hat man nur, wenn man ein eingespieltes, aber nicht routiniertes Paar ist!«

Wie unerotisch. Kein Wort von Scham, von Sünde, keine Verbote, keine Tabus, deren Bruch reizte. Nun riss man sich anscheinend nach einer – selbst bezahlten – Tasse Kaffee im Hinterzimmer oder auf der Toilette eines Lokals für einen Quickie die Kleider vom Leib, betrieb – nach Gebrauchsanweisung – oralen, analen oder sonst einen Sex, um sich nachher wieder nahtlos in den Job zu stürzen. »Liebe und Lust bedeuten Arbeit! Man muss wach bleiben – im Alltag und im Bett!«, lautete die Aussage einer 23-jährigen Psychotherapeutin, die Sex wohl mit schwerer körperlicher Strafarbeit gleichsetzte.

Mich amüsierte, dass die kessen »Lifestylemagazine« ohne Ausnahme und ganz wie die biederen Damenzeitschriften von anno Schnee Tages- und Wochenhoroskope boten. »Sind Sie verliebt?«, las ich unter meinem Sternzeichen, dem des Löwen. »Dann gehen Sie doch aufs Ganze. Jupiter prophezeit Glück in der Liebe und im Spiel.« Ein gutes Omen! Geradezu maßgeschneidert für mich! Auch Ratschläge für die gute Küche fehlten nicht. Kein lustvolles Sex-Abenteuer ohne ein Rezept für Kalbsbraten mit Beilagen im Kerzenschein, kalorienarme Gerichte zum »Slimmen« oder die Empfehlung, die Haare nur nach den Mondphasen zu waschen und den Lauf der Gestirne beim Gießen der Blumen zu beachten. Eigentlich doch sehr bieder, die ultramoderne Welt der Girls.

Verwirrt von den rasch wechselnden Sitten und Gebräuchen erlitten meine hochfliegenden romantischen Träume einen Dämpfer. Im Zwiespalt der Gefühle bedauerte ich, mich bei niemandem aussprechen zu können. Eine ehemalige Kollegin vorgeschrittenen Alters, von der ich wusste, dass sie ihren Mann regelmäßig betrog, meinte auf meine zaghaften Andeutungen: »Nur im Finstern, im Finstern, sonst geht gar nichts mehr!« Und meine Kosmetikerin, mit der ich in der Hoffnung, von fremden Erfahrungen zu lernen, die vielen Affären prominenter Mitbürger erörterte, während sie die Falten in meinem Gesicht mit einer Pflegemaske zu glätten suchte, sagte emotionslos: »Na ja,

Sie wissen eh, auf dem Gebiet san die Männer jo wie die Tiere!« Ich suchte sogar eine bekannte Sexologin auf, die mich gegen gutes Geld in den Techniken des Geschlechtsverkehrs unterwies. Frau Dr. U. lehrte mich Atemübungen, verbunden mit der, wie sie es nannte, doppelten Beckenschaukel zur Erhöhung der Lust. Es war eine keineswegs billige Lektion, die ich als höchst ordinär und wenig hilfreich empfand. Das Gute dabei war nur, dass ich, während ich den komplizierten Anweisungen der Frau Dr. U. folgte und alle möglichen Verrenkungen durchführte, den Vorsatz fasste, regelmäßig Body-Work zur Straffung meines Körpers zu betreiben.

Im Übrigen harrte ich neugierig, etwas ängstlich, aber doch erwartungsfroh der kommenden Dinge. Da ich auch »Sir«, dessen Betreuung mir zugefallen war, selbstverständlich nicht mit solchen Problemen belästigen konnte, fand ich in meiner Not den Weg zu Poldis Grab. Dort nahm ich auf einer Bank Platz, beobachtete die im Wind schwankenden Zypressen und sinnierte traurig vor mich hin. Menschen kamen und gingen. Sie waren meist schon alt, zittrig, oft auch verwirrt, hatten Blumen bei sich und füllten an der Wasserleitung Gießkannen. Zu meinem Erstaunen ertappte ich mich, wie ich mangels Gesellschaft – denn Mizzi mied mich weiterhin – dem Toten ausführlich von dem sich rapide anbahnenden Abenteuer erzählte.

Reue über das Vergangene empfand ich nicht. Doch der Gedanke keimte in mir, dass vielleicht alles anders gekommen wäre, hätte Poldi mit mir jemals ein vernünftiges Gespräch geführt. Vollkommen durcheinander, schloss ich meinen Monolog: »Und was soll ich jetzt tun?«

Meine Verwirrung hatte ihren Grund. Drei Wochen nach unserer ersten Begegnung hatte mich »Flo« in der schummrigen »Sky Bar« hoch über der Kärntnerstraße, nach einem Bericht über erfreuliche Zuwächse in meinem Bankdepot und dem vierten Drink, plötzlich an sich gezogen und mich mit einer Leidenschaft, die mir fremd war und die auf mich fast unanständig wirkte, geküsst. Mit pochendem Herzen und starken Kopfschmerzen war ich nach Hause zurückgekehrt.

In meiner Aufregung hatte ich sogar das allabendliche Ritual des Bürstens von Murli vergessen, der in dieser Zeit vollkommen in den Hintergrund trat. Nachbarn klagten, dass er während meiner häufigen Abwesenheit auf fremden Grundstücken herumstreunte und dort, auf dem Gartenzaun balancierend und aus sicherer Entfernung, von oben herab ihre Hunde verhöhnte und bis zur Weißglut reizte – viele der Behüteten und schon sehr Betagten erregten sich derart, dass man um ihr Leben fürchtete. Darüber hinaus balgte sich mein Kater, wie ich zu hören bekam, zu später Stunde unter ohrenbetäubendem Gekreische mit anderen Katzen herum. Ich glaubte den Beschwerden, denn sein lädiertes linkes Ohr und andere kleine Verletzungen bezeugten, dass Murli zusehends zum kampferprobten Straßenkater verwilderte.

Es war an der Zeit, sein Leben wieder in sanftere Bahnen zu lenken und auch gleich mich selbst zu beruhigen. Dazu würde sich die in den Tageszeitungen angekündigte Tiersegnung hervorragend eignen. »Gläubige katholische Tierhalter haben am 4. Oktober die Gelegenheit, ihren animalischen Begleiter vor dem Wiener Stephansdom segnen zu lassen«, hieß es. »Tiere sind ein Teil der Schöpfung, die uns Gott anvertraut hat«, verkündete der Dompfarrer von St. Stephan, der sich nicht nur als Hirte zweibeiniger Schäfchen verstand, sondern auch ein Herz für alle Vierbeiner bewies. »Da, lieber Murli, geh'n wir hin!«, versprach ich dem Kater. »Stell dir vor! Sie schreiben, dass auf alle Tiere ein Geschenkpackerl wartet!«

Ich kaufte für den Transport ein hübsches, bequemes, mit flauschigem Stoff ausgeschlagenes Körbchen aus Weidengeflecht. Am Tierschutztag, dem Namenstag des hl. Franz von Assisi, machten wir uns um vier Uhr nachmittags auf den Weg zum Domplatz. Ich im dunklen Kostüm, Murli, dem festlichen Anlass entsprechend, mit roter Halsschleife. Unfreundlich lugte er durch das Gitter seines Korbes.

Als wir an der Hofburg vorbeigingen, hielt ich eine kleine Ermahnung für angebracht: »Weißt du, Murli, dass es hier ›Dienstkatzen‹ gibt? Die verdienen ihren Unterhalt nicht so leicht wie du mit den Aktien!« Tatsächlich hielt die Burghauptmannschaft einige Katzen zur Bekämpfung der Mäuseplage in den unterirdischen Gängen des mittelalterlichen Gebäudes. Im Budget gab es einen eigenen Posten für das Futter der »Dienstkatzen«, wie ihr offizieller Titel lautete.

Beim Singertor des Stephansdoms hatte sich, als wir ankamen, schon eine große Menge versammelt. Ich stellte den Käfig, in dem sich Murli wütend hin und her warf und sich mit Gewalt zu befreien suchte, ab und sah mich um. Hunde aller Rassen, groß und klein, hässlich und hübsch, waren in Begleitung ihres »Frauerls« oder »Herrchens« erschienen. Die meisten saßen artig da. »So benimmt man sich!«, zischte ich dem Kater zu. Ein Mann führte eine sanft käuende Ziege herbei, auch einige Pferde hatten sich eingefunden. Jugendliche mit wilden Tattoos und auffälligen Piercings trugen Ratten und Mäuse unter ihren Anoraks. Von Zeit zu Zeit verrenkten sie sich wie wild, um ihre Lieblinge an der Flucht zu hindern. Dabei hatte die Kirche empfohlen, empfindsame Tiere wie Kaninchen, Hamster, schreckhafte Mäuse und ähnliches Getier daheim zu lassen und an ihrer Stelle ein Foto mitzubringen.

Um fünf Uhr startete die Segnung mit einem Marsch der Gardemusik. Eine Staffel von Polizeidiensthunden zeigte ihr Können. Murli ließ ein abfälliges Fauchen hören. »Segen kennt keine Grenzen«, begann der Dompfarrer seine Ansprache. Dann segnete er mit eigens aus Assisi importiertem Weihwasser die Tiere samt Begleitung. Wieder zu Hause, entließ ich den Kater aus seinem temporären Gefängnis. »Es war eine schöne Zeremonie«, rief ich hinter dem Kater her, der wie ein Wirbelwind im Garten verschwand.

Eines Tages lud mich Flo ein zu einem kleinen Abendessen, keinem »Event«, wie er betonte, in sein Loft im achten Bezirk, hoch über den Dächern Wiens mit Blick auf die City. Er wollte mich seinem Freundeskreis vorstellen und mir sein – sündteures – Domizil zeigen. Er gedachte selbst zu kochen. Im Lift traf ich ein Mädchen: »Flo hat's gut – ich wär auch gern da in Boboville, nicht im asseligen Ottakring!«

Die Wohnung bestand, abgesehen von einem winzigen Schlafkämmerchen, dessen angelehnte Tür ein ungemachtes Bett enthüllte, und einem Wintergarten mit vorgelagerter Terrasse, aus einem einzigen riesigen, fast kahlen, teppichlosen Raum. Gemütlich wie ein steriler Operationssaal, dachte ich sarkastisch. Mittendrin thronte eine monströse, für den Ein-Personen-Haushalt grotesk überdimensionierte Küche aus Edelstahl, die einem gut frequentierten Restaurant zur Ehre gereicht hätte. Dort hantierte der fröhliche Hausherr, in eine bunte Küchenschürze gehüllt und ein Glas Rotwein in der Hand, bei dampfenden Töpfen.

Seine Gäste begrüßten sich überschwänglich mit Küsschen links, Küsschen rechts. Alle kannten einander gut. Sie waren, wie ich gleich sah, viel jünger als ich. Und sie gebärdeten sich auch so, kreischten beim geringsten Anlass schrill auf und lungerten in der in den Wohnbereich integrierten Küche herum, wobei sie »aperölten«, das heißt, Aperol tranken, Alkopops – Whisky mit Fruchtsaft – versenkten oder sich mit den

Worten »Heute ist mir nach Chill-out« als »Cocacoliker« zu erkennen gaben. Man kicherte, als ich einen »Sundowner« wünschte.

Einige der »toughen« Girls steckten in mit wehenden Schals drapierten Minikleidern, riesige »Ethno-Pletschn« um den Hals. An ihren dünnen, teilweise auch dicken Beinen machte ich extreme High Heels aus, in denen sie affektiert über das Parkett klapperten. Allein ihr Anblick brachte meine Überbeine, die ich in flachen, breiten Schuhen kaschierte, schon zum Schmerzen. Andere wiederum trugen warme, kurze Wollkleider mit Stiefeln, die über die Knie reichten. Auch kurze Shirts, kombiniert mit auf den Hüften sitzenden und tätowierte Pobacken enthüllende Hosen gab es zu sehen.

Die jungen Männer, alle mit gesträubten, Gel-gestylten Frisuren – sie erinnerten mich an die Zeichnungen von Max und Moritz aus meiner Kindheit –, gefielen sich in zerknitterten Rollkragenpullovern oder offenen Hemden zu abgewetzten, durchlöcherten Jeans und schweren, erstaunlich sorgfältig geputzten Designerschuhen, vermutlich Statussymbolen. Krawatte trug keiner. Alle wirkten unrasiert. Meine eigene, von einem Push-up-BH unterstrichene und in Zaum gehaltene bürgerliche Eleganz wirkte in dieser In-Szene selbst auf mich komisch. Flo, der meine Unsicherheit nicht zu bemerken schien und den das hektische Treiben um ihn herum nicht beim Kochen störte, reichte mir grinsend ein Glas. Ganz auf mich allein gestellt, lauschte ich den mit grotesken Floskeln gespickten, größtenteils unverständlichen Gesprächen von Mau, Lizzi und Sue, die sie in hysterischem Tonfall mit Gio, Joe und Dido führten, wobei sie sich einer sehr affektierten, dialektlosen Sprache bedienten: »Tagsüber nur Deskfood, macht aggro, super, dass Flo herdet.« Ein häufiger, wohl dem Terroristenmilieu entnommener Schrei lautete: »Das ist Bombe!«

Niemand aus der Gruppe selbstsicherer, betont hochmütiger Jung-Investmentbankerinnen und -banker würdigte mich eines Wortes. Einige musterten mich jedoch schweigend wie ein altes, abstoßendes Insekt, das sich in die Gesellschaft edler Schmetterlinge verirrt hatte. Ich hörte, wie eine der anderen zuzischte: »Die ist aber wirklich kein Burner!« Schließlich fragte mich eine Lea erstaunt, woher ich Flo denn eigentlich kenne. Sie tat dies in der steifen, überhöflichen Art, in der man eben mit alten, etwas schwerhörigen Damen Konversation betreibt. Keiner saß, wie ich es gewohnt war, artig Nüsse knabbernd beim Aperitif in einer Wohnlandschaft, um sich dann auf entsprechende Aufforderung hin zum hübsch gedeckten Tisch zu begeben.

Schließlich seihte Florian die »Pasta« genannten Nudeln ab, rührte die Pilzsauce um und forderte dann unter allgemeinem Gebrüll Lizzi zum Kosten auf. Gespreizt entledigte sie sich der Sache: »Ist eh megahipp!« Dann nahmen die Schrägen und Schicken alle um den großen Holztisch Platz, jemand verteilte ohne Zeremonie Besteck und tiefe Teller, man warf einander die Papierservietten zu, und das Festmahl begann.

Ich zwängte mich zwischen zwei junge Männer, von denen der Dido genannte nur von »Spreads«, »Underlying«, »Swaps« und »Private Commodities« faselte. Er lehnte sich, meine störende Anwesenheit sichtlich bedauernd, gestikulierend über mich hinweg, wobei er seinen Ellbogen fast in mein Essen tauchte.

Der Abend begann in Horror auszuarten, ich fühlte mich alt, müde und ausgestoßen. Dann jedoch machte sich Wut in mir breit, ich sammelte meine Kräfte und nahm den Kampf mit den kindischen jungen Leuten auf. »Und wie war die Performance Ihrer Portefeuilles im letzten Jahr?«, fragte ich Dido, der mich durch sein weiches Kinn und seinen blöde-stieren Blick besonders reizte. »Da habe ich andere Ergebnisse«, meinte ich herablassend, als er mir magere Zahlen nannte. »›Bet and Gain‹ hat allein 500 Prozent zugelegt, und ›Interantibiotics‹ – was sagen Sie zu dem neuen Impfstoff, dessen Zulassung bevorsteht? Haben Sie wirklich nicht auf Euro-Dollar-Zertifikate gesetzt? Auch nicht auf die Brent-Oil Futures von Goldman-Sachs? Und die tollen brasilianischen Staatsanleihen? Ich wundere mich!«

Es wurde still in dem Affentheater. Didos Mund stand offen. »Sie scheinen ein gutes Händchen zu haben«, murmelte er. »Die textet dich aber ganz schön ab, Oider!«, lachte ein Girl. »Oh, fuck!«, antwortete der Angesprochene simpel. Von da an betrachtete man mich mit einer gewissen Scheu, es gab keine frechen Blicke und keine Schwierigkeiten mehr, ich beherrschte die komische Tafelrunde. Als sie sich schließlich nach übermäßigem Alkoholgenuss weit nach Mitternacht auflöste und sich der letzte Gast schwankend verabschiedet hatte, blieb ich zurück. Das schmutzige Geschirr auf dem edlen Küchenblock stank bestialisch, ebenso wie die Teller und die vielen Gläser auf und unter dem Tisch, die einen abstoßenden Geruch verbreiteten. Flo war stark betrunken, ich war es auch. Trotzdem genehmigten wir uns noch Champagner, den wir nackt – ich hatte alles, sogar meinen Push-up abgelegt – auf der (Gott sei Dank stockfinsteren) Terrasse tranken. Beim Hineingehen brachte mich der Kontrast zwischen dem unordentlichen Loft und den pedantisch in Reih und Glied zum Trocknen aufgelegten Pilzen im Wintergarten zum Lachen.

Flo war nicht sehr sauber, er roch auch nicht gut, und das galt ebenfalls für seine grellbunte Bettwäsche. Entgegen den Ratgebern sagte ich nichts von »Frischmachen«. An den eigentlichen Liebesakt fehlte mir später die Erinnerung, er konnte nicht sehr lang und aufregend gewesen sein. Sehr wohl erinnerte ich mich an das knarrende, miese Bett, das mir beim Liegen Kreuzschmerzen verursachte. Die Sehnsucht nach meinem eigenen duftenden Zuhause wurde riesengroß, als der wohlgeformte junge Körper an meiner Seite, der lang ausgestreckt auf dem Rücken lag und mich an den Rand des Bettes drängte, ein mächtiges, in hohe und tiefe Intervalle gegliedertes Schnarchen von sich gab. »Mein Gott, nicht schon wieder!«, entrang sich mir, während ich die gelbe Tapete betrachtete, wo die Lichter des Straßenverkehrs wechselnde Schatten warfen. Ich zählte große und kleine Schafe und sehnte das Morgengrauen herbei. »Ach, wär ich doch daheim!«, seufzte ich.

Glücklich war ich trotz allem. Glücklich, die Liebe eines gut aussehenden jüngeren Mannes errungen zu haben. Das gemeinsame Frühstück, für das ich mich züchtig in den etwas schmuddeligen Bademantel meines Geliebten hüllte, fand in merkwürdig schaler, trüber Atmosphäre statt, die mich etwas enttäuschte. Keine Zärtlichkeit. Flo lächelte melancholisch und sprachlos, fast wie ein Märtyrer. Es gab nur schwarzen Kaffee und Orangensaft: Beides brannte mir im Magen und verursachte mir Übelkeit. »So spät schon, ich muss laufen!« Flos Blicke glitten über den Unrat, dann sah er mich herausfordernd an. »Bleibst du noch?«

Sollte ich das vielleicht für ihn putzen? Lieber nicht, sonst wirkte ich noch wie seine Tante! Ich ignorierte den nicht ausgesprochenen, aber doch manifesten Wunsch. Wir verließen daher die Wohnung gemeinsam, und während Flo nach einem flüchtigen Abschiedskuss ins Büro eilte, fuhr ich nach Hause, nahm mir eine flauschige Decke, legte mich auf die Couch im Wohnzimmer und überdachte die Ereignisse der letzten Nacht. Murli kuschelte sich an meine Seite. Zu mir werde ich ihn nicht einladen können – das ist ihm hier zu bieder!, war mein letzter Gedanke, bevor wir den Tag wohlig verschliefen.

15

Drei Tage später rief mich Flo an. Seine unerwartete Nachricht freute mich sehr. »Du«, meinte er, »ich habe noch Resturlaub, den ich verbrauchen müsste. Die Zeit wäre günstig, es ist ruhig in der Firma! Gönnen wir uns miteinander eine kleine, feine Reise?« Empfand mein kühler »Lover« tatsächlich Zuneigung für mich? »Das wäre wunderbar«, flötete ich entzückt und stürzte mich in die Planung.

Es gab herrliche Ferienangebote. Für die Insel Mauritius im Indischen Ozean warb ein Reiseveranstalter mit den Worten: »Die Vergangenheit war gestern, und was kommt morgen? Hier lebt man jetzt und heute!« Ich sah mich bereits in einem Luxushotel, vielleicht im eigenen Bungalow, faulenzen, schnorcheln, an der Seite meines Freundes in der Sonne und im Bett liegen. Ein Tauchkurs in der riesigen Lagune bot sich an. Hatte nicht die berühmte Regisseurin Leni Riefenstahl diesen Sport im Alter von über siebzig Jahren erlernt und dann zusammen mit ihrem um vierzig Jahren jüngeren Partner Unterwasserfilme gedreht?

Meine Überlegungen schweiften weiter. Eine Luxus-Kreuzfahrt in die Südsee? Eine Rundreise nach Samoa – schon der Name weckte Sehnsüchte in mir –, nach Tonga oder zu den Fidschi-Inseln? »Alles ist möglich« war nicht nur das Motto der Klassenlotterie, sondern auch meines als wohlhabende Frau. Sanfter Luxus, süßes Leben in einem teak-romantischen Kolonialhotel in Thailand, auch nicht schlecht! Dutzende malerische Inselchen der Maledivien lockten mit 2700 Sonnenstunden im Jahr. Eine eklige Note brachte nur die Website des Ministerpräsidenten des Inselstaates ins Spiel. Suchte der Spießer doch allen Ernstes Ausweichquartiere für die Bewohner seiner kleinen Paradiese, welche aufgrund des Klimawandels in naher Zukunft im Meer versinken würden. Ein mieser Spielverderber, vergällt den Leuten ihren romantischen Urlaub, der pessimistische Spinner!

Doch meine Träume von Palmen, Sonne, Meer und Südsee versanken noch schneller als die Malediven, als mein Partner ein unspektakuläres Reiseziel vorschlug: »Ach nein, nicht so weit weg! Ich dachte an D. im Waldviertel. Zum Ausspannen und Erholen genau das Richtige. Ein Insider-Tipp! Und recht nah! Ganz rustikal! Kein Internet, sogar das Handy funktioniert dort, wie ich höre, nur sporadisch. Es ist Relaxen pur, und die heimischen Wälder geben in puncto Pilzen einiges her. Es wird dir sehr gefallen.«

Ich schluckte. Enttäuschung machte sich in mir breit, bis Positives die Überhand gewann. Wollte mir mein Partner, der wusste, dass ich aus dem Waldviertel stammte, vielleicht eine Freude bereiten? So viel Zartgefühl brachte mich fast zum Weinen.

D. war mir, obwohl die Entfernung zu meinem Heimatort nur etwa dreißig Kilometer beträgt, persönlich unbekannt. Das lag daran, dass in meiner Kindheit nur wenige Familien Autos besaßen und selbst nahe Ziele in weite Ferne rückten, sofern keine günstige öffentliche Verkehrsverbindung – hin und retour an einem Tag – bestand. Postbusse verkehrten nur sporadisch, und Ausflüge, die ein Übernachten notwendig machten, zog man aus Gründen der Bequemlichkeit und der Sparsamkeit nicht gern in Betracht. Auch die seltenen Fahrten meiner Familie nach Wien waren stets aufregende, von meiner Mutter sorgfältig geplante Unternehmungen.

So fand sie sich am Vortag der Reise – und zwar um fünf Uhr früh, dem Zeitpunkt der Abfahrt des täglichen Busses – an der Haltestelle ein, gab dem Chauffeur ein kleines Trinkgeld und reservierte für die zweistündige Fahrt am darauffolgenden Tag Plätze in der ersten Reihe. Begaben wir uns mit der Bahn in die Metropole, suchten wir alle knapp vor dem Aufbruch unser Plumpsklo auf. Die Benutzung der tatsächlich immer sehr schmutzigen Zugtoilette hatte meine Mutter streng verboten, Ausnahmen gab es nur in äußerst dringenden Fällen. Wir trugen außerdem Handschuhe und waren mit weißen Leintüchern ausgerüstet, mit denen wir unsere Sitze im Abteil belegten. Die Ermahnungen, während der Fahrt so wenig wie möglich anzufassen, da bei den Österreichischen Bundesbahnen alles verdreckt sei, klang mir noch lang in den Ohren.

D., das Ziel meiner Reise mit Flo, hatte sich bei den Wienern schon in der k. u. k. Monarchie als idyllische Sommerfrische großer Beliebtheit erfreut. Wirkt doch die kleine Stadt auf dem steilen Felsplateau, um das sich ein Fluss schlängelt, wie die Illustration aus einem Bilderbuch. Eine uralte, mit Wachttürmen und Schießscharten vollständig erhaltene Befestigungsmauer, einst trutziges Bollwerk gegen Überfälle aus Böhmen, vermittelt Ritterromantik. Mit dem Fortschritt der Technik war dem Städtchen seine strategische Bedeutung als Grenzbastion verloren gegangen, es versank in Bedeutungslosigkeit. Die daraus resultierende chronische Ebbe in der Stadtkasse hatte den Ort vor jeglicher Modernisierung bewahrt. Gleichzeitig sorgte der Geldmangel auch für die Erhaltung seiner mittelalterlichen Architektur.

Wir reservierten ein Zimmer in der »Schlosspension D.«, wenig später brachen wir auf. Die Fahrt durch die Monokulturen des Weinviertels war lang und öde. Doch als wir uns dem Manhartsberg näherten, wo sich Landschaft und Klima ändern, gratulierte ich Flo zu seiner guten Idee. In der rauen, herben Luft nahe der Heimat meiner Kindheit fühlte ich mich wohl. Die Zeit schien stillzustehen, in die winzigen, ärmlichen Dörfer, die sich in Senken duckten und unter der Abwanderung ihrer Bevölkerung litten, war der Fortschritt noch nicht gelangt.

Es wurde immer einsamer, ruhiger und schöner. Dunkelgrüne Nadelwälder gaben der menschenleeren hügeligen Landschaft ein melancholisches Gepräge und machten den Rest der Strecke zum Fest für die Augen. Auf schmalen, gewundenen Landstraßen erreichten wir das Ziel. Dieses entpuppte sich als riesiges, von Weitem sichtbares Schloss, eine in der Barockzeit umgebaute ehemalige Burg. Wir betraten den dreieckigen, mit unregelmäßigen Steinen ausgelegten kühlen Hof, in dem ein alter Brunnen vor sich hin plätscherte. Es herrschte vollkommene Stille. Erst nach einiger Suche fand sich ein dienstbarer Geist, der uns einen großen Zimmerschlüssel aushändigte. Das Innere des historischen Gemäuers wirkte, als hätte es der hochadelige Schlossherr schon vor Jahrzehnten verlassen und dabei – absichtlich oder unabsichtlich – auf die Mitnahme seiner gesamten beweglichen Habe verzichtet.

Wir bezogen einen Raum, groß wie ein Saal, mit einem riesigen Kachelofen und einer kunstvollen alten Stuckdecke. Um diese zu schonen, hatte man – und das sichtlich auch schon vor geraumer Zeit – Bad und WC in plumpen schrankartigen Verschlägen aus Holz installiert. Das aus verschiedenen Epochen bunt zusammengewürfelte Mobiliar – barocke Truhen, wackelige Biedermeiersessel, hohe, knarrende altdeutsche Betten – war, wie alles in dem herrschaftlichen Bau, von edler Provenienz. Sehr abgewohnt, teilweise unbrauchbar, wie die Radios aus der ersten Phase des Rundfunks, oder unmotiviert, wie die alten Betschemel in den Zimmern, verströmte es Stil und Charme und einen leichten Modergeruch, der uns von der Benützung der Kleiderschränke abhielt. Unzählige, teils wertvolle Ölbilder, überlebensgroße Ahnenbilder in schweren Rahmen, vergilbte Stiche und Zeichnungen verzierten die Wände der Gästezimmer und die langen, mit abgetretenen Läufern bedeckten Gänge, wo Geweihe von der Jagdleidenschaft der einstigen Bewohner zeugten.

Flo ruhte sich nach der anstrengenden Fahrt etwas aus, ich erkundete das verschlafene Städtchen. Was ich sah, entzückte mich: gotische, dicht aneinandergedrängte Bürgerhäuser samt großem Rathaus, gruppiert um einen teils gepflasterten, teils als kleinen Park gestalteten, lang gestreckten Hauptplatz. In der Mitte ein schmiedeeiserner Ziehbrunnen, dessen steinerne Einfassung ein engmaschiges Gitter bedeckte. Dies hatte, wie ich bald merkte, einen guten Grund. Dauerte es doch eine ganze Weile, bis das Echo des Steins, den ich hineinwarf, vom Grund der Talsohle zurückschallte. Ein mittelalterlicher Pranger mit Kette und Steinkugel in der lieblichen Grünfläche erinnerte an die martialische Gerichtsbarkeit vergangener Tage, als man Verbrecher öffentlich zur Schau stellte. In der Ortsmitte erhob sich eine romanische, von mächtigen Pfeilern gestützte Kirche mit ebenso mächtigen Bogengewölben im halb dunklen, kalten Inneren. Alte Grabplatten aus rotem Marmor an den Wänden und im Boden kündeten von längst ausgestorbenen Bürger- und Adelsgeschlechtern. In einem gläsernen Sarg ruhten die in ein vermoderndes Prunkgewand gehüllten Reliquien der hl. Valentina, laut einer vergilbten Inschrift, das milde Geschenk einer frommen Schloss- und Patronatsherrin für ihre Pfarrgemeinde, Souvenir einer Reise nach dem fernen Rom vor über zweihundert Jahren.

Unter dem Steinbogen eines Hauses fiel mir eine Gruppe spielender Katzen auf, die munter durch ein kleines Türchen ein und aus huschten. Als ich näher trat, um die putzigen Tiere zu streicheln, entdeckte ich einen schon etwas verschmutzten Brief, den jemand mit einem rostigen Nagel brutal an das Holztor genagelt hatte. Sein Inhalt nahm mich weiter für D. ein. Schrieb doch der Bürgermeister des Ortes höchstpersönlich und leicht verzweifelt:

Liebe Mitbürger!
Die herrenlosen Katzen werden zur großen Plage. Sie vermehren sich sehr. Manche, wie Frau N., füttern sie auch noch. Es geht so weit, dass sie im Rathaus sogar auf die Stiegen des Sitzungssaals hinmachen. Und das ist nicht schön!

Der Appell enthielt mehrere Rechtschreibfehler, die ein höhnischer Tierfreund mit Rotstift korrigiert und mit einem beißenden Kommentar versehen hatte.

Nach einem Spaziergang auf der idyllischen »Sommer- und Winterpromenade«, die man im 19. Jahrhundert unterhalb der Stadtmauern angelegt hatte, kehrte ich gut gelaunt in unser verträumtes Schloss zurück. Am Abend bot das einzige Wirtshaus des Ortes eine erfreuliche Überraschung: weiß gedeckte Tische, köstliche ländliche Speisen wie Waldviertler Knödel, Schopfbraten, Knoblauchsuppe und Mohnnudeln, dazu eine Fliegenklappe zum Erschlagen lästiger Besucher. Die Konversation der Gäste auf der wunderschönen Terrasse mit weitem Blick über Wiesen und Felder bis zum Horizont ließ uns aufhorchen. Wir hatten ländlichen Dialekt erwartet, hörten jedoch nur gepflegtes Parlieren: über Regieführung, Literaturereignisse und Kongresse für Quantenphysik. Das Rätsel löste sich: »San olle, blede Weaner, de ham die oiten Heiser kauft!«, klärte uns einer der seltenen, mit »Hoizfiren und Hoizschneiden« für den rauen Winter beschäftigten Ureinwohner missbilligend auf. »Aner hat Staner g'suacht, a Deitscher, der is glei dobliebn!« Gemeint war ein Universitätsprofessor der Geologie aus Tübingen. Dieser hatte sich, überwältigt von der Fülle der Fossilien, Muscheln und Haifischzähne, die er in dem vor zwanzig Millionen Jahren am Rande eines Meers gelegenen Gebiet aufspürte, für immer in einem der schönsten Häuser von D. niedergelassen. Überhaupt befand sich der ganze Ortskern, wie wir erfuhren, fest in der Hand »zuagraster Spinner«, die einen Filmclub betrieben und auf der Promenade nebst Hängematten allerlei »Kunst« genannte Objekte aufgestellt hatten. Sie hielten Lesungen ab und benahmen sich auch sonst unverständlich!

Am darauffolgenden Morgen genossen wir bei strahlend schönem Wetter einen der letzten Tage am Fluss und erlebten dabei die »zuagraste« Gesellschaft von D. aus nächster Nähe. Das Buffet auf der Liegewiese betrieb eine höfliche junge Dame, Literatin und Nachfahrin des großen Generalissimus Wenzel von Wallenstein, dem Oberbefehlshaber der kaiserlichen Streitkräfte im Dreißigjährigen Krieg. Sie kochte ausgezeichnet.

Ein pensionierter Hofrat maß stündlich Wasserstand und Temperatur des sanft dahinströmenden grünlichen Gewässers. Die Daten notierte er, ob der Kapriolen des Waldviertler Wetters häufig den Kopf schüttelnd, sorgfältig in einem Büchlein. Kinder tobten auf der Wiese, spielten beim rauschenden Wehr, schwammen und paddelten in kleinen Kanus, betagte Damen in ebenso betagten Badeanzügen räkelten sich auf vergilbten Liegestühlen in der Sonne, Schönheiten in knappen Bikinis belebten das Strandleben – mit einem Wort, das Szenario wirkte wie die filmreife Kulisse zu »Sommerfrische 1950« von Federico Fellini. Es fehlte nur noch die betörende Begleitmusik von Nino Rota. Alle waren heiter und gelöst.

»Was habe ich dir gesagt?«, meinte Flo beifallheischend. »Ist es da nicht traumhaft?« Und es gab, wie er ganz richtig vermutet hatte, in unserer Herberge kein funktionierendes Internet. Ich konnte mich davon selbst überzeugen, als ich den antiquierten, in einem Winkel des Schlosses verborgenen Computer mit der Aufschrift »Eine halbe Stunde – 10 Schilling« benutzen wollte, um den Stand meiner Aktien zu erfahren. Die Münze verschwand klirrend in einer mit einem schweren Vorhängeschloss vor dem Zugriff böser Menschen gesicherter Blechbüchse, doch das Gerät reagierte nicht. Auch das Handy hatte nur sporadisch Empfang. Wir pflegten daher Erholung pur, verzichteten sogar auf Zeitungen. Aber wir machten eine interessante Bekanntschaft, die den Mangel an Publikationen und virtueller Kommunikation vollkommen ausglich.

Ein höflicher, distinguierter, gut gekleideter Herr mit beeindruckendem grauem Cäsarenkopf und blendenden altösterreichischen Manieren, mit dem wir zufällig ins Gespräch gekommen waren, lud uns am zweiten Abend unseres Aufenthalts zu einem Drink in sein Vorgärtlein am Hauptplatz des Ortes. Er war, wie sich herausstellte, die Seele der Wiener Clique von D. In oder vor seiner einfachen, finsteren, aber strategisch günstig gelegenen Wohnung – er hatte das ehemalige Milchgeschäft zu seinem Wochenenddomizil erkoren – hielt er Hof, hieß jedermann bis in die frühen Morgenstunden willkommen und bewirtete alle.

Wir entspannten uns im Schein der untergehenden Sonne auf seiner Gartenbank und gaben die neutralen Beobachter. Hochinteressante, aber exzentrische Typen, lauter großstädtische »Zuagraste«, schlenderten vorbei, setzten sich dazu, blieben ein Weilchen. Ihre mit pikantem lokalem, teils bösartigem Tratsch gewürzten konträren Weltanschauungen – das Spektrum reichte von extrem rechts bis extrem links – entluden die meist akademisch gebildeten Herrschaften in wilden Diskussionen. Cäsar wirkte besänftigend. Uns erzählte er lächelnd, dass er bereits seit seiner Geburt, ja sogar schon kurz davor, die Ferien stets hier in der Sommerfrische verbracht habe. Endgültig dieser romantischen Stätte vieler Kindheitserlebnisse verfallen sei er jedoch, als er in D. eine in der Modebranche tätige attraktive Verehrerin des Philosophen Ludwig Wittgenstein kennenlernte und sie heiratete.

Jeden Nachmittag frequentierten wir das einzige Café des Ortes. Dessen Besitzer, ein junger Mann mit aufmerksamem Blick, war, wie uns schnell klar wurde, kein Freund seiner Mitmenschen. »Na, kochen tua i net für die Leit!« war sein Motto, mit dem er die Speisekarte auf ein Mindestmaß an köstlichen Torten beschränkte. Die Äußerungen seiner Gäste registrierte er genau. Vernahm oder vermutete er nur den Schatten von Kritik an seiner Person oder seiner Geschäftsführung, verwies er sie unverzüglich des Lokals. Dies geschah auch, wie man uns berichtete, wenn sich jemand der Not gehorchend, wie etwa bei einem Wolkenbruch, »ohne Konsumation« in seinem Lokal unterzustellen wagte.

Als passionierter Mykologe fand der Inhaber des »Mohncafés« jedoch an Flo Gefallen. Gnädig erteilte er ihm seinen fachlichen Rat, mich duldete er. Am misstrauischen Aufflackern seiner Augen erkannte ich aber deutlich, dass ich mich haarscharf am Abgrund bewegte, als ich mich harmlos als Waldviertlerin zu erkennen gab und meinte: »Auch meine Mohntorte ist gut, sehr saftig, ich hab das Rezept von meiner Großtante!« – »Wird sitzenblieben sein, Ihr Kuchen!«, erklärte er streitlustig die Saftigkeit meiner Backkunst.

Mein Freund graste nach dem Ratschlag des Cafétiers die Schwammerlplätze der Umgebung von D. ab. Manchmal ging ich mit, oft jedoch blieb ich im Schloss, setzte mich in die tiefe Fensternische unseres Zimmers und las. Oder ich beobachtete die Tennisspieler des örtlichen Clubs und lachte über die Aussprüche des strengen, korpulenten ehrenamtlichen Sportwarts, der seine eigenen Tennisfähigkeiten nur selten unter Beweis stellte. »Jessas, net amal den erwischt er!«, bemerkte er, oder »Net schlecht, gö, Rudi, da schaust!« Oder resignierend: »Rennen muaß ma halt!«

Als wir nach einer Woche heimfuhren, nahm ich mit Bedauern Abschied. D. und seine Originale, egal ob Einheimische oder »Zuagraste«, sagten mir zu. Mir kam es auch vor, als ob sich meine fragile Liebesbeziehung fern den Verlockungen der Großstadt irgendwie gefestigt hätte. Auf jeden Fall hoffte ich, mit Flo recht bald wiederzukommen. Wir könnten uns ein Häuschen in D. mieten und dazugehören. Ich könnte sogar Tennis spielen lernen, träumte ich im Stillen.

Der Empfang am Bierhäuslberg war kühl. Murli, den ich der Obhut einer Nachbarin anvertraut hatte, strafte mich mit tiefer Verachtung. Er drehte sich, als er mich sah, um und zeigte mir den Rücken. Dann ging er demonstrativ auf ein Blumenbeet zu, setzte sich hinein und verrichtete seine Notdurft. »Ist das notwendig?«, tadelte ich ihn sanft.

Voll Neugier schaltete ich meinen »Compi« ein, um die Entwicklung der Börsen während meiner Abwesenheit zu überprüfen. Meine Aktien standen ausgezeichnet – sie hatten beträchtlich zugelegt. Im Allgemeinen ging es den Weltfinanzen jedoch schlecht. Vor allem Asien und Japan schienen in eine Krise zu taumeln, auch Technologiewerte waren abgestürzt.

Im Vertrauen auf Flos Fähigkeiten regte mich dies nicht weiter auf, und ich nahm den lange geplanten Umbau des Abstellraums im Keller zu einer edlen »Wellness-Oase« frohgemut in Angriff. Dampfbad, Jacuzzi, Sauna sowie Infrarotkabine sollten entstehen, und ich genoss die Vorfreude auf den zusätzlichen Komfort in meinem Heim.

Die Überwachung der Arbeiten nahm mich voll in Anspruch. Ein kleiner Rohrbruch führte zu einer mittleren Überschwemmung, deren unerfreuliche Beseitigung Zeit kostete, wie auch der – erfreuliche – Einkauf von elegantem Wellnesszubehör.

»Meine Güte, in welchem Luxus lebe ich jetzt, welch ein Kontrast zu meiner Kindheit!«, sagte ich zu mir. Nur wenige der alten Häuser in W. hatten damals über fließendes Wasser verfügt, geschweige denn über richtige Bäder. Mein Vater pflegte mich manchmal zu belehren: »Auch Goethe lebte nicht anders! Kultur hat gar nichts mit eigenem WC und Bad zu tun! Trotzdem kann man sauber sein. Kommt man nach Hause, wäscht man sich zuallererst im Lavur die Hände!« Wünschte man ein Vollbad, hieß es viele Kübel bei der »Bassena« zu füllen und das Wasser umständlich auf dem mit Holz geheizten Ofen zu erwärmen. Erst dann konnte man den hölzernen Zuber besteigen.

Aufgrund der zeitraubenden Beschäftigung mit meinem modernen »Badetempel« entgingen mir die immer drohender aufziehenden Wolken an meinem eigenen Finanzhimmel, bis, ja, bis zu jenem fatalen Tag, an dem ich in die bei uns einfach »Stadt« genannte City fuhr, um meine Garderobe dem neuesten Stand anzupassen. Bepackt mit Einkäufen rastete ich im Kaffeehaus »Bräunerhof«. Im Allgemeinen ist es dort sehr ruhig, die Leute unterhalten sich gedämpft. Diesmal jedoch störte mich, dass in zwei Logen hinter mir immer wieder Gelächter aufbrauste.

Vorsichtig drehte ich mich um, denn ich glaubte einige mir bekannte Stimmen zu hören. Tatsächlich die jungen Damen und der Mann waren alle aus der Runde von Flos Abendeinladung! Was suchten sie in dem bürgerlichen Kaffeehaus?

Als ich merkte, dass sie über mich, tatsächlich über mich redeten, traten mir fast die Augen aus den Höhlen. Unwillkürlich spitzte ich meine Ohren, obwohl ihre lauten Gespräche nicht zu überhören waren. »Ho, ho«, erklang es. »Erinnert ihr euch an die Alte bei der letzten Fete von Flo? Er managt ihr Vermögen und muss, weil sie so zudringlich ist, mit ihr ins Bett. Sie hat an Narrn an ihm gfressn.« – »Ja«, ließ sich eine weibliche Stimme vernehmen. »Und es soll, wie er sagt, grauslich sein. Sie ist überall rasiert und faltig. Nackert schaut sie aus wie ein hässliches altes Huhn.« – »Aber ist er denn nimmer mit der Kathi?« – »Schon, aber heimlich. Ihr wisst, er hat das Geld der Alten auf Yen-Hausse gesetzt. Alles, ohne Asset Allocation! Ist nimmer viel übrig. So opfert er sich halt. Kostet den armen Flirtspecht viel Überwindung. Aber was tut man nicht alles für den Job!« Ein tiefes Seufzen bemitleidete das Opfer seines Berufes. »Ist wirklich alles weg?«, fragte eine männliche Stimme ungläubig. »Weiß es nicht genau, glaub aber schon!«, ließ sich ein anderer vernehmen.

Ich wurde starr vor Schreck und Scham. Kälte stieg in mir auf. Leise rief ich den Kellner, zahlte und schlich davon. »Na klar, der stille Urlaub in dem gottverlassenen Nest. Ich sollte nichts erfahren, niemand sollte mich sehen! Er geniert sich mit mir!« Vielleicht hatte mein intimer Finanzberater auch auf die Erholung der Märkte gehofft oder einen verzweifelten Coup gestartet. Die erste Frage, die ich mir stellte: Bin ich wirklich so hässlich?, wurde bald durch eine andere verdrängt: Wie viel ist denn um Gottes willen noch von meinem Geld übrig? Oder ist tatsächlich alles verspekuliert?

Schock und Wut gingen tief. Wie betäubt saß ich zu Hause, stierte lange regungslos vor mich hin und wartete auf das Abklingen von Schmerz und Enttäuschung. »Nur Mittel zum Zweck, wie eine Sexsklavin, eine alte!« Die bittere Erkenntnis ließ mich weinen. »Nur du bleibst mir!« Ich streichelte das Fell von Murli, der mir meine Abwesenheit bereits gnädig verziehen hatte.

Nachdem ich mich einigermaßen beruhigt und wieder in der Gewalt hatte, griff ich zum Telefon. »Du hast Recht, es geht nicht besonders. Aber mach dir keine Sorgen, ich hab das im Griff!«, log Flo ohne Hemmung. »Wird sich alles bald erholen! Natürlich gibt es Verluste. Deine habe ich aber sehr gering halten können!«

Tags darauf schrieb ich meiner Bank und bat um Kontoauszüge. Wenige Tage später hielt ich Belege samt Kommentar in Händen. Vor meinen flimmernden Augen sah ich nur die Zeile: »… der negative Erfolg Ihres Eigenkapitals … Turbulenzen auf den Finanzmärkten … trotz sorgfältigem Management … unvermeidliche Verluste …« Kurz ausgedrückt bedeutete es, dass Flo achtzig Prozent meines Geldes in den Sand gesetzt hatte.

Mein Ex-Liebhaber, der bald von meinen Recherchen erfahren hatte, ließ sich am Telefon verleugnen. »So geht es nicht, mein Lieber!«, tobte ich nach dem x-ten Anruf bei ihm und der säuselnden Auskunft seiner Sekretärin, dass sich der Herr Magister leider noch immer oder schon wieder auf einer wichtigen Dienstreise befinde. Der Vernichter meines Vermögens war für mich nicht mehr zu sprechen. Auch sein stets eingeschalteter Voice-Recorder bedauerte höflich die Abwesenheit seines Meisters, bat um Namen, Adresse und Telefonnummer für einen Rückruf, der ausblieb.

Inzwischen hatte ich alle Hemmungen abgestreift. Mit Mordgelüsten im Herzen lauerte ich Abend für Abend vor dem Eingang von Flos edlem Zuhause. Stundenlang ging ich bei Kälte und Regen auf und ab. Ein älterer Mann hielt mich sogar für eine Prostituierte und sprach mich an. Ich harrte trotzdem aus, bis meine Geduld nach drei Tagen belohnt wurde. Endlich sah ich, wie Flo zu später Stunde unbeschwert pfeifend um die Ecke seines Wohnblocks bog. Seine Züge umspielte ein selbstsicheres, zufriedenes Lächeln.

Grimmig und durchgefroren verstellte ich ihm den Weg: »Ich habe mit dir zu reden!« Er wollte mich unwirsch zur Seite drängen. »Nachdem du mich so gemein bei der Bank angezündet hast, gibt es nichts mehr zu reden«, suchte er mich abzuwimmeln. Er war nicht mehr sanft, lieb oder einfühlsam, sondern nur noch kalt und zynisch: »Du hast dich auf mich geschmissen. Als Sexfrustrierte hast nichts anders gewollt.« Ich gab mich versöhnlich: »Darf ich mir wenigstens meine Kosmetika abholen?« Während ich in dem Badezimmer des Lofts unleugbare weibliche Spuren registrierte, hagelten wüste Beschimpfungen auf mich ein. »Du alter Trampel« war noch das Harmloseste. Selbst der selige Poldi hat sich nie derartig geäußert, durchzuckte es mich. Ich raffte meine persönlichen Habseligkeiten an mich.

Ein letztes Mal ging ich durch den Wintergarten auf die Terrasse. Und dabei erledigte ich eine Kleinigkeit – ich tat ganz einfach, was ich unbedingt tun musste. Es war ein hässlicher Abschied und ein trauriges Ende. Eine ganze Woche lang litt ich fürchterlich, aß wenig und trank viel. Dann jedoch hob ich den Kopf und zog Bilanz. Mit meinen eigenen Aktien, der Pension und dem – gerade noch – aus Flos Fängen geretteten Rest meines Vermögens konnte ich gut auskommen. Doch was für eine Zeit! Und was war seit Poldis Tod alles passiert!

Hart war das Leben und ungerecht das Schicksal, das mich friedfertigen, gutmütigen Menschen in die Rolle einer M… – mir widerstrebte es, das hässliche Wort zu verwenden – getrieben hatte. Alles sehr, sehr unangenehm, aber leider unvermeidlich. Wer hätte an meiner Stelle anders gehandelt?

Zuerst die miese Sache mit dem verrückten, widerlichen Dr. Wegner. Empfand ich als militante Katzenfreundin Mitleid mit ihm? Nein, wirklich nicht. Dann die viele Mühe, die langen Jahre mit dem schwierigen Poldi. War ganz schön anstrengend! Und vielleicht ein Grenzfall, der ohne die Aussicht auf die Lebensversicherung gar nicht so stattgefunden hätte. Allerdings konnte ich trotz gelegentlicher sentimentaler Anfälle nicht behaupten, dass ich meinen Ex-Gatten wirklich vermisste. Und nun die Geschichte mit dem hinterhältigen Flo. Flo, ach, Flo, lieber Flo! Ich bedauerte mich unendlich. Die Vorsehung hatte mir zwar Schweres auferlegt, mir jedoch auch, wie ich zugeben musste, prickelnde Momente und Erfolg beschert: »Kein Preis ohne Fleiß!«

Mittlerweile war es abermals Winter geworden. Weihnachten kündigte sich an. Auf Plätzen und an Straßenecken verströmten die von fröhlichen Menschentrauben umlagerten heimeligen Punschstände ihre verlockenden warmen Duftwolken. Schnee fiel in dichten Flocken, und ein eisiger Nordwind blies, als ich eines Morgens die »Nachrichten des Tages« aus dem Postkasten holte. Neben der großen Weltpolitik stach mir sofort eine kleinere Überschrift ins Auge: »Schreckliche Tragödie in der Josefstadt – menschliches Versagen.« Konnte das tatsächlich mein Fall sein? Ich wagte kaum zu hoffen, denn sicher ist in diesem Leben gar nichts. Aufgeregt blätterte ich schnell auf Seite 8, es galt Näheres zu erfahren. Tatsächlich, ich irrte nicht. Endlich! Wie ich vermutet und lange vergeblich gehofft hatte. Mein Warten hatte ein Ende. »Fünf Tote im 8. Bezirk nach Pilzvergiftung« lautete die Überschrift.

F. S., ein erfolgreicher Banker, galt als versierter Kenner aller heimischen Pilzarten. Am Dienstag vergangener Woche feierte er seinen 39. Geburtstag. Die aus diesem Anlass versammelte Gesellschaft erregte durch lautes Lärmen und Kreischen zu später Stunde den Unmut der Nachbarn, niemand ahnte jedoch das schreckliche Ende des fröhlichen Abends voraus. Wie sich später herausstellte, hatte der passionierte Hobby-Mykologe seiner jungen Freundin sowie dreien seiner Kollegen ein selbst gekochtes Pilzgulasch serviert. Tags darauf machten sich bei Gastgeber und Gästen Anzeichen von schwerer Vergiftung bemerkbar, und sie wurden in das Allgemeine Krankenhaus eingeliefert. Für die Betroffenen kam jede Hilfe zu spät, sie starben vier Tage später. Nach dem Urteil der behandelnden Ärzte war die Todesursache der Patienten Leberversagen nach dem Genuss von Grünen Knollenblätterpilzen. Die Umstände, die zum tragischen Irrtum, der fatalen Verwechslung der Pilzsorten führten, bleiben im Dunkeln.

»Mir nicht, mir nicht«, jubelte das Böse in mir, während ich noch einen Bissen vom Frühstück in den Mund schob und einen Schluck Kaffee dazu trank. »Endlich! Endlich! Alle tot! Ich hab schon befürchtet, dass es nicht klappt!« Dann kramte ich jenes kleine Büchlein hervor, das mir wertvolle Hilfe geleistet hatte: »In Wald und Flur. Grundkurs Pilzbestimmung.« Ich betrachtete die Widmung auf dem Deckblatt: »Von F. seiner gelehrigen Schülerin Hermine herzlich gewidmet.«

Darin las ich: »Grüne Knollenblätterpilze (Amanita Phalloides). Sie enthalten Amantin, das eine lebertoxische Wirkung entfaltet. Der Genuss der Pilze verursacht das phalloide Syndrom, das mit einer Latenzzeit von 8–12 Stunden auftritt. Es bewirkt Übelkeit und Brechdurchfall. Nach 24 Stunden stellt sich häufig eine Beruhigung ein, die jedoch nur bei leichter Vergiftung ein Zeichen von Genesung ist. In schweren Fällen kommt es zu Leberschäden, die meist nach vier bis sechzehn Tagen zum Tod führen.« Und so war es auch bei den fünf Unglücklichen gewesen.

Vor meinem geistigen Auge rollte die bereits mehrere Monate zurückliegende peinliche Szene mit Flo ab. Und ich dachte daran, wie ich die zu der schrecklichen Aussprache mitgebrachten getrockneten Grünen Knollenblätterpilze bei einem letzten, sentimentalen Rundgang durch die Wohnung meines Geliebten schnell und geschickt unter Flos Trockenpilze gemischt hatte. Ich erinnerte mich auch, welchen Spaß ich bei der Vorbereitung der Aktion hatte, nämlich bei der Berechnung der für eine Person tödlichen Menge. Ja, in Mathematik war ich in der Schule gar nicht so schlecht gewesen. Wir lernen eben fürs Leben und nicht für die Schule!

Für einen erwachsenen Menschen beträgt die tödliche Dosis Amantin etwa 0,1 mg pro Kilogramm seines

Körpergewichts. Für eine etwa 70 kg schwere Person genügten also 7 Milligramm. Diese Substanz ist in weniger als 35 Gramm Frischpilz enthalten. Da ein Fruchtkörper oft 50 Gramm oder mehr wiegt, ist ein einzelner verspeister Pilz bereits tödlich. Um jedes Risiko zu vermeiden, richtete ich die doppelte Menge her. Kein großer Aufwand, nur ein Schwammerl mehr!

Einen kleinen humorvollen Gag meinerseits, auf den ich sehr stolz war, stellten einige von mir zusätzlich servierte Fliegenpilze dar. Sie verursachen nämlich zwei bis vier Stunden nach der Einnahme Rauschzustände, Erregung und Halluzinationen – die Erklärung für die exzessive Lustigkeit bei Flos letztem Fest, das durch das raffinierte Fliegenpilz-Grüne-Knollenblätter-Gemisch zu einem makabren Totentanz ausartete.

Es tat mir nur leid, dass Flo und seine Gäste nicht erfahren konnten, mit welchen historisch bedeutenden Persönlichkeiten sie ihr Schicksal teilten. So starb der römische Kaiser Claudius ebenso an einer Pilzvergiftung wie auch der Habsburger Karl VI., der Vater von Kaiserin Maria Theresia. Beim Tod des Letzteren hatte der französische Philosoph Voltaire ausgerufen: »Ce plat de champignons a changé la destinée de l'Europe.« (Dieser Teller mit Pilzen hat das Schicksal Europas geändert.)

Das Ende von Flo und seiner Tafelrunde erregte weit weniger Aufsehen. Sollte ich Betroffenheit über den Tod Unbeteiligter empfinden? O nein! Ich erinnerte mich, wie mich mein Liebhaber und sein Freundeskreis verleumdet und der Lächerlichkeit preisgegeben hatten. In Militärkreisen spricht man bei derartigen Fällen von Kollateralschäden, die zur Erreichung strategischer Ziele in Kauf genommen werden müssen.

16

Flos Tod brachte keine pekuniären Vorteile, aber unendliche Genugtuung. Danach bündelte ich meine Energiereserven und ging zur Tagesordnung über. Fleißig bearbeitete ich mit Murli den Aktienmarkt, ging in Ausstellungen, Konzerte und frequentierte wieder das Dommayer, wo inzwischen ein neuer, jedoch nicht unangenehmer Geist herrschte. Eine Zeit lang hatte es ja finster ausgesehen. Die Baustelle des an einen neuen Besitzer verkauften Kaffeehauses hatte einen düsteren, wenig verheißungsvollen Anblick geboten. Stammgäste lugten hinter die Planken, wo mit Rasanz gesägt, gehämmert und gestrichen wurde, und kamen zu dem Schluss: »Da bleibt nichts übrig!«

Die Wiedereröffnung, zu der auch ich mich neugierig einfand, kam schneller als erwartet. Zu unserer Verblüffung stießen wir Stammgäste auf eine uns fremde Spezies, nämlich die Freunde der Konditorei Oberlaa. Wir beäugten einander mit unverhohlenem Misstrauen. Einer Dame aus dem »alten« Dommayer entfuhr beim Anblick der neuen roten Tapezierung der Sitzplätze ein schriller Schrei: »Wie in einem Puff!«

Die Tortenesser quittierten dies, der derben Sprache wegen, mit sanftem Kopfschütteln. Schwerer wogen die Änderungen auf der Speisekarte. Das »Kleine Gulasch« war ebenso verschwunden wie das beliebte »Schnittlauchbrot«, und eine riesige Mehlspeisenvitrine thronte an der Stelle einiger Logen. Ausnehmend hübsche Serviererinnen hatten die grantig-humorvollen Ober ersetzt. Die Zeitungsständer waren nur mehr dürftig bestückt.

Doch dann renkte sich alles auf mysteriöse Weise wieder ein. Die Zahl der vom übermäßigen Genuss der ersten Tage erschöpften Tortenschlemmer nahm ab, die typischen Kaffeehausbesucher behaupteten und engagierten sich auf ihre Weise: Sie intrigierten und intervenierten, bis die alten Kellner samt Zeitungen zurückkehrten und die Speisekarte wieder ihren Vorstellungen entsprach. Das Dommayer war gerettet. »Nachrichten von meinem Tod stark übertrieben«, meinte ein gebildeter Gast, Mark Twain zitierend.

Der regelmäßige Kaffeehausbesuch war jedoch nicht tagesfüllend. Bald merkte ich, dass ich mich eigentlich recht langweilte. Das Vorhaben, mir einen neuen Bekanntenkreis zu schaffen, stieß auf unerwartete Schwierigkeiten, denn die meisten Menschen lernt man doch an seinem Arbeitsplatz kennen. Gern wäre ich der umschwärmte Mittelpunkt eines lustigen Freundeskreises gewesen. Dies scheiterte jedoch, niemand schätzte mich besonders. Mühsam aufgetriebene und hofierte Bekannte plauderten höflich und freundlich mit mir, wenn ich sie anrief, um mich eindringlich nach ihren Familienproblemen zu erkundigen, die mir tatsächlich vollkommen egal waren. Doch sie riefen mich nie zurück, wie ich in meinem kleinen Büchlein sah, in dem ich alle Telefonate genau vermerkte und registrierte. Bei der Lektüre meiner peniblen Notizen verspürte ich denn auch einen schalen Nachgeschmack, Verbitterung über die Zurückweisung machte sich breit. Mein Leben, meine Sorgen, meine Ängste, meine Krankheiten und Leiden berührten niemanden.

Wut staute sich in mir auf. Manchmal stieg ich freudlos in meinen tollen Wagen, den ich mir nur mehr schwer leisten konnte. Ich verkaufte ihn nicht, weil mich die Tatsache maßlos ärgerte, dass der Jaguar in der kurzen Zeitspanne seit der Anschaffung enorm an Wert verloren hatte. So nutzte ich den Luxusschlitten, wenn ich durch den dichten Verkehr ganz allein ins nächste Kino fuhr. Steckte ich im Stau, dann dachte ich daran, dass man sich in meiner Kindheit frei und gefahrlos auf den Straßen von W. bewegen konnte, denn Autos hatten damals im Leben unseres Städtchens keine Rolle gespielt.

Überhaupt ist früher alles schöner gewesen, sinnierte ich vor mich hin. Wie aufregend war für mich und meine Bande jeder Kinobesuch! Filme, besonders jugendverbotene, waren schon in der letzten Klasse der Volksschule, als wir kaum zehn Jahre zählten, unsere Leidenschaft. Selbstverständlich hätte uns Herr Knoll, der strenge Besitzer des Stadtkinos, der stets beim Eingang stand, um höchstpersönlich die Karten abzureißen, am Betreten des mit rotem Plüsch üppig dekorierten und nach jeder Vorstellung mit Tannennadelduft besprühten Saals gehindert. Er hätte auch sofort unsere Eltern verständigt. Und wir hätten aus unserem Taschengeld nur schwer das Geld für den Eintritt aufgebracht.

Doch die Not machte uns erfinderisch. Nach Beginn der Vorführung, dem Schließen der Tür und dem Abgang des Zerberus, der sich wieder hinter den Schalter setzte, um Eintrittskarten zu verkaufen, traten wir in Aktion. Wir schlichen durch den Hintereingang, nahmen im Schutz der Dunkelheit in der letzten Reihe Platz und genossen die verbotenen Früchte unseres Handelns: John Wayne im Wilden Westen, den nur von wenigen beherzten Gladiatoren verhinderten Untergang Roms, das sündige Leben der High Society, verkörpert durch das Mädchen Rosemarie. Nicht alles verstanden wir, aber alles haben wir genossen wie nie mehr im späteren Leben. Sonntags, wenn wir, als Belohnung für gute Noten, säuberlich gekleidet und manierlich, von unseren Eltern in die Nachmittagsvorstellung von »Schneewittchen und die sieben Zwerge« oder ähnlichem Kinderkram geführt wurden, zwinkerte Mizzi mir zu. Wir kannten anderes!

Überwältigt von diesen sentimentalen Erinnerungen beschloss ich, mit Mizzi eine Aussöhnung herbeizuführen, koste es, was es wolle. Schon am nächsten Tag entwarf ich einen versöhnlichen Brief, mit dem ich symbolisch eine Friedenspalme schwenkte und eine Friedenstaube sandte. Da er auch Lügen enthielt, kreuzte ich, abergläubisch wie ich war, beim Aufkleben der Briefmarke fürsorglich den Mittel- über den Zeigefinger.

Liebe Mizzi!
Nach dem Tod meines lieben Leopold war alles für mich sehr schwer und traurig. Die letzten Monate habe ich zurückgezogen gelebt, wollte niemanden sehen und schirmte mich von der Außenwelt ab. Ich musste mit meinem Schmerz allein sein. Doch auch die größte Trauer kann nicht ewig währen, das Leben geht weiter. Deine Gesellschaft fehlt mir sehr, und ich möchte Dich sehen. Wie geht es Dir und den Deinen?

In alter Verbundenheit
Deine Hermi

Zu meiner großen Freude antwortete Mizzi umgehend, wir trafen uns und nahmen den Faden der zerrissenen Verbindung wieder auf. Ich trug ihr nichts nach, suchte ihre Vorwürfe zu vergessen, denn auch sie blickte auf eine schwere Zeit zurück. Ihr Mann hatte sie nach dreißigjähriger Ehe wegen einer jungen, blonden und vollbusigen Physiotherapeutin verlassen, die nach einem Bandscheibenvorfall durch gefühlvolle Massage seine Schmerzen beseitigt und dabei sein Herz errungen hatte. Allen durch einen geschulten Mediator herbeigeführten Versöhnungsversuchen war nur kurzer Erfolg beschieden gewesen. Der reuige Sünder kehrte zwar einmal kurz zurück, bat mit Tränen in den Augen und kniend um Verzeihung, erlag jedoch bald darauf wieder den Lockungen der blonden Sirene. Kurze Zeit später machte er sich für immer aus dem Staub. Mizzis Sohn hatte seinen Posten – den wievielten eigentlich? – verloren, ihre Tochter war schwanger und ohne Mann. Die totale Misere! Unsere gemeinsamen Spaziergänge an der frischen Luft gestalteten sich daher eher trist. Nicht einmal der stimmungsvolle Adventsmarkt im Ehrenhof des Schlosses Schönbrunn, wo wir am Fuß der imposanten Freitreppe zu weihnachtlichen Klängen einen oder mehrere Sisi-Punschs tranken, heiterten uns richtig auf. Aber zwischen meiner Freundin und mir herrschte wieder die alte Vertrautheit.

Alles war wie früher. Wirklich alles? Manchmal kam es mir vor, als ob mich Mizzi in unbeobachteten Momenten mit seltsam lauernden Blicken musterte. Vielleicht war es aber auch nur Einbildung. Auf jeden Fall dachte keine von uns daran, die einst so lustigen »Viennese trips for two« wieder aufzunehmen. Die dafür nötige Leichtigkeit war uns abhanden gekommen.

Die kleinen, spannenden Nervenkitzel aus meiner sparsamen Lebensphase fehlten mir trotzdem sehr. Es blieb mir daher nichts anderes übrig, als eigene Wege zu gehen. Ich trug meinem Verlangen Rechnung, schlich in der Cavaliersbar des Hotels Imperial auf die Toilette und nahm dort kleine Gästehandtücher aus Frottee an mich, für die ich keinerlei Verwendung hatte. Ich raubte Kleinigkeiten, wie Minischokoladen aus dem Supermarkt, und ging dazu über – wie ich es früher regelmäßig getan hatte – mich in Parfümerien zu schminken. Bei Regenwetter stellte ich mich an den Straßenrand, notierte mir die Nummern knapp vorbeizischender Autos und zeigte Lenker mit dem Hinweis auf meine ruinierte Garderobe an. Nach Flugreisen – ab und zu machte ich eine kleine Städtereise zum Wochenende – führte ich eine lange Korrespondenz um die Entschädigung von – wie ich log – beschädigten Gepäckstücken.

An manchen Tagen steckte ich nur zehn Schilling in meine Geldbörse und bestritt mit dieser winzigen Summe, unterstützt von allerlei Tricks, mein Essen. Ich nahm Gratiskostproben im Supermarkt und an den Ständen am Naschmarkt. Bei »Billa« riss ich verstohlen Packungen auf und konsumierte den Inhalt an Ort und Stelle. Allmählich kehrten wieder etwas Farbe, Leichtigkeit und Spannung zurück in mein Leben, das dabei gewesen war, in Monotonie zu versinken. Ich gab mich diesen kleinen Eskapaden selbstverständlich nicht aus finanzieller Not hin, denn mein Vermögen wuchs an; ich hatte, wie Börsianer zu sagen pflegten, ein »goldenes Händchen«, was Aktien anbetraf.

Zur Abwechslung fuhr ich sogar an einem Wochenende nach D., wo ich mit Flo so glückliche Stunden verbracht hatte. Doch im tiefen, nebeligen Winter mit grau verhangenem Himmel, ohne Sonne und vor allem ohne die »Zuagrasten«, bot das Städtchen ein trauriges und bedrückendes Bild. Am Wirtshaus, das den Besitzer gewechselt hatte, hing ein Schild: »Wegen Kälte geschlossen«. Ich stapfte eine Weile im Schneematsch herum, bis mir die Nässe in den Stiefeln unangenehm wurde. Fröstelnd nahm ich im Café Platz. Ich war der einzige Gast des Menschenfeindes, der mir auf die Frage »Wie geht's Ihnen denn immer so?« griesgrämig antwortete: »Na ja, g'sund san ma halt!«, als ob er schwere Krankheiten herbeisehnte.

Gesprächig wurde er erst, als er mir seine Pläne für die nächste Fremdenverkehrssaison enthüllte. »Die Zimmer kosten jetzt bei mir 300 Schilling pro Nacht, nimmer 200. Ich hab nix zum Verschenken. Und vermieten tu ich nur mehr für drei Tage, Minimum! Wer net will, soll daham bleibn.« Wie er auf diese Weise seine schon bisher wenig ausgelastete Herberge füllen wollte, erklärte er nicht.

Ich kaufte mir im Lebensmittelgeschäft am Hauptplatz noch eine Semmel mit warmem Leberkäs, aß sie, während ich zum Auto ging, und fuhr enttäuscht nach Wien zurück.

Zwei Wochen nach unserer Versöhnung bat mich Mizzi um einen kleinen Geldbetrag. »Mein Ex zahlt seine Alimente nicht regelmäßig. Kannst du mir bis zum nächsten Ersten aushelfen?« Ich sprang gern ein. Da wir beide einsam waren – Mizzis Sohn gönnte sich von seinem Arbeitslosengeld einen Sex-Urlaub in Thailand, ihre Tochter hatte die lang ersehnte Einladung der Familie ihres Freundes erhalten –, beschlossen wir, den Heiligen Abend zu dritt in meinem Häuschen zu feiern.

Ich traf alle Vorbereitungen, besorgte für meine Freundin einen Kaschmirschal, für Murli eine Portion Lachs, schmückte einen kleinen Christbaum und kaufte eine Weihnachtsgans. Als Höhepunkt des Festmahls sah ich eine saftige, köstliche Waldviertler Mohntorte vor, von der Art, wie ich sie von einer Großtante her kannte. Am Tag vor dem Heiligen Abend ging ich an die Zubereitung der Köstlichkeit. Ich stellte die Zutaten bereit: 160 g geriebener Graumohn, 160 g feine Thea-Margarine, 160 g Puderzucker, 160 g Kochschokolade, einen Esslöffel Rum sowie den Schnee von fünf Eiern. Dann mischte ich Thea, Zucker, Dotter und Rum mit der geschmolzenen Schokolade, mengte den Eischnee darunter, strich die Masse in eine gefettete Form und schob sie für vierzig Minuten in das vorgeheizte Backrohr. Nach dem Abkühlen überzog ich die Torte mit einer Schokoladenglasur.

Der Abend des 24. Dezember verlief ruhig, besinnlich und wehmütig. Zum Auftakt tranken wir – alle drei – Sekt, packten die Gaben aus und setzten uns an beziehungsweise unter den weihnachtlich geschmückten Tisch. Die Gans roch nicht nur köstlich, sie schmeckte auch so, und die Torte war ein großer Erfolg. »Kann ich das Rezept haben?«, gurrte eine gesättigte Mizzi. »Ich habe es noch niemand verraten«, sagte ich zögernd. Oft schon hatte man versucht, mir das Rezept zu entlocken, doch ich hatte mich stets standhaft geweigert. »Ich gebe dir dafür das von meinem Risotto, der allen, auch dir, so gut schmeckt. Ist auch ein Geheimnis!« – »Na gut, ich bringe es dir morgen vorbei«, gab ich mich konziliant.

Wir hörten Weihnachtsmusik, plauderten noch ein bisschen, hauptsächlich über Unverfängliches aus dem heimatlichen W., denn wir sparten die traurigen Ereignisse der jüngsten Vergangenheit aus. »Wie aufregend ist der Heilige Abend zu Hause immer gewesen. Die Spannung und die Ungeduld waren fast unerträglich. Erinnerst du dich noch, wie dein Vater mit uns beiden und einer ganzen Schar von Kindern, die daheim die geheimen Vorbereitungen für das Christkind störten, unterwegs war?«

Tatsächlich hat mein Vater an jedem 24. Dezember in heroischer Weise die Unterhaltung und Ablenkung der »Gschrappn« der Schlossergasse bestritten, um den Müttern das Schmücken des, wie wir glaubten, vom Christkind herbeigeflogenen Baums zu ermöglichen.

Am Vormittag marschierten wir mit ihm, vorbei an der Aufbahrungshalle mit der besinnlichen Aufschrift »Was wir sind, werdet Ihr sein. Was Ihr seid, sind wir gewesen!« auf den außerhalb der Stadt gelegenen Friedhof, wo wir Gestecke auf die Gräber unserer Vorfahren legen und Kerzen anzünden durften. Auf dem Rückweg zeigte er uns in der Stadtpfarrkirche die dort aufgestellte Weihnachtskrippe und hieß uns ein kleines Gebet sprechen – eine erstaunliche Tatsache, denn mein antiklerikaler Vater sparte ansonsten – zum Leidwesen meiner frommen Großmutter – nicht mit abfälliger Kritik an Pfarrern und der katholischen Kirche. Er unterhielt uns auch mit spannenden, gruseligen Geschichten, organisierte kleine Wettläufe oder setzte sich an unsere Spitze, wobei er eine dampfende Lokomotive imitierte, während wir in einer langen Reihe die Waggons spielten. Am frühen Nachmittag lieferte er die Kinder bei ihren Eltern ab.

»Denkst du noch manchmal an die Puppe?«, fragte mich Mizzi. Ich wusste sofort Bescheid. Kramte diese Frau jetzt sämtliche kleinen Untaten längst vergangener Tage hervor? »Jetzt, wo du mich erinnerst, fällt es mir ein«, antwortete ich vorsichtig. »Ich weiß aber nicht mehr, was aus dem teuren Spielzeug geworden ist. Wahrscheinlich haben es mir meine Eltern weggenommen und mir eine düstere Zukunft prophezeit.« Mizzi gab ein unechtes Lachen von sich, um die nun folgende Beleidigung zu entschärfen: »Wenn ich so zurückdenk, warst du doch ein kleines Luder. Gern g'habt hast du nur deinen Hasen und die Katzen. Uns alle hast sekkiert. Nur der Hahn Peter …« Sie beendete den Satz nicht.

Am ersten Weihnachtsfeiertag kopierte ich das Rezept der Waldviertler Mohntorte auf teures Briefpapier, umwickelte es mit Goldfäden, hängte noch einen Schokoladeengel daran und machte mich auf den Weg zu meiner Freundin, in der vielleicht eine Feindin steckte. Sie empfing mich in ihrer bei der Scheidung erkämpften Genossenschaftswohnung, die sie seit dem Abgang ihres Mannes und dem Auszug der Kinder allein bewohnte. Freundlich lächelnd überreichte ich meine Gabe.

Unerklärlicherweise lachte Mizzi wie eine Hyäne, drehte sich um und verschwand in ihrer Speisekammer. Komisch, will sie mir das Rezept nicht aufschreiben?, wunderte ich mich. Kurz darauf erschien meine Freundin grinsend wieder. In der Hand hielt sie zwei Päckchen eines Fertiggerichts von Knorr mit der Aufschrift »Risipisi für Genießer. Schnell zubereitet. In kaltes Wasser einrühren, acht Minuten kochen – fertig!« Das also war das raffinierte Geheimrezept von Mizzis begehrtem, mysteriösem Risotto. Mir war nicht zum Lachen zumute, doch ich nahm den Scherz gelassen hin, machte gute Miene zum bösen Spiel und lud Mizzi zum Saunieren in meinem neuen Badetempel ein.

Die plötzlich so problematische Freundin meiner Jugendzeit kam, bewunderte mein Auto, meine Garderobe, einfach alles, und bat mich erneut um Geld, obwohl sie den ersten Betrag noch nicht zurückgezahlt hatte. »Du wirst es nicht glauben, aber mir geht es wirklich schlecht. Ich habe niemanden, den ich bitten kann, nur dich. Du hast schon so viel Trauriges erlebt, du verstehst mich, du wirst es mir nicht abschlagen, gell?« Dabei sah sie mich eigenartig frech, fast herausfordernd an. Bahnte sich da eine Erpressung an?

In der Sauna musste ich mir dann zum x-ten Mal ihr Gejammer um das entfleuchte Ehegespons anhören. »Und weißt du, dass diese Therapeutin eine Wilderin war?« – »Was ist eine Wilderin?«, fragte ich erstaunt. »Na ja, in ihrer Freizeit pirscht sie ohne Jagdschein in Tiroler Wäldern und erlegt Rehe. Einmal hat man sie ertappt und verurteilt. Stell dir das einmal vor! In so eine Frau verliebt sich mein Trottel von einem Mann!« Ich heuchelte höfliches Erstaunen, doch nach dem, was ich selbst in den letzten Monaten erlebt hatte, wunderte mich nichts mehr.

Wir duschten uns kalt, und Mizzi blieb noch einige Zeit sitzen, um sich bei dem Wechsel in die raue Winterluft nicht zu erkälten. »Sag mal, hast du nicht den Mag. Schmid gekannt, den, der nach einer Pilzvergiftung gestorben ist?«, fragte sie scheinbar beiläufig. Ich traute meinen Ohren nicht, antwortete jedoch vollkommen gelassen: »Nicht wirklich, er war ein Kollege in der Commerzbank, der mich – und dies wirklich schlecht – beraten hat. Er ist verstorben? Bist du sicher? Weißt du Näheres?«

Mizzi erzählte mir daraufhin ausführlich, was ich schon über Flos Ende aus der Zeitung wusste. Ich lauschte atemlos. Kleine Entsetzensrufe entrangen sich mir. Meine Augen weiteten sich ob der schaurigen Tragödie. Ich hätte die Ausführungen mühelos mit noch schaurigeren Details ergänzen können, hütete mich aber selbstverständlich vor jedem Kommentar. »Der Mag. Schmid ist doch noch ziemlich jung gewesen?«, war alles, was ich glaubte gefahrlos von mir geben zu dürfen. »Ja, viel jünger als wir beide!«, meinte Mizzi. Sollte das eine Anspielung sein?

Danach hatte ich selbstverständlich keine ruhige Minute mehr. Was wusste diese Frau? Und wie gefährlich konnte sie mir werden? Würden sich die verlangten Beträge steigern, bis ich nicht mehr bezahlen konnte? Oder war Mizzi nur blöd, aber harmlos und alles ein Zufall?

Die mich plagenden Zweifel vergällten mir an den folgenden Tagen die Laune. Hin und her gerissen zwischen Angst und Optimismus, gewannen schließlich rationale Argumente die Oberhand. »Was könnte man mir beweisen? Im Fall des eingeäscherten Poldi gar nichts mehr. Bei Flo auch nicht. Es gab keine Verbindung zwischen seinem Ableben und meiner Wenigkeit. Unsere kurze Beziehung war doch schon Monate davor abgebrochen worden. Für unsere letzte – fatale – Begegnung gibt es überhaupt keine Zeugen! Und Hahn Peter? Das ist ja fast nicht mehr wahr, so lang liegt die Sache zurück! Auch vom Gesetz her ist das verjährt. Außerdem war ich minderjährig.«

Ich beruhigte mich, schöpfte Hoffnung und übte mich in Gelassenheit. Mizzi sah ich auch weiterhin, sozusagen zu Beobachtungszwecken. Wir vertrugen uns gut, obwohl unsere Freundschaft andere Dimensionen angenommen hatte. Mir kam es vor, als ob wir einander belauerten in der Hoffnung, die Schwachstellen der anderen festzustellen.

Zu diesem Zeitpunkt quälte mich schon seit Längerem eine hartnäckige Bronchitis, ich hustete erbärmlich und fühlte mich schlecht. Mir schien es das Beste, die Krankheit durch einen Klimawandel zu bekämpfen. Es gelang mir, Mizzi am wolkenlosen, kalten, aber sonnigen Stephanitag zu einem Ausflug nach Reichenau an der Rax, einen nur siebzig Kilometer von Wien entfernten Luftkurort am Fuß von Schneeberg und Rax, den hochalpinen Hausbergen der Wiener, zu überreden. Nach einer angenehmen Zugfahrt keuchten wir an der Talstation der Seilbahn die steile Treppe zur kleinen Abfahrtshalle hoch. »Zwei Seniorenfahrten, hin und retour«, verlangte ich forsch und in der Hoffnung auf ungläubigen Widerspruch. Das wettergegerbte Männchen an der Kasse warf einen Blick auf uns, dann händigte es die ermäßigten Karten aus, ohne einen Ausweis zu verlangen. Wir verspürten Ärger. Dieser schwand jedoch augenblicklich, als wir in der Gondel standen. Eingekeilt zwischen lauter sportlichen Schifahrern in voller Ausrüstung, schwebten wir in eine glitzernde Märchenlandschaft, hinauf über schneebedeckte Baumwipfel, immer weiter, hinaus über die Baumgrenze bis zur fast 2000 Meter hoch gelegenen Bergstation. Von dort reichte die Sicht in der fahlen Wintersonne bis zum Semmering und zum Sonnwendstein.

Wir tranken in der rustikalen Gaststube der Berghütte einen wärmenden Glühwein und gingen dann eine kurze Strecke in Richtung Ottohaus, auf einem von meterhohen Schneewächten gesäumten Weg. An manchen Stellen hatte der Schneepflug Schneisen hinterlassen, man erahnte den tiefen Abgrund. Von Neugier getrieben, tastete sich meine Freundin an den gefährlichen Schlund, um hinabzusehen und die Aussicht zu bewundern. Kurz, ganz kurz geriet ich in Versuchung. Soll ich es wagen? Kann ich es? Ist jemand in der Nähe? Werden wir beobachtet? Ein kleiner, aber heftiger Stoß, und ich wäre mich von allen realen oder irrealen Sorgen befreit gewesen.

Im letzten Augenblick riss ich mich zurück. Lass das, es ist deiner nicht würdig! Nein, nicht so plump!, dachte ich bei mir, als sich Mizzi weit vorbeugte. »Pass auf, Mizzilein! Was fällt dir ein? Zurück, zurück!«, schrie ich aufgeregt und hielt sie am Ärmel ihres Anoraks fest. Drei Unglücksfälle genügten mir, ein vierter hätte das Maß der Glaubwürdigkeit beträchtlich überschritten. »Danke, aber es wär mir schon nichts passiert«, sagte meine Freundin, die Gefahr, in der sie sich befunden hatte, stark unterschätzend. »Aber du weißt doch, dass es jedes Jahr auf der Rax mehrere Unfälle mit tödlichem Ausgang gibt«, erklärte ich ihr eindringlich.

Bald darauf kehrten wir ausgefroren, aber einträchtig nach Wien zurück. Zum Abschied steckte ich ihr einen Umschlag mit einem kleinen Geldbetrag zu und küsste sie – was ich sonst nie tat – auf beide Wangen.

Die Zuversicht jener Tage erfuhr durch Murlis Krankheit eine Wende zum Schlechten. Als ich vom Ausflug auf die Rax zurückkehrte, sah ich die Mahlzeit des Katers, der im Allgemeinen mehr, als ihm guttat, zu sich nahm, unberührt im Vorzimmer stehen. Er aß auch weiterhin nichts, wirkte apathisch und verkroch sich schließlich in eine Schublade meines Schreibtischs. Selbst seine Lieblingsspeise, norwegischen Lachs, verschmähte er. Nachdem ich dies eine Weile lang sorgenvoll beobachtet hatte, trug ich den Gefährten, mit dem ich, wie dies übrigens auch Hemingway getan hatte, Tisch und Bett teilte, am nächsten Tag sofort zu jenem Tierarzt, der ihn schon seit Langem liebevoll betreute. Jedes Jahr schrieb Dr. S. eine lustige Karte, mit der er Murli zu einer Kontrolluntersuchung samt Impfung einlud.

Dr. S. empfing seinen Privatpatienten freundlich. Nach kurzer Untersuchung schüttelte er bedenklich den Kopf und teilte mir die Diagnose mit: »Leukose, Katzenseuche, unheilbar.« – »Wie ist das möglich? Sie haben ihn doch immer geimpft? Ihm sogar einen Katzenpass ausgestellt.« – »Dagegen leider nicht. Mir schien, dass Ihnen die Kosten dieser Impfung zu teuer sein würden«, erklärte mir der infame Arzt, während ich in Tränen ausbrach.

»Was für eine idiotische Ausrede, um das eigene Versäumnis zu kaschieren!« Ich wankte mit Murli, der still in seinem Körbchen lag, erschüttert aus der Ordination. »Diese Gemeinheit. Wie kann er mir unterstellen, dass ich bei Murli Geld sparen wollte.« Noch am selben Tag brachte ich den Kater zur Ambulanz der tierärztlichen Hochschule, wo man mittels Infusionen und Injektionen seinen Tod gerade noch verhindern konnte. Man teilte mir allerdings mit, dass er nicht mehr ganz gesund werden würde, und riet mir zu einem jungen Kätzchen. Als Gesellschaft für Murli und für alle Fälle. So kam »Carlo« zu uns, ein hübsches, verspieltes sechs Monate altes Tierchen, ein Findling, das mitleidige Menschen in der Tierklinik abgegeben hatten.

Von diesem Zeitpunkt verordnete ich mir, zur Aufrechthaltung meiner selbst und um nicht zu verzweifeln, richtige Pep-Talks: »Wir sind nicht auf dieser Welt, um stumm zu leiden. Der liebe Gott hat uns mit Verstand und Tatkraft zur Lösung unserer Probleme ausgestattet«, sagte ich zu mir. Hatte ich mir das nicht schon mehrfach bewiesen?

Am 1. Jänner des neuen Jahres leistete ich mir einen von langer Hand geplanten unerhörten Luxus – das berühmte Neujahrskonzert der Wiener Philharmoniker, den gesellschaftlichen und musikalischen Höhepunkt der beginnenden Saison im Wiener Musikverein. 300 000 Menschen aus aller Herren Länder bewarben sich jedes Jahr um 1300, teils sogar durch das Los vergebene, Plätze im »güldenen« Saal, der traditionellen Heimstatt der Philharmoniker. Mir selbst war es erst nach vielen gescheiterten Versuchen gelungen, eine der heiß begehrten Karten zu einem sagenhaften Preis auf dem Schwarzmarkt zu bekommen.

Mindestens 100 Millionen Zuschauer verfolgen jedes Mal das von einem Stardirigenten geleitete und von Fernsehstationen in die ganze Welt übertragene Konzert. Ich saß in der vordersten Reihe einer Loge im ersten Stock, das wunderbare Ereignis überwältigte mich. Der Klang sich einstimmender Instrumente erfüllte den Raum. Welche Atmosphäre, welche Roben, welch festlicher Rahmen. Welche Prominenz! Berühmte Schauspieler, altbekannte Politiker, namhafte Künstler. Ältliche Industriekapitäne zeigten sich ebenso an der Seite schöner, junger Damen, genau wie derbgesichtige, breitschultrige Männer, in denen ich musikalische Drogenbosse vermutete. Zarte Japanerinnen trippelten in traditionellen, kostbaren Festtagskimonos herbei.

Ich war natürlich auch sehr elegant gekleidet, aber leider ohne Begleitung. Könnten doch Flo und Dr. Wegner – ich vermutete beide in der Hölle – heraufflugen und mich in meinem Glanz sehen oder Poldi mich vom Fegefeuer aus beobachten. Der Gedanke ließ mich schmunzeln. Dann hob der mit Ovationen empfangene Dirigent seinen Taktstock, es wurde ganz still. Wahrlich überirdische Klänge entführten mich in eine Sphäre der Seligkeit, ja der Wollust. Altbekannte Melodien, dargeboten vom wahrscheinlich besten Orchester der Welt, erzeugten in meinem Inneren eine unbeschreibliche Wonne. Ich schwebte im siebenten Himmel. Der »Pizzicato-Polka« von Joseph und Johann Strauss folgte die heitere »Tritsch-Tratsch-Polka«, das »Plappermäulchen« und der »Künstlergruß«. Die »Champagner-Polka« ließ die Herzen des Auditoriums höher schlagen, und der »Champagner-Galopp« bewog selbst ältere Herrschaften, sich verstohlen im Takt zu wiegen. Dem Walzer »An der schönen blauen Donau« folgte lang anhaltender Jubel. Die Wiener Philharmoniker, jeder von ihnen ein Star, erhoben sich feierlich gemessen von ihren Plätzen und wünschten samt ihrem Dirigenten »Ein Prosit Neujahr«. Der von einem internationalen Publikum mit enthusiastischem Mitklatschen begleitete Radetzkymarsch beendete das Programm.

Als veränderter Mensch, aufgeputscht und in dem Bewusstsein, eine wichtige Mission im Dienste der Gerechtigkeit erfüllen zu müssen, verließ ich hocherhobenen Hauptes den Konzertsaal. Was für ein Glück, in dieser herrlichen Stadt leben und zudem nachhaltig wirken zu dürfen. Warm in meinen flauschigen Mantel aus Kunstpelz gehüllt – eine Tierliebhaberin trägt keinen Nerz – trat ich ins Freie.

Die Zukunft hatte ihren Schrecken für mich verloren.

Ich war mir ganz sicher: Meine kreative Fantasie würde mich nicht verlassen, dafür jedoch – vielleicht, wer weiß – Dr. S. und Mizzi! Im Vertrauen auf meine Fähigkeiten und ein gnädiges Schicksal stellte ich mich den Aufgaben des noch jungen Jahres: »Man kann nie wissen, was passiert!«

Glossar

aufgemascherlt *festlich gekleidet*
Ausnahm *Altenteil*
Ausnahmstüberl *Wohnort des Altbauern, nachdem die Kinder den Hof übernommen haben*
Ausspeisung *Versorgung mit Essen, Armenspeisung*
Badewaschl *Bademeister, aber auch Waschlappen*
Bassena *öffentliche Wasserstelle in einem Mietshaus*
Besoldung *Beamtenbezüge*
Bettgeher *Mieter für eine Schlafstelle*
Deka *Abkürzung für ein Dekagramm, entspricht zehn Gramm*
Dusel *Rauschzustand*
Einspänner *österreichische Kaffeespezialität: ein kleiner Espresso mit Sahnehaube und Puderzucker*
Flinserl *silberne Ohrstecker*
G'schpritzter *Weinschorle*
Grammelknödel *Knödel, die mit gewürfeltem Schweinespeck gefüllt sind*
Gschrappn *verächtlicher Ausdruck für kleine Kinder*
Haxlstellen *ein Bein stellen*

Hendlstiege *schmale Treppe*
Jause *Imbiss*
Kleiner Brauner *österreichische Kaffeespezialität: ein kleiner Espresso mit Kaffeesahne*
Körberlgeld *Nebeneinkommen*
Lavur *Waschschüssel (von frz. lavoir)*
Mauner *Männer, hier: Freier*
Melange *österreichische Kaffeespezialität: ein kleiner Espresso mit Milch und Milchschaum*
Parte *öffentlich ausgehängte Todesanzeige, oft mit Bild*
raunzen *nörgeln*
Reindl *rechteckige Auflaufform bzw. Bräter aus Metall*
Rumpel *Waschbrett*
schiach *hässlich*
Schmäh *Witz, gepaart mit Schlagfertigkeit*
Schusterlaberl *mit Kümmel bestreute Brötchen aus Weizen- und Roggenmehl*
sekkieren *drangsalieren, quälen*
Stollwerck *Kurzbezeichnung für die im 19. Jahrhundert berühmten Hustenbonbons des späteren Kölner Schokoladenfabrikanten*
Tackerl *Fußmatte*
Tröpferlbad *öffentliches Brausebad*
Ungustel *unangenehmer Mensch*
Untermietkabinett *kleines Untermietzimmer*
verhatscht *abgetreten*
Wuchtel *Fußball*
Zuagraste *»Zugereiste«, Bewohner eines Ortes, die von anderswoher stammen*

Danksagung

Für die Begleitung des »Hermine«-Projekts mit Ideen, Anregungen sowie konstruktiver bis vernichtender Kritik danke ich herzlich:

Ingela und Gerhard Bruner, Angelika Euler-Rolle, Heidi Grätz, Klaus Hanousek, Eva Horvath, Erwin Hirnschall, Elisabeth Leitner, Katharina Limberg, Hertha Kratzer, Eveline Mauermann, Freda Meissner-Blau, Walter Mika, Christa Mittermayer, Doris Nacmer, Johanna und Christian Palmers, Hildegunde Piza, Katharina Scheidl, Johann Sigmund, Gitta Tambornino, Martin Trautmann, Evelyn Trefny, Evelin Urbanski, Inge Wagner, Stefan Weidinger, Eleonore Wegerer-Wöss, Renate Wiesbauer, Margarete und Helmuth Widder, Albin Zuccato sowie der um Bonmots nie verlegenen Belegschaft des Café Dommayer.

Für die sachkundige und gewissenhafte Lektorierung des Buches schulde ich Frau Uta Rupprecht Dank.